毛詩原解

毛詩序説

中册

〔明〕郝敬 撰
向輝 點校

中華書局

毛詩原解卷十七

小雅

列國之詩，謂之風；王朝之詩，謂之雅。風，俗也；雅，正也。正者，政也。言小政者，爲《小雅》；言大政者，爲《大雅》，皆王朝之詩。《小雅》多言政事而兼風，《大雅》多言君德而兼頌。故《小雅》之聲，飄姚和動；《大雅》之聲，莊嚴典則。小大之義盡此矣。司馬遷謂：「《國風》好色不淫，《小雅》怨誹不怒。」以《國風》《小雅》並言，不及《大雅》，亦此意。《雅》有正、變，皆周未東以前西京之詩，東遷而後無《雅》，故曰《詩》亡。

鹿鳴之什

《雅》無諸國之別，毛氏以次列爲什，如軍法十人爲什也。自《鹿鳴》至《魚麗》十篇爲《鹿鳴之什》。外《南陔》《白華》《華黍》三詩，有目無篇，不與焉。皆文武之雅。朱子以亡詩配數改編，而《小雅》舊什亂矣。

161 鹿鳴

呦呦鹿鳴叶芒，食野之苹叶旁。我有嘉賓，鼓瑟吹笙叶桑。吹笙鼓簧，承筐是將。人之好我，示我周行叶杭。

呦呦鹿鳴，食野之蒿。我有嘉賓，德音孔昭。視民不恌挑，叶兆，君子是則是傚。我有旨酒，嘉賓式燕以敖。

呦呦鹿鳴，食野之芩。我有嘉賓，鼓瑟鼓琴。鼓瑟鼓琴，和樂且湛沈。我有旨酒，以燕樂嘉賓之心。

古序曰：《鹿鳴》，燕羣臣嘉賓也。毛公曰：既飲食之，又實幣帛筐篚，以將其厚意，然後忠臣嘉賓得盡其心矣。

朱子改爲：「燕饗賓客之詩」。據《燕禮》《鄉飲酒禮》「工歌用之」，遂以爲通用之樂。然此詩初本天子燕羣臣嘉賓作，猶《關雎》本后妃之德。雖鄉、射、燕禮用之，未可遂爲鄉、射、燕禮之樂歌也。則此詩豈可遂目爲泛然燕饗之詩乎？鹿之言禄也，明主禄養賢臣，故臣僚有羣鹿之象。鹿，陽物也，生于山。苹、蒿、芩皆草，生于澤。鹿食澤中，有山澤交之象，《易》所謂「咸者，感也」，故曰「山上有澤，咸。君子以虚受人」，是爲明主求教之象。天地感而萬物生，聖人感人心而天下和平。故《易》以《咸》首下經，《詩》以《鹿鳴》冠《雅》，其義同，所以爲登歌之首也。

一章。鹿生于山，苹生于水。鹿呦然和鳴，食野之苹。山澤交感，所以聲和。我有嘉賓，燕饗樂作，鼓瑟而吹笙簧。奉筐以送幣帛，禮備情和。庶幾嘉賓好我，示以經國之大道也。

二章。蒿生于藪，鹿之和鳴，食野之蒿。我有嘉賓，仁義之言，形于旅語，足以示民，使不恌薄。爲君子者，所當則傚。故我有旨酒，與嘉賓燕飲遨遊，竊觀法之益也。

三章。芩生于濕，鹿之和鳴，食野之芩。我有嘉賓，燕飲樂作。和樂且久，豈口體之養，將以安樂嘉賓之心，心契而後忠告可幾也。

呦呦，和聲。苹，浮苹。笙，以竹爲十三管，列植匏中，施金葉於管端，謂之簧。吹之，鼓動其簧，則鳴。承，奉也。筐，以竹爲器，盛幣帛也。周行，大道也。德音，善言也。飲酒之禮，于旅也語，《樂記》曰「於是語」，於是道古也。視，與示同。恌，薄也。芩，草，葉如竹，莖如釵股，生下濕鹹地，牛馬喜食之。湛，樂之甚也。

《鹿鳴》三章，章八句。

162 四牡

四牡騑騑非，周道倭威遲。豈不懷歸？王事靡盬古，我心傷悲。
四牡騑騑，嘽嘽灘駱洛馬。豈不懷歸？王事靡盬，不遑啓處。
翩翩者鵻隹，載飛載下叶虎，集于苞栩。王事靡盬，不遑將父叶甫。
翩翩者鵻，載飛載止，集于苞杞。王事靡盬，不遑將母。
駕彼四駱，載驟醋駸駸。豈不懷歸？是用作歌，將母來諗審，叶深。

古序曰：《四牡》，勞使臣之來也。毛公曰：有功而見知，則説矣。

周先王遣使臣，終事歸，則歌此詩以燕之。《毛傳》謂爲文王之詩。稱王事者，西伯受商王之命以統諸侯，使臣往來，皆王事也。此因西伯未稱王而曲解之，非也；後儒遂謂文王末年稱王，尤非也。蓋凡《風》《雅》歌文王之事，非即作于文王之世。周道大行，而後禮樂興，是成王、周公之世矣。故稱王事、稱天子，文、武同焉。四牡，使臣之乘馬也。馬行地無疆，坤道也，臣道也，故以比。雄曰牡，男子經營四方，故以四牡比。鵻，與睢通，即睢鳩，布穀也。其鳴勸耕，以比孝子耕田養父母也。

一章。我乘四馬，騑騑然馳驅不息。周道回遠，豈不思歸？王事不可不堅固，必堅固而後言歸，是以懷思而傷悲耳。

二章。四牡騑騑然不止，駱馬嘽嘽然喘息，勞亦甚矣。豈不思歸？王事不可不堅固，不得從容啓居耳。

三章。翩翩然飛之鵻鳩，勸耕之鳥也。下集于叢生之栩，而不能高飛失其所矣。我爲人子，以王事不可不堅固，不得耕田養父，失所亦甚矣。

四章。翩翩者鵻，飛而止于叢生之杞。我以王事不可不堅固，不暇養母，亦猶此鵻矣。

五章。駕四駱馬，駸駸前進。豈不思歸？爲君忘親。作此詩以養母之情，來告君也。

白馬黑鬣曰駱。啓，與跽通，跪也。處，居也。古者坐，以膝著地，以股著腓。有所敬，則伸其股而跽，所謂長跪也。《禮》：「君子更端則起」，起即跪也。《論語》云「居，吾語汝」，居即坐也。苞，叢生也。杞，枸杞。將，奉也。諗，告也。

《四牡》五章，章五句。

163 皇皇者華

皇皇者華叶敷，于彼原隰辛。駪駪征夫，每懷靡及。

我馬維駒居，六轡如濡如。載馳載驅，周爰咨諏疽。

我馬維騏，六轡如絲。載馳載驅，周爰咨謀叶媒。

我馬維駱，六轡沃若。載馳載驅，周爰咨度拓。

我馬維駰，六轡既均。載馳載驅，周爰咨詢。

古序曰：《皇皇者華》，君遣使臣也。毛公曰：送之以禮樂，言遠而有光華也。

按，此文王之詩，後王遣使臣皆用之。使臣受命不同，總之宣上德，達下情耳。人主深居清穆，四方艱難疾苦，無由周知，故使臣以周咨爲先務。燕以遣之，所謂送以禮也。歌以樂之，所謂送以樂也。遠而有光華，是皇華所取義也。綸命寵被，君以華其臣；奉使不辱，臣以華其君。朱子謂《序》不達詩意，非也。

一章。皇皇然光明者，草木之英華。或原或隰，輝映載路。使臣銜王命而行，光華亦如之。其從行駪駪然衆多之征夫，疾趨君命，各懷不及之憂也。

二章。我馬維五尺以上之駒，六轡鮮澤而如濡。駕是車馬馳驅，隨事隨處，周徧不遺。咨諏訪問，助予一人耳目之所不及，可也。

三章。我馬維青黑之騏，六轡調直如絲。乘此馳驅，周徧咨謀其計畫，可也。

四章。我馬維駱，六轡潤澤而沃若。乘此馳驅，周徧咨度其機宜，可也。

五章。我馬維陰白雜毛之駰，六轡調齊而既均。乘此馳驅，周徧咨詢於衆人，可也。

每者，不一之辭。

《皇皇者華》五章，章四句。

164 常棣

常棣弟之華，鄂萼不柎韡韡偉。凡今之人，莫如兄弟體。

死喪之威叶歪，兄弟孔懷。原隰裒抔矣，兄弟求矣。

脊令零在原，兄弟急難叶鑾。每有良朋叶盤，況也永歎叶團。

兄弟鬩于牆，外禦其務叶蒙。每有良朋叶旁，烝也無戎。

喪亂既平，既安且寧。雖有兄弟，不如友生。

儐並爾籩豆，飲酒之飫叶遇。兄弟既具，和樂且孺。

妻子好合叶吸，如鼓瑟琴。兄弟既翕，和樂且湛沈。

宜爾室家叶姑，樂爾妻帑奴。是究是圖，亶其然乎。

古序曰：《常棣》，燕兄弟也。毛公曰：閔管、蔡之失道，故作《常棣》焉。

按，武王、周公、管、蔡，皆文之昭也。武王崩，周公相成王，使管叔、蔡叔監殷。管叔將以殷叛，流言毁公。王疑公，公遂避位去居東。明年，管叔叛，成王執而殺之。公不預聞，不能救也。鬱鬱飲恨，情見乎《鴟鴞》《大誥》諸篇。及天下既定，制禮樂，追傷而作此詩，於凡合宗族燕飲則歌之。首言兄弟至親。二章言死喪，即管叔見殺之事。三章言急難，即避位居東之事。四章言鬩墻[一]禦侮，即二叔流言，武庚作亂之事。五章言既安寧，追惟往事，極道悔恨之意。既不忍叔之死，而又不敢尤王。長歌代泣，自怨自艾，使工瞽諷誦。愬諸同父。亟稱良朋者，自恨爲兄弟，不如朋友耳。情有難言，故末章云「是究是圖」。其衷曲甚苦，千載之下，猶堪揮涕。而世儒曾不究圖，誣公殺兄。愚于《書·金縢》辨之詳矣。學者誦《鴟鴞》《常棣》，讀《大誥》《康誥》，而不諒公之心，則千古猶面牆，奚貴誦《詩》讀《書》乎！

一章。常棣之花，衆蘂同柎，柎之承花[二]，韡韡外見。兄弟同本，亦猶此也。凡爾今人，試念天顯，有如兄弟者乎？

二章。居常無事，則親疎不殊。戚戚之情，臨難倍切，雖死喪可畏，惟兄弟甚相懷恤也。陳尸原隰，裒而收之，亦惟兄弟爲相尋求耳。

三章。脊令之鳥，在彼原野。首動尾掣，一體相應。兄弟急難，如左右手，可以人不

[一] 鬩牆，原爲鬩牆，據《毛詩序説》及《湖北叢書》本改。

[二] 「衆蘂同柎柎之承花」，早期印本爲「衆蘂同萼，萼之承花」。

如鳥乎？每有善良之朋，尚相憐而長歎。況在同父，能無悼痛邪？

四章。不令兄弟，鬩很于家牆。突有外侮，何以禦之？每有以良朋之衆，相助而免于害者矣。苟兄弟同心，何憂外侮乎？

五章。今死喪禍亂平矣，難既安矣，外侮且寧矣。追傷往事，生死升沈杳不相及。雖有兄弟，不如良朋之永歎無戎。其于天顯民彝，亦甚乖矣。

六章。既歷患難之苦，益信兄弟之親。今日之燕，陳爾籩豆。飲酒饜飫，既和樂矣。兄弟不在，非真樂也。惟兄弟既具，而後相親，如孺子之真愛耳。

七章。妻子相好相和，如鼓瑟琴，生人之慶也。苟兄弟相猜，則其樂鮮終。必兄弟既聚，而後妻子和樂，可長久耳。

八章。可知室家雖親，得兄弟而後安。妻孥雖和，得兄弟而後樂。此情深切，難可言喻。惟身親閱歷，窮究其理，圖謀其難，始信誠然。苟非身遭艱危者，其孰能知之。

常棣，猶棠棣，梨也。甘者曰棠。鄂、萼通，花蘂也，不當作柎花足也。花足有孚殼如韡。韡，與韡通。韡韡，外見貌[一]。威、畏通。原隰，野外也。裒，斂尸也，蓋指成王殺

[一]「鄂、萼通，花蘂也，不當作柎花足也。花足有孚殼如韡。韡，與韡通。韡韡，外見貌。」早期印本爲：「萼，花蒂也。韡，與韡通。花足有孚甲在外，如人著韡然。韡韡，外見貌。不，豈不也。」

管叔之事。《禮》：公族有罪，磬于甸人。不與國人慮兄弟，故曰原隰也。求，尋覓也。脊令，鳥名，飛則鳴，行則摇，有急難之狀。每，猶常也，況也，猶云尚且也。鬩，很也。務，與瞀通，昏亂之象，謂外侮也。烝，衆也。戎，害也。儐，陳也。孺，小兒也。湛，久也。帑，子也。

《常棣》八章，章四句。○誦《常棣》，而周公無殺管叔之事愈明矣。蓋二叔得罪王室與天下，雖有可殺之罪，而公終無殺兄之心。天下以討罪人爲大義，而公終以不能全兄爲不仁，故于《康誥》曰：「弟弗克恭厥兄，兄亦不念鞠子哀，大不友于弟。」此詩亦云：「雖有兄弟，不如友生。」其自怨之情慘然。蓋傷管叔之死，而恨己之不能救也。豈其有殺兄之事，而又爲此辭乎？《春秋左傳》亦惑于周公殺兄之説，謂是詩爲召穆公作。夫召穆公則宣王之季矣。《序》謂文、武以《天保》以上治内，安得有幽、宣「變雅」雜于其中。左氏紕繆，不止此一端。至其爲《國語》，又謂爲周文公作〔一〕。其狐疑兩可，本無足據。然周公之詩，《序》云文、武，何也？凡文、武之詩，非作于文、武之時，蓋皆周公成文、武之

〔一〕《國語·周語》：「周文公之詩『兄弟鬩於牆，外禦其侮』」徐元誥《國語集解》云：「文公之詩者，周公旦之所作《棠棣》之詩是也，所以閔管、蔡而親兄弟。此二句，其四章也。……其後周衰，厲王無道，骨肉恩闕，親親禮廢，宴兄弟之樂絶，故邵穆公思周德之不類，而合其宗族於成周，故復脩《棠棣》之歌以親之。鄭、唐二君以爲《棠棣》穆公所作，失之，唯賈君得之。穆公，邵康公之後穆公虎也，去周公歷九王矣。」

德，作禮樂。此其燕兄弟之樂也。朱子疑世次不類，謂此《序》與《魚麗》之《序》相矛盾，可謂不達。

165 伐木

伐木丁丁錚，鳥鳴嚶嚶英。出自幽谷，遷于喬木。嚶其鳴矣，求其友聲。相彼鳥矣，猶求友聲。矧伊人矣，不求友生。神之聽之，終和且平。

伐木許許，釃篩酒有藇序，上聲。既有肥羜苧，上聲，以速諸父上聲。寧適不來叶里，微我弗顧古。於粲洒埽叶藪，陳饋八簋叶宄。既有肥牡，以速諸舅叶九。寧適不來，微我有咎叶九。

伐木于阪反，釃酒有衍叶眼。籩豆有踐淺，兄弟無遠。民之失德，乾餱以愆叶歉。有酒湑叶所我，無酒酤古我。坎坎鼓我，蹲蹲存舞我。迨我暇叶火矣，飲此湑所矣。

古序曰：《伐木》，燕朋友故舊也。毛公曰：自天子至于庶人，未有不須友以成者。親親以睦，友賢不棄，不遺故舊，則民德歸厚矣。

太平非一士之力。明主求賢，如爲室求木，故以伐木比。語曰「良禽擇木，良臣擇主」，主明則士附，林茂則鳥歸，故以鳥鳴爲比。山林有士，幽谷有鳥，伐木聞鳥鳴，比求賢得良朋。丁丁用力，以比求治。許許人衆，以比朋友。山阪野處，伐木賤事，以比故舊。王者貴不忘賤，故屢詠伐木，所以爲燕朋友故舊之詩也。」

一章。入山伐木，斧聲丁丁然，豈一手之力？于斯聞鳥聲嚶嚶然，出谷遷喬，以呼其朋偶，而況于人？伐木者聞此，當益堅同志之好矣。人情變態，鬼神難欺。苟能同聲相應，神將聽之，終當和好平康，不至于乖離矣。

二章。伐木者許許人衆，釃酒以飲，藇然均齊，蓋同力則同飲也。今者之燕，既有肥羜，以速諸父。或諸父適有故不來，我不敢失禮不顧也。於乎粲然鮮潔，灑埽其室，陳設飯食，盛以八簋，餚有肥牡，以召諸舅。或適有故不來，我不敢有遺忘之咎也。

三章。伐木于陂陀之阪，釃酒以飲，人衆而有衍，蓋與之同勞，亦與之同樂也。今者之燕，籩豆有踐成列，兄弟具在無遠。凡民失朋友之恩，惟以餱脯糗糧之類。吝而不分，遂致疎薄。我今有酒，泲其糟而湑之，無酒則買之。坎坎然擊我鼓，蹲蹲然起我舞。及我閒暇之日，飲此所湑之酒矣。

丁丁，斧伐木聲。嚶嚶，和鳴也。許許，人多也。釃、灑通，酌之均也。藇，蕃蕪貌，多而齊也。羜，未成羊也。天子謂同姓諸侯，諸侯謂同姓大夫，皆曰父，異姓皆曰舅。微，無也。顧，念也。於，歎辭。粲，鮮潔也。阪，陂陀不平之地。衍，均而多也。兄弟，同儕之稱，即朋友也。乾，果脯之屬。餱，乾糧也。

《伐木》三章，章十二句。○按，舊作六章，章六句，朱子改併三章以每章起伐木，今從之。

166 天保

天保定爾，亦孔之固。俾爾單厚，何福不除叶去聲。俾爾多益，以莫不庶。

天保定爾，俾爾戩剪穀。罄無不宜，受天百禄。降爾遐福，維日不足。

天保定爾，以莫不興。如山如阜，如岡如陵。如川之方至，以莫不增。

吉蠲娟爲饎熾，是用孝享，禴祠烝嘗，于公先王。君曰卜爾，萬壽無疆。

神之弔叶的矣，詒爾多福。民之質矣，日用飲食。羣黎百姓，徧爲爾德。

如月之恒，如日之升，如南山之壽，不騫不崩。如松柏之茂，無不爾或承。

古序曰：《天保》，下報上也。毛公曰：君能下下以成其政，臣能歸美以報其上焉。

朱子謂：「人君以《鹿鳴》以下五詩燕其臣，臣受賜者歌此詩以答其君。」古註意同。則是羣臣、嘉賓、使臣、兄弟、朋友，凡受燕者皆歌此詩。則周臣之答上也，不幾于雷同虛文乎？非也。文武盛時，上下交而泰道成，人心和悦，周公作是詩以鳴其盛。先有泰平之福，忠愛之情，而後樂歌興。非預作是詩，徒使諸臣誇誦，如後世辭臣嬌飾以誣其君，非《天保》之情矣。今觀其辭，曰單厚，諷以仁也；曰多益，諷以損也；曰戩穀，諷以盡善也；曰孝，諷以承先也；曰質，諷以治也；終之曰爾德，歸美之中，責難之義備，所以爲《天保》也。《朱傳》單厚、多益、戩穀之類，俱作福禄解，文義重沓，而乏諷規，與後世獻諛之辭何殊？蓋祝君而以日不足，神之弔，日月之盈虚，意微婉矣。

一章。天道無親，歸于有德。今觀天之安定爾，亦甚堅固矣。使爾君道盡厚，何福不開除與君？又使爾多益，不損下以益一人。是以億兆繁阜，莫不既庶矣。

二章。天之安定爾也，使爾翦然盡歸善道，宜君宜王，宜人宜民，盡無不宜，以承受天百禄。天方降爾以久遠之福，而爾能盈滿是懼，維日貶損而不自足，所以受天禄而無不宜也。

三章。天保定爾，無不興盛。使爾宗社神器，如山阜岡陵之固。使爾多福方來，如川之始至，無一不加增引長也。

四章。爾身，祖宗所依芘也。擇吉蠲潔而爲酒食，以仁孝享祀祖考。夏禴春祠，冬烝秋嘗，于先公先王之廟。先公先王若曰：「期爾以萬壽，無有疆界」，報其孝享也。

五章。祖考之弔閔爾也，詒以多福。使爾民風醇厚，習尚敦朴，不識不知，日用飲食，風俗一而道德同。羣黎百姓之德，徧爲爾之德矣。

六章。爾之受福，觀象于天，景運方新，如月上弦而緪，如日初出而升；觀象于地，四宇鞏固，如南山之壽，不騫虧崩裂；觀象于物，如松柏之茂，青青不改，無不爾承繼也。

保定，猶言安定也。單，盡也，一作亶，信也。厚，仁厚也。除，猶除官之除，開也，開以予之也。多益，豐盛也。損下益上曰益，損上益下曰多益。庶，衆民也。戩、翦通，盡也。穀，善也，養也。罄，盡也。高平曰陸，大陸曰阜，大阜曰陵。吉，善也，謂卜日擇士。蠲，潔也，謂齋戒滌濯。饎，食也，謂粢盛。公，謂組紺以上。先王，謂大王以下。君，即先公先王也。卜，期也，未然之辭。弔，恤也，猶「不弔昊天」之弔，《春秋傳》曰「敢告不弔」，君有道，則神恤之。恒作緪，弦也，月至初八九爲上弦，將盈之漸也。

《天保》六章，章六句。

167 采薇

采薇采薇，薇亦作止。曰歸曰歸，歲亦莫叶如字止。靡室靡家叶姑，玁險狁允之故叶平聲。不遑啓居，玁狁之故叶平聲。

采薇采薇，薇亦柔止。曰歸曰歸，心亦憂止。憂心烈烈，載饑載渴叶謁。我戍樹未定，靡使歸聘。采薇采薇，薇亦剛止。曰歸曰歸，歲亦陽止。王事靡盬，不遑啓處。憂心孔疚叶吉，我行不來叶力。彼爾維何，維常之華花。彼路斯何，君子之車叶叉。戎車既駕，四牡業業。豈敢定居，一月三捷。駕彼四牡，四牡騤騤葵。君子所依，小人所腓肥。四牡翼翼，象弭米魚服叶逼。豈不日戒叶結，玁狁孔棘。昔我往矣，楊柳依依。今我來思，雨雪霏霏。行道遲遲，載渴載饑。我心傷悲，莫知我哀叶衣。

古序曰：《采薇》，遣戍役也。毛公曰：文王之時，西有昆夷之患，北有玁狁之難。以天子之命，命將率帥、遣戍役，以守衛中國。故歌《采薇》以遣之，《出車》以勞去聲還，《杕杜》以勤歸也。

朱子謂此未必文王之詩。夫文王雖未爲王，其爲方伯，以王命遣戍，自有樂歌。此詩居《正雅》之先，非文王烏足以當之？亦猶《國風》首《二南》，雖不必盡文王后妃之事，而皆以歌詠文王后妃之化，爲世法程也。故風者，教也，自家庭以達于邦國；雅者，正也，自朝廷以達諸天下。教以君爲主，故《二南》之事不出家國；政以天子爲宗，故《小雅》之事及于天下。周之政教，由文王興，《風》《雅》皆自文王始也。然何知非武王乎？蓋文、武同，而謨烈異。武王之烈，誓命也，著之史册；文王之謨，禮樂也，被之聲歌。功莫大于武，而德莫高于文。夫子于《書》記武功，而于《詩》歌文德。《二南》《小雅》，《關雎》《鹿鳴》諸詩，所以誌文王之德之盛也。當紂之末，禮樂征伐雖奉商政，而周家聲靈文物，焕然維新，《采薇》命將出師，想見當世威德隆重。而小心服事，不肯改姓易物。三分有二，以服事殷，周之德可謂至德。文王既没，文在兹者，此之謂也。采薇，比王師制敵之易，薇之言微也。四章言常棣，比三軍和集也。王者之師，貴人和，所以制敵如采薇也。朱子論《詩》，以代言爲上之厚。《三百篇》中，美刺多代言。聖人佚道使民，不在代言，而在體恤之誠，讀者當得之言外。

一章。今之往戍也，方春薇生，采而食之，薇始作也。念我歸期，在歲之暮。遠戍邊境，去其室家，惟玁狁之故耳。豈上之人，無故勞我邪？

二章。采薇采薇，薇初生柔弱。念我歸期，憂心烈烈熱中。遠行饑渴，戍事不得安定。同行無歸人，誰爲問我室家也。

三章。采薇采薇，薇長而堅剛。念我歸期，當在歲暮之陽月。王事不堅固，啓處無暇，憂心甚病。我行離家方始，未得即歸來也。

四章。彼爾然茂盛者維何？常棣之華也。彼羽衛衆盛者伊何？大將之路車也。駕此戎路，四馬業業不息。豈敢安居？當獎勵三軍。一月之中，三戰三捷，以圖全勝也。

五章。駕車四馬，騤騤不息。將帥依此車以戰守，士卒隨此車以進退，如腓與足，將卒既同心矣。四牡翼翼，行伍又整齊矣。弓弰之弭，象骨爲之。盛矢之服，魚皮爲之，器械又精好矣。然豈敢恃此而怠緩乎？玁狁之難甚急，無日不戒備也。

六章。成事既定，班師有期。因念昔者我行，蒲柳方生，依依柔弱，所謂采薇時也。今我來歸，遇雪霏霏，歲云暮矣。行道長遠，加以饑渴。我心自哀傷耳，其誰知之者乎？

薇，野豌豆苗，可爲羹芼，葉甚細，故謂薇。作，始出土也。柔，稚也。剛，壯長也。聘，問也。爾，華盛貌。常，棣也。路，與輅同，車也，《周禮》「五路」〔一〕，革路以即戎。腓，足肚也，足行則腓動。魚，水獸似猪，其皮可爲弓鞬虔。

〔一〕《周禮註疏卷二十七·巾車》：巾車，掌公車之政令，辨其用與其旗物而等叙之，以治其出入。王之五路：一曰玉路，錫，樊纓，十有再就，建大常，十有二斿，以祀。金路，鉤，樊纓九就，建大旂，以賓，同姓以封。象路，朱，樊纓七就，建大赤，以朝，異姓以封。革路，龍勒，條纓五就，建大白，以即戎，以封四衛。木路，前樊鵠纓，建大麾，以田，以封蕃國。

《采薇》六章，章八句。○按，薇作而柔而剛，變文疊詠耳。舊注謂三輩遣戍，非也。

168 出車

我出我車，于彼牧叶密矣。自天子所，謂我來叶力矣。召彼僕夫，謂之載叶集矣。王事多難去聲，維其棘矣。

我出我車，于彼郊矣。設此旐兆矣，建彼旄矣。彼旟旐斯，胡不旆旆。憂心悄悄，僕夫況瘁。

王命南仲，往城于方。出車彭彭，旂旐央央。天子命我，城彼朔方。赫赫南仲，玁狁于襄。

昔我往矣，黍稷方華叶敷。今我來思，雨去聲雪載塗。王事多難，不遑啓居。豈不懷歸，畏此簡書。

喓喓草蟲，趯趯阜螽。未見君子，憂心忡忡。既見君子，我心則降叶工。赫赫南仲，薄伐西戎。

春日遲遲，卉木萋萋。倉庚喈喈叶雞，采蘩祁祁。執訊獲醜，薄言還旋歸。赫赫南仲，玁狁于夷。

古序曰：《出車》，勞去聲還旋率帥也。

前篇遣戍。此與下篇，戍畢歸而燕以勞之，此篇勞將帥也。遣則將與卒同，軍旅同心也。勞則將與卒異，朝廷殊禮也。《禮》：賜君子、小人不同日。勞將帥以《出車》，君子之儀衛；勞士卒以《杕杜》，小人之私情。

一章。昔我出車于郊外之牧，自天子之所。謂我分閫而來，王命不敢宿去聲留去聲，遂召僕夫駕車啓行。王事多難，不可以緩矣。

二章。昔我出車，在牧内之郊。車上設龜蛇之旐，以指揮後軍。飾旐以旄，又設鳥隼之旟，以指揮前軍。彼旟此旐，旆旆然飛於車上。此行任大責重，憂心悄悄。况駕車之僕夫，亦爲之憔悴矣。

三章。此行大將爲誰？南仲是也。王命帥師往城朔方，出車彭彭壯盛，旂旐央央鮮明。傳令三軍曰：「今日之事，天子之命，使我保障中夏，非輕舉徼功也。」赫赫南仲，玁狁畏服。孔棘之難，忽已攘除矣。

四章。玁狁既襄，振旅而還。思昔我至朔方，正夏日黍稷方華，擬歲莫可歸，而簡書復使西征，遂及春矣。雨雪解凍，道有泥塗。王事多難，啓處不遑。豈不思歸？畏此簡書耳。

五章。當此春日，室家思曰：「草蟲喓喓而鳴，阜螽趯趯隨之。倡隨之情，蠢動皆同。是以未見君子，憂心忡忡。既見君子，我心始下。赫赫南仲，方往伐西戎，未得歸也。」

六章。南仲今歸矣。春日遲遲然舒長，草木萋萋然茂盛，黄鳥喈喈然和鳴，采蘩者祁祁然衆多。當此景物熙和，大將振旅，執訊獲醜以歸。威名赫赫之南仲，玁狁平夷，宇宙清寧，功成凱旋，豈不樂乎。

我車，謂大將之戎路也。旟、旐，皆建于車上。旐，畫龜蛇以象玄武，統後軍也；旟，畫鳥隼以象朱雀，統前軍也。玄武，北方之宿，北方色玄。鱗甲曰武。前軍屬南。朱雀，南方鶉火之星也。斾斾，旟旐尾飛揚貌。况，猶且也。彭彭，壯盛貌。黍稷方華，盛夏時也。塗，凍釋而泥塗，初春時也。因伐西戎，故逾年至春乃歸也。簡書，古以竹簡書命辭也。訊，問也，敵之爲魁首者，獻于王而訊問之。醜，衆也，降服之衆也。

《出車》六章，章八句。

169 杕杜

有杕弟之杜，有睆宛其實。王事靡盬，繼嗣我日。日月陽止，女心傷止，征夫遑止。

有杕之杜，其葉萋萋。王事靡盬，我心傷悲。卉木萋止，女心悲止，征夫歸止。

陟彼北山，言采其杞。王事靡盬，憂我父母。檀車幝幝闡，四牡痯痯管，征夫不遠。

匪載匪來叶力，憂心孔疚叶急。期逝不至叶質，而多爲恤。卜筮偕叶豈止，會言近叶已止，征夫邇止。

古序曰：《杕杜》，勞還役也。

《出車》以勞君子，詳其事而美其功；《杕杜》以勞小人，叙室家私情而已。杕杜，孤樹也。杜，棣屬，梨也。實甘者爲棠，澀者爲杜。棠枝叢密，而杜枝多刺。其花皆合聚，故棠棣比兄弟，而杕杜比士卒。花合而樹獨則孤，卒合而軍還則散，故爲還卒之比。北山，幽方，憂思之比。枸杞，甜菜味苦，士卒甘苦之比。

一章。杕然特生之杜，有睆然之實，是秋冬之交也。征夫遠戍，以王事不可不堅固。日復一日，今歲已十月猶不歸。女心傷悲，征夫可以暇矣。

二章。特生之杜，萋萋其葉，又復春矣。征夫以王事出，踰歲不歸。我心傷悲，覩此草木萋矣。女心悲矣，征夫亦可歸矣。

三章。陟彼北山，采杞而食，春忽莫矣。征夫以王事不得供子職，貽父母之憂，何但妻子乎！計時已久，檀車雖堅，今亦幝然敝矣。四馬雖壯，今亦痯然疲矣。物猶如此，人何以堪！征夫或不遠矣。

四章。望其載而匪載，望其來而匪來，憂心甚病矣。況歸期已過而不至，我心疑慮，多爲之恤。乃卜之龜，乃筮之蓍。二者偕占，會云近矣。然則征夫之至，果不遠矣。

睆，實貌。陽，十月也。女，征夫之妻。檀車，檀木之車。幝幝，敝貌。痯痯，疲貌。載，行李裝載也。

《杕杜》四章，章七句。○先儒謂《采薇》以下爲文王之詩，諷之誠然。武王命將誓師，氣象自别。而末年受命，制作未備。周公承文謨作歌，故篇中稱王、稱天子。舊註以爲殷王，非也。

170 魚麗

魚麗于罶柳，鱨鯊叶梭。君子有酒，旨且多。

魚麗于罶，魴鱧。君子有酒，多且旨。

魚麗于罶，鰋鯉。君子有酒，旨且有叶以。

物其多矣，維其嘉叶歌矣。

物其旨矣，維其偕叶豈矣。

物其有叶以**矣，維其時**叶上聲**矣。**

古序曰：《魚麗》，美萬物盛多，能備禮也。毛公曰：文、武以《天保》以上治内，《采薇》以下治外。始於憂勤，終於逸樂，故美萬物盛多，可以告於神明矣。

朱子改爲：「通用之樂歌」，非也。明王盛時，品物蕃阜，詩人作歌，以美豐亨富有之祥。聖人刪《詩》正《雅》，師文武、崇王道。而説者但爲上下飲酒定樂歌，道主人優賓之意，則全詩所言皆口腹餚饌而已。執《儀禮·鄉飲》工歌爲據，則《雅》《頌》秖爲《儀禮外傳》。淺陋卑薄，何以言《詩》！

一章。漁者以葦薄爲罶，而魚麗于其中者，鱨有之，鯊亦有之。即一水族之多，而萬物可知。君子有酒，既美而且多，以之行禮，于何不備乎！

二章。魚之麗于罶者，魴有之，鱧亦有之。君子有酒，既多又旨。以之行禮，無一不有矣。

三章。魚麗于罶者，鰋有之，鯉亦有之。君子有酒行禮，既旨又有，則用無不周矣。

四章。凡物多則患其不嘉。今即一魚之類推之，既多而又嘉，非以充數爲多也。

五章。物旨則患其不齊。今物既旨而又齊，非以希少爲旨也。

六章。物有則患其非時。今物既有而又時，非以不時爲有也。

麗，猶著也。罶，以葦薄爲笱，承梁之空取魚也。鱨魚，頰黄善飛，一名黄揚。鯊魚，皮有珠，可飾刀劍靶。魴，鯿也，以形方得名。鱧，圓而長，有斑點，象星文，夜則仰首向北而拱，故字從禮；膽獨甘，故從醴；一名鮦，俗稱烏魚是也。鰋，無鱗，闊口，腹平著地，故得偃名，即鮎也，以其多涎而黏連，故名鮎。鯉，脊上有鱗一道，數至尾，凡三十六，有赤黄白三種。

《魚麗》六章，三章章四句，三章章二句。○朱子謂：「《魚麗》非文武之詩，不在《鹿鳴》什内。」據《儀禮·鄉飲酒禮》「笙歌相間」，謂歌有詩而笙無詩，以《南陔》《白華》《華黍》間《鹿鳴》以下三詩，《由庚》間《魚麗》，《崇丘》間《南有嘉魚》，《由儀》間《南山有臺》；移舊章以合《儀禮》，并古序改爲燕饗通用之歌，置周道文武之盛不講。竊恐未然。夫聖人删《詩》，非删《禮》也。笙歌相間，自有禮儀在，何得以有聲無辭之空名，寄之《雅》中？辭生于心，聲託于器。凡樂由心生，聲由辭生。有辭然後有聲，聲無辭不成章。若笙自爲笙，歌自爲歌。一歌間一笙，風雅頌之歌三百，即合有三百笙。笙有三百，簫管、竽籥之類，亦合各有三百，奚獨《南陔》《白華》五六篇爾？又謂《儀禮》於《鹿鳴》《四牡》以下曰歌，於《南陔》《白華》《華黍》曰笙、曰樂、曰奏，而不言歌。以此爲有聲無辭之徵。今按，《鄉射》亦《儀禮》也，云奏《騶虞》《狸首》，而《騶虞》有辭亦云奏。《周禮》有

《九夏》，《國語》稱「金奏《肆夏》《樊遏》《渠》。」按《肆夏》，即《時邁》；《樊遏》爲《韶夏》，即《執競》；《渠》爲《納夏》，即《思文》，皆有辭而皆云金奏，則奏亦辭也。《南陔》《白華》之名即《九夏》之類。金奏《九夏》有辭，笙奏《南陔》《白華》獨無辭乎？又《周禮·籥章》「以籥吹豳詩」，豳詩即《七月》，籥吹《七月》亦猶笙吹《南陔》《白華》《華黍》也。《豳》有辭，而《南陔》以下獨無辭乎？又《禮記·文王世子》明堂位，祭統升歌《清廟》，下管《象》，《象》即《維清》也，謂管奏《維清》于堂下。管有辭，而笙獨無辭乎？大抵歌即樂也，未有有聲無辭之樂。今分樂與歌爲二，未見其可。

南陔

白華

華黍

古序曰：《南陔》，孝子相戒以養也。《白華》，孝子之潔白也。《華黍》，時和歲豐，宜黍稷也。毛公曰：有其義而亡其辭。

按，此皆武王時詩。萬物既多，孝子得養其父母，故次《南陔》。南陔者，取南風來陔隴之義。孝子奉養清潔，故次《白華》。時和年豐，故次《華黍》。詩亡而古序合編，故《序》得獨存。朱子以爲此笙詩，有聲無辭。引《儀禮·鄉飲酒》及《燕禮》「鼓瑟歌《鹿鳴》《四牡》《皇皇者華》，笙入堂下，磬南北面立，樂《南陔》《白華》《華黍》，乃間歌《魚麗》，笙《由庚》；歌《南有嘉魚》，笙《崇丘》；歌《南山有臺》，笙《由儀》」，謂歌有辭，可歌；笙有腔譜，無辭。愚謂，有腔譜，則腔譜之音自成辭。腔譜所以調辭也，王者作樂頌功德，未有有腔無辭之樂。所謂鼓瑟而歌者，手彈口和，故曰歌；口吹而辭奏乎其中，故曰笙、曰樂、曰奏。此《序》謂其辭亡者，是也。若謂本無是詩，而《序》爲後人妄增，是强詆之也。但其所以亡之故不可考，未知何獨亡笙奏諸篇耳。朱子執謂笙詩無辭，以此。

毛詩原解卷十七終

毛詩原解卷十八

南有嘉魚之什

自《南有嘉魚》至《吉日》，凡十篇。而亡詩《由庚》《崇丘》《由儀》三篇不與焉。内《菁菁者莪》以上六篇，皆成王之詩；《六月》以下四篇，宣王之詩。文、武、成王之詩，謂之「正小雅」，宣王以下詩謂之「變小雅」。

171 南有嘉魚

南有嘉魚，烝然罩罩兆。君子有酒，嘉賓式燕以樂。

南有嘉魚，烝然汕汕訕。君子有酒，嘉賓式燕以衎堪。

南有樛木，甘瓠互纍叶雷，上聲之。君子有酒，嘉賓式燕綏叶芮，上聲之。

翩翩者鵻睢，烝然來叶力思。君子有酒，嘉賓式燕又叶亦思。

古序曰：《南有嘉魚》，樂與賢也。毛公曰：太平之君子，至誠樂與賢者共之也。成王盛時，周公下士，藹藹多吉人，是《詩》可以觀焉。朱子改爲：「燕饗通用之樂」，非也。樂雖用《詩》，而聖人删《詩》不以樂。如以樂删《詩》，則所謂《新宫》《狸首》《采薺》《九夏》宜皆存之，而皆不録，可知《詩》爲觀風化俗，明王道，稽世變，昭鑒戒，不獨爲樂也。惟《頌》樂歌，附諸《風》《雅》後；《風》《雅》，非盡樂歌也，故曰：《雅》《頌》各得其所。人情樂放縱，而惡檢押。聖人言樂必言禮，禮有經，而樂無專經，以此。奈何後儒專以樂言《詩》乎？南，明方也，以比明主。嘉魚，以比良臣。魚水，君臣相得也。罩罩，網羅求賢也。樛木甘瓠，上下交也。鵻鳩來思，乘時變化也。

一章。魚深潛于水。南方江漢之間，有嘉善之魚，衆人烝然罩之又罩之，而後可得。嘉賓抱道潛隱，旁羅勤求，而後可致也。今既作賓而來，王有旨酒，用與燕飲以相樂矣。

二章。南有嘉魚，衆人以小罟撩之。求賢之勤，亦若此。吾王有酒，用以燕飲嘉賓，而衎樂之矣。

三章。南方有下垂之樛木，甘美之瓠因得上附。明良泰交，亦猶此矣。吾王有酒，用燕飲以安嘉賓之心焉。

四章。翩翩然飛之鵻鳩，變化之鳥也，羣然來集。嘉賓乘時顯庸，何以異此？吾王有酒，燕而又燕，致慇懃之無已也。

嘉魚，魚之美者。或曰：似鯉，出沔南丙穴。罩，編細竹爲之，一名籗族，以籠取魚也。君子，謂成王。式，用也。罩者，從上籠之；汕者，從下撩之。衎，樂也。思，語辭。

《南有嘉魚》四章，章四句。

172 南山有臺

南山有臺叶題，北山有萊叶離。樂只君子，邦家之基。樂只君子，萬壽無期。

南山有桑，北山有楊。樂只君子，邦家之光。樂只君子，萬壽無疆。

南山有杞，北山有李。樂只君子，民之父母叶米。樂只君子，德音不已。

南山有栲叶巧，北山有杻紐。樂只君子，遐不眉壽叶守。樂只君子，德音是茂叶某。

南山有枸矩，北山有楰庾。樂只君子，遐不黃耇苟。樂只君子，保艾爾後叶上聲。

古序曰：《南山有臺》，樂得賢也。毛公曰：得賢，則能爲邦家立太平之基矣。

朱子改爲：「燕饗通用之樂」，非也。夫雅者，政也，皆朝廷獻納之辭，如《鹿鳴》《魚麗》《嘉魚》，辭云有酒，猶似燕饗。是詩無飲酒語，惟據《燕禮》「歌《南山有臺》」，然非爲燕禮作也。其以草木比多材，亟贊樂只君子，言得衆賢，則君身君德，名譽福祚，邦家無窮之慶，所以爲樂得賢也。

一章。前視南山，有可爲蓑笠之臺。後視北山，有可爲蔬菜之萊。王國多士如此。樂哉君子，邦家賴以鞏固，而爲之基。曆數賴以綿長，而萬壽無期也。

二章。南山有桑，北山有楊，何材不具。樂哉君子，邦家賴以光顯，壽命賴以延長。

三章。南山有杞，北山有李。樂哉君子，澤及生民，而爲父母。名譽久遠，而德音不已。

四章。南山有栲，北山有杻。多賢夾輔，豈不遐遠而眉壽乎。道德音聞，亦以是而茂盛矣。

五章。南山有枸，北山有楰。樂此多賢，可以調養君身，而爲黄耇可以保養子孫，而無後艱矣。

南山、北山，左右、前後之比。臺，莎草，一名夫符須。萊，葉香可茹。只，語辭。桑，可蠶。楊，蒲柳，可爲箭苛藁，爲屋材，爲舟。杞木，一名狗骨，如樗。栲，山樗也，可爲車輻。杻，檍也，可爲弓弩幹。遐，遠也。枸木似白楊，子長如指，甘如飴，一名木蜜，以爲柱，室内酒皆少味。楰，似楸，宫室良材，一名鼠梓。黄，老人髮白復黄也。耇，老人痀僂之狀。艾，養也。

《南山有臺》五章，章六句。

由庚

崇丘

由儀

古序曰：《由庚》，萬物得由其道也。《崇丘》，萬物得極其高大也。《由儀》，萬物之生，各得其宜也。毛公曰：有其義而亡其辭。

按《六月》之序，此三篇原不相屬，此以亡詩爲類耳。《朱傳》據《儀禮》改《由庚》次《魚麗》，《崇丘》次《南有嘉魚》，《由儀》次《南山有臺》。説見前。

173 蓼蕭

蓼六彼蕭斯，零露湑上聲兮。既見君子，我心寫叶須，上聲兮。燕笑語兮，是以有譽處上聲兮。

蓼彼蕭斯，零露瀼瀼穰。既見君子，爲龍爲光。其德不爽，壽考不忘。

蓼彼蕭斯，零露泥泥你。既見君子，孔燕豈愷弟上聲。宜兄宜弟，令德壽豈愷，叶起。

蓼彼蕭斯，零露濃濃。既見君子，鞗條革沖沖〔一〕充。和鸞雍雍，萬福攸同。

古序曰：《蓼蕭》，澤及四海也。

朱子改爲：「諸侯來朝天子，與之燕飲，以示慈惠，而歌此詩」，非也。《序》義本謂天子親萬國，懷諸侯，天下一家，故曰澤及四海，總括全篇比零露之意。朱子詆爲淺妄，其實深約。蓋周道方盛，泰交喜起之歌。篇中言燕者，安樂之意，非飲酒也。據《詩》次第，此篇朝諸侯，下篇方與之燕飲。蕭，蓬蒿，生澤藪，高不盈丈。露自天零，即《易》所謂「上天下澤，履，君子以辨上下，定民志」「履，帝位不疚」者也。履，禮也，上下有禮，則民志定而泰道成。《序》謂澤加于四海，禮之謂也，豈飲酒云乎。

一章。蓼生于下濕，蓼然上遂。露降自天，湑然下零。天澤交而成禮，亦猶此也。君子來朝，既見則我心傾寫。相與燕樂驩笑言語，是以有譽悅而安處也。

二章。蓼然之蕭，零露瀼瀼，上下交也。既見君子，爲國家榮寵，爲朝廷光華。精忠

〔一〕沖沖，亦有作「忡忡」者。阮元校《毛詩正義》云：「唐石經、小字本作『沖沖』，閩本、明監本、毛本同。案『沖沖』是也。十行本《正義》中字仍作『沖沖』，《釋文》同，皆可證。」

不二之德，無所爽差，宜久于位，而壽考不忘也。

三章。蓼彼蕭斯，零露泥然沾濡。既見君子，相與甚燕樂，而情意豈弟。其豈弟之德，藹然和氣，足以宜爾兄弟，而令德獲壽考之樂也。

四章。蓼彼蕭斯，零露濃厚。君子來朝，馬轡之鞗，有革下垂，沖沖然柔順。車馬之鈴，雝雝然和鳴。聞聲見色，皆康侯之儀衛也。有臣如此，宜爲萬福所聚矣。

蓼，長貌。蕭，蒿也，祭則爇熱之以升臭。湑，潤澤也。君子，指諸侯。寫，傾也，傾寫則舒快矣。燕，樂也。譽、豫通，如「韓姞燕譽」之譽。譽處，安意。上下無猜忌，則安樂矣。龍，寵也。爽，差也。孔燕，甚樂也。壽豈，壽而樂也。鞗，馬轡之末，有革條縚之。革，謂餘而垂者。沖沖，順垂貌。鈴在軾曰和，在鑣曰鸞。或曰：戎車在鑣，乘車在衡也。和鸞，車行疾則失音，行舒則不鳴；行有節，則聲雝雝。攸，所也，宜也。同，聚也。

《蓼蕭》四章，章六句。

174 湛露

湛湛慙，上聲露斯，匪陽不晞。厭厭平聲夜飲，不醉無歸。

湛湛露斯，在彼豐草。厭厭夜飲，在宗載考。

湛湛露斯，在彼杞棘。顯允君子，莫不令德。

其桐其椅醫，其實離離。豈弟君子，莫不令儀。

古序曰：《湛露》，天子燕諸侯也。

前篇來朝，此篇賜燕。朝則禮嚴，燕則情洽。朝以朝旦，禮主于辨也。飲以昏夜，情主于合也。故爲湛露陽晞之比。首章，夜飲之初。次章，豐草有露，露始降也。三章，杞棘，籬邊小樹也。杞棘有露，夜漸久矣。棘叢生，昏亂之象。飲多易亂，故以顯允諷。末章，桐椅則高樹也，見其實垂而離離然。終燕散歸，天向明矣，所謂醉歸陽晞也。禮終易放，醉則驕亢，倦則躁急，故以豈弟諷。豈弟者，温恭也。

一章。露，天澤也，夜則零，日則晞。湛湛然露盛而濕，匪陽則不乾。吾與君子燕飲，厭厭然恩意濃厚，不于朝旦而于昏夜，款洽之至也。苟不盡醉，則無歸焉。

二章。湛然之露，在彼豐草，草茂則得露多。厭厭夜飲，在宗廟之室。考成其禮，親親之地，情最洽也。

三章。湛然之露，在彼杞棘，夜久矣。飲多易亂。君子顯明允信，皆有令德，不以醉而昏亂也。

四章。燕畢且歸矣，見桐椅之實，離離分明。君子清明之德，亦猶此也。豈以久而急遽，醉而傲惰乎？豈弟樂易，莫不有温恭之善儀也。

湛湛，濕貌。陽，日也。晞，乾也。厭厭，厚意。豐草，茂草也。宗，宗廟也。考，成也，成禮也。杞，枸杞也。棘，小棗。顯，不昏也。允，不亂也。桐，梧也。椅，梓類。實，子也。離離，分明也。豈，温和也。弟，平易也。

《湛露》四章，章四句。〇朱子改升亡詩《南陔》《白華》《華黍》于《魚麗》之前，《魚麗》以下悉依《儀禮》次第，雜亡詩《由庚》《崇丘》《由儀》以足十篇之數，至此改爲《白華之什》。

175 彤弓

彤同弓弨超兮，受言藏之。我有嘉賓，中心貺叶平聲之。鐘鼓既設，一朝饗叶平聲之。

彤弓弨兮，受言載叶祭之。我有嘉賓，中心喜叶去聲之。鐘鼓既設，一朝右叶意之。

彤弓弨兮，受言櫜叶導之。我有嘉賓，中心好去聲之。鐘鼓既設，一朝醻叶到之。

古序曰：《彤弓》，天子錫有功諸侯也。

朱子改爲：「天子燕有功諸侯，錫以弓矢之樂歌」，謂錫弓矢，是也；謂燕，非也。燕與饗異。饗用大牢，爵盈而不飲，所以示恭儉也；燕則盡醉，爵行無算，所以示慈惠也。燕、饗皆酒，而饗主于錫，以酒行禮，非行禮以飲酒也。《周語》：「王饗有體薦，燕有折俎。」公當饗，卿當燕，故燕或至夜，而饗行于朝。成禮而罷，故曰一朝饗之，《春秋傳》「鄭饗趙孟」。禮終乃燕，是饗終朝耳。諸侯有四夷功，天子錫彤弓，以表其武功。鄭康成謂使之專征伐，是桓文之假託，先王未之有也。禮樂征伐自天子出，諸侯而專征伐，大亂之道以此。傳經誤天下後世，可勝言哉。

一章。朱色之彤弓，新未受弦，弨然而弛，色異凡弓，是昭代所貴也。今受以歸，尚其寶藏之。我有嘉賓，功在社稷。中心誠敬，欲以相貺，故設鐘鼓之樂，舉大饗之禮于一朝，即以予之矣。

二章。彤弓弨兮，受之則以物承載之。此朝廷名器，我以嘉賓有功，中心喜悦，故設鐘鼓于一朝，即右賓而授之矣。

三章。彤弓弨兮，受之則以衣櫜之。我以嘉賓有功，中心好樂，故設鐘鼓于一朝，即以酬答之矣。

彤，赤色，周所尚也。弨，弓弛貌。貺，賜也。載，以器承之也。右，受弓者居右也。《曲禮》：主人受弓，由客之左。接下承弣，向與客並，然後受。蓋客自外來，西爲左，主人于客西並立而受之。或曰：右、侑通，助也。櫜，以弓衣韜之。醻，報也。

《彤弓》三章，章六句。

176 菁菁者莪

菁菁精者莪鵞，在彼中阿。既見君子，樂洛且有儀叶俄。

菁菁者莪，在彼中沚。既見君子，我心則喜。

菁菁者莪，在彼中陵。既見君子，錫我百朋。

汎汎楊舟，載沈載浮。既見君子，我心則休。

古序曰：《菁菁者莪》，樂育材也。毛公曰：君子能長育人材，則天下喜樂之矣。

朱子改爲：「燕飲賓客之詩」，非也。按《王制》，鄉子弟入學，九年大成，曰秀士；升之司徒，曰選士；司徒論選士，升之大學，曰造士；大樂正論造士，進于王，曰進士；司馬論定而後官之，位定而後禄之。此先王所以樂育材也。是詩以菁莪比者，莪，蒿也。蒿生澤藪，香美可食，以爲蓍，通于神明；以供槱，升臭于郊廟百祀，故比賢材。蒿易長，俄然而成，故名莪。小曰莪，大曰蒿。諺云「三月茵陳，四月蒿」，言易長也，故比育材。莪本不生陵阿與水中，言在彼者，比培植之厚也。錫百朋，錫貝也。貝文而澤，比朋友相麗澤也。楊舟，楊木爲舟。楊，陽也，以比賢士〔一〕。舟利涉，以比濟世。沈浮野水，虚舟

〔一〕賢士，早期印本爲「君子」。

待渡，以比賢士待用也。全詩取莪寓義，無古序，即毛氏不知所由作。豈惟毛氏，雖仲尼亦不知所由作也。雖降爲十五「國風」，又降爲「變風」，與青青子衿同改爲淫奔，皆似耳。讀《序》，乃見作者之志，亦可以知《詩》與聲，辭與志之辨，《序》烏可廢也！朱子于古序，斥爲無據，于比義復不理會，則以是詩爲燕飲賓客，又何怪乎！

一章。菁菁始生之嵩，俄然易長，在彼山阿之中。物既美少，得地又厚，其茂盛宜也。君子教化大行，草野之士得見。樂其教育，且觀國之光，而有禮儀矣。

二章。菁菁者莪，在彼小渚之沚。多士洒濯，亦猶此也。既見君子，得蒙湔祓，我心則喜矣。

三章。菁菁者莪，在彼中陵，浸以升矣。既見君子，羣賢麗澤，所獲寔多，何異百朋之錫乎。

四章。楊木之舟，則沈則浮，虛以待用也。人材，國之舟楫。既見君子，論定而官，任官而爵，我心則安矣。

菁菁，美盛貌。古者以貝爲貨，貝有五：大貝、牡貝、幺貝、小貝、不成貝，各二爲朋。百朋，百雙也。休，安定也，明主論材，則人情安定矣。君子，指明主〔一〕。

〔一〕「君子，指明主」，早期印本無。

《菁菁者莪》四章，章四句。

177 六月

六月棲棲西，戎車既飭敕。四牡騤騤，載是常服叶逼。玁狁孔熾滯，叶赤，我是用急。王于出征，以匡王國叶亦。

比物四驪，閑之維則。維此六月，既成我服叶迫。我服既成，于三十里。王于出征，以佐天子。

四牡脩廣叶拱，其大有顒容。薄伐玁狁，以奏膚扶公。有嚴有翼，共武之服叶逼。共武之服，以定王國叶亦。

玁狁匪茹孺，整居焦穫護。侵鎬及方，至于涇陽。織去聲文鳥章，白旆央央。元戎十乘，以先啓行叶杭。

戎車既安叶淵，如輊如軒。四牡既佶，既佶且閑叶賢。薄伐玁狁，至于大原。文武吉甫，萬邦爲憲。

吉甫燕喜，既多受祉。來歸自鎬，我行永久叶巳。飲御諸友叶以，炰鼈膾鯉。侯誰在矣？張仲孝友叶以。

古序曰：《六月》，宣王北伐也。毛公曰：《鹿鳴》廢，則和樂缺矣；《四牡》廢，則君臣缺矣；《皇皇者華》廢，則忠信缺矣；《常棣》廢，則兄弟缺矣；《伐木》廢，則朋友缺矣；《天保》廢，則福禄缺矣；《采薇》廢，則征伐缺矣；《出車》廢，則功力缺矣；《杕杜》廢，則師衆缺矣；《魚麗》廢，則法度缺矣；《南陔》廢，則孝友缺矣；《白華》廢，則廉耻缺矣；《華黍》廢，則蓄積缺矣；《由庚》廢，則陰陽失其道理矣；《南有嘉魚》廢，則賢者不安，下不得其所矣；《崇丘》廢，則萬物不遂矣；《南山有臺》廢，則爲國之基墜矣；《由儀》廢，則萬物失其道理矣；《蓼蕭》廢，則恩澤乖矣；《湛露》廢，則萬國離矣；《彤弓》廢，則諸夏衰矣；《菁菁者莪》廢，則無禮儀矣。《小雅》盡廢，則四夷交侵，中國微矣。

按毛公所云，即孟子《詩》亡之意。聖人删《詩》稽王道之興廢，垂法戒也，故《小雅·鹿鳴》以下諸詩，皆文、武、成周之盛，百度所以脩舉，世運所以興隆。而穆王以後，周道浸衰，典刑廢墜。至于厲王，頹敗極矣，國人逐之，而死于彘。其子宣王，復脩文武之政，焕然中興，故自此至《無羊》十四篇，皆宣王之詩。此篇則美其命將北伐之功，皆所謂「變小雅」也。毛公《序》説，歷舉《鹿鳴》諸詩所由廢，一以見世道興衰之由，一以明聖人删《詩》正《雅》之義。故孟子曰：「《詩》亡，然後《春秋》作。」《詩》與《春秋》相終始，非徒爲聲樂而已。毛公所以有功于《詩》也。

一章。盛夏不興師。今六月盛暑，棲棲不寧。戎車倏飭，四馬騤壯。載是戎衣以出，何爲者也？因玁狁倡熾，中國急難，王命出征，所以攘夷而正中國也。

二章。戎馬比力不比色。今四馬既比物齊力矣，而色又皆驪，其馳驅進退，閑習法則，非備之有素而能然乎？當此六月，即製戎服。服成就道，趨事敏速。然日行不過三十里，師出以律，不倉皇失度。王命出征，使之敵愾而佐天子也。

三章。四馬長廣，顒然壯大。薄伐玁狁，以成美功。戎事尚戒懼。今將士皆能嚴畏敬慎，以供武事，自足以制敵，而安定王國矣。

四章。玁狁不自茹度，整齊醜類，盤踞我焦穫之地，分兵侵我邊地之鎬，逼近朔方，深入涇水之北。我乃選鋒前進，建赤幟，畫鳥章，綴白繒爲旆，央央鮮明。簡戎車之大者十乘，開道啓行，以爲先鋒焉。

五章。戎車既安而適調，從前視之如輊，從後視之如軒，其盡制如此。駕車四馬，既佶壯而又閑習，軍實非不足也。然薄伐玁狁，僅至大原而止。夷夏有限，不窮追也。爲大將者，乃能文能武之吉甫。萬邦以爲師，何難一玁狁乎！此王國匡而天子所以佐也。

六章。今吉甫成功歸矣，王錫之燕飲喜樂，多受祉福。以其歸自邊地之鎬，在外永久，朋友情疎。進諸僚友，與之飲酒，有炰鼈膾鯉以爲餚。時維誰在？有張仲者，其人孝友也。以此名賢，陪彼勳臣。功名始于孝友，王所以嘉吉甫，而率勵羣臣也。

六月，建未之六月。棲棲，不定也。常服，戎事之常服，韋弁韋衣，臨陳之服也，在途則載之。比物，齊力也。凡朝祭毛馬，取毛色齊也；凡軍事物馬，取物力齊也。今物與色皆齊，馬多也。閑，習也。則，法也。馳驅之法也，三十里爲一舍。古者吉行日五十里，師行日三十里。脩，長也。廣，大也。顒，昂壯貌。奏，成也。膚公，美功也。共武服，共武事也。茹，度也。焦、穫、鎬、方，皆北地近玁狁者。涇水在豐、鎬西北，水北曰陽。織、幟同，赤旗也。文，幟上之文，即鳥章也。鳥隼曰旟，畫朱雀以統前軍也。凡旗幟，以帛爲尾曰旆。此白旆，鳥幟之旆也。央央，鮮明也。元戎，大兵車也。凡軍前曰啓，軍後曰殿。啓，開也。行，路也。輊，車覆而前也。軒，車却而後也。凡車如輊如軒，乃盡制也。佶，壯貌。大原，地名。

《六月》六章，章六句。

178 采芑

薄言采芑起，于彼新田，于此菑畝叶米。方叔涖止，其車三千，師干之試叶矢。方叔率止，乘其四騏叶吃，四騏翼翼。路車有奭吸，簟笰魚服叶逼，鉤膺鞗革叶急。

薄言采芑，于彼新田，于此中鄉。方叔涖止，其車三千，旂旐央央。方叔率止，約軝祈錯衡，八鸞瑲瑲倉。服其命服，朱芾弗斯皇，有瑲葱珩行。

鴥聿彼飛隼筍，其飛戾天，亦集爰止。方叔涖止，其車三千，師干之試。方叔率止，鉦征人伐鼓，陳師鞠旅。顯允方叔，伐鼓淵淵，振旅闐闐田。

蠢爾蠻荆，大邦爲讎。方叔元老，克壯其猶。方叔率止，執訊獲醜叶仇。戎車嘽嘽灘，嘽焞焞推，如霆如雷。顯允方叔，征伐玁狁，蠻荆來威。

古序曰：《采芑》，宣王南征也。

此宣王命將南征，有功歸，而詩人歌之。朱子改爲：「軍行采芑而食，賦其事以起興」，非也。芑，嘉谷也。宣王中興，田野墾闢，于彼于此，餘糧棲畝。王師所過足食，無轉運齎持勞頓之苦，故以爲比。《朱傳》以芑爲苦藚菜，軍行采食。按，詩本託言耳。軍法，掠民間一草有禁，豈真有踐民田采芑之事乎？善説《詩》者，觀《采芑》《六月》，軍旅之事，思過半矣。《六月》，事勢張皇；《采芑》，氣象暇豫。蓋吉甫承頹敗之後，敵驕兵惰，應變不得不敏。及北虜既平，軍聲既振，方叔再出，服命服，乘命車，從容運籌，而南蠻奪氣矣。故吉甫薄伐，才兼文武；方叔元老，賤戰貴謀。著之篇什，豈徒以其辭而已乎！故曰：「《詩》可以觀，授之以政不達，雖多亦奚以爲。」

一章。中衰之後，田野不治。今薄言采芑，于彼再歲之新田，于此初墾之菑畝。王師所過，嘉穀被野，曠土闢而田野治矣。今蠻荆背叛，方叔以王命臨戎。兵車三千，師衆干盾素習。率之以行，駕車四馬，青黑齊色，翼翼然驂服整齊。上公金路，赤色奭然。竹簟爲蔽，魚皮爲矢服。馬頷下有鉤，懸樊纓九就，當馬之膺。馬轡首以皮爲鞗，其餘革下垂也。

二章。薄言采芑，于彼新田，于此中鄉。近郊之地，無不有也。方叔臨止，其車三千，旂旐央央鮮明。所乘路車之轂，約束以皮。車前衡木，畫以雜文。四馬八鸞，其聲瑲瑲。方叔身服爵命之服，其朱韍皇然鮮明，佩玉瑲然和鳴。葱色之玉，以爲佩首。不事戎飾，而應敵從容如此。

三章。鴥然疾飛之隼，其飛戾天，而下集于所止。王師鷹揚，遠擣南蠻，亦猶此也。方叔蒞止，其車三千，師衆干盾試習。方叔率以臨陳，三軍聞鉦静而止，聞鼓動而行。鉦人司鉦，鼓人伐鼓，各有司存。先陳師旅，告以約誓。方叔紀律明，而號令信。進而戰也，伐鼓淵淵然寂静；戰而退也，振旅闐闐然駢集，其整齊嚴肅如此。

四章。蠢然無知之蠻荆，爲我王國之寇讎。方叔大老，深沈諳練，算無遺策。率師以進，執其訊魁，獲其羣醜。戎車嘽嘽然衆，焞焞然盛。迅擊如霆，發聲如雷，其威也如此。顯允方叔，昔嘗與南仲征伐玁狁，蠻荆聞名，不待戰而來威服矣。

芑，白粱，粟也。凡墾田，一歲曰菑，二歲曰新田。殺草木曰菑。菑、災通。莅，臨也。車三千，言多也。師干，猶言兵甲也。試，練習也。奭，赤色，一作赩。《周禮》「巾車」：「金路，鉤樊纓九就，同姓及上公之車也」。知此車爲金路者，以鉤唯金路有之也。鉤，馬項下飾。膺、纓通，樊纓當馬胸膺，故以纓爲膺也。樊作鞶，馬胸前革帶也。纓梁五色毛，纏一匝爲一就，九匝爲九就，懸之鉤上也。戎事乘革路，此乘金路者，初出師非臨敵也。中鄉，鄉中也。天子六鄉六遂，遂遠而鄉近也。軧，轂也。約，皮束也。錯，雜采也。衡，車前轅端横木也。鈴在鑣曰鸞，馬口兩旁也。芾作韍，蔽膝也。皇，鮮明也。蔥，蒼色也。珩，佩首横玉，一命緼韍黝珩，再命赤韍黝珩，三命以至九命，皆赤韍蔥珩。隼，鷂屬，急疾之鳥，搏無不中，故謂之隼，言准也。鉦，鐃也，似鈴，柄居中，貫上下，一名鐲執。鉦以静之，鼓以動之。凡軍進退，皆以鼓行鉦止。鞫，告也。淵淵，猶咽咽，肅静聲。闐闐，駢集也。蠢，動而無知貌。元老壯謀，不似少年輕躁也。威，古畏同。

《采芑》四章，章十二句。○世儒謂《春秋》夷楚，據是詩「蠻荆」之語。愚按，《禹貢》荆居九州第六，其地迫近中原。《江漢》《汝墳》，《二南》所首善也，焉得比之荒服？蠻夷荒服，環畿甸四面，二千三百里外，皆得稱之，何獨南土也？三代以前，帝都居北，故南土遠。在今楚地，正當四宇中央，自衡岳五嶺，南連百粵閩廣。西南夷，古皆屬荆，因稱荆蠻。其地半天南，王者南面，失楚則如面牆。顧江介險阻，亂則先叛，治則後附。是以商周中興，必先服楚。若蠻夷，先王荒之耳，何以伐爲？《商頌》曰「維汝荆楚，居國南鄉」，亦言近也。此詩曰「征伐玁狁，蠻荆來威」，言玁狁遠，而荆蠻近，不得不討。後儒解《春秋》，尊齊晋，爲擯楚之説，質之經無據。華戎錯居，何國蔑有，寧獨楚乎？餘詳《春秋》。

179 車攻

我車既攻，我馬既同。四牡龐龐龍，駕言徂東。

田車既好叶吼，四牡孔阜甫。東有甫草，駕言行狩。

之子于苗叶毛，選算徒囂囂敖。建旐設旄，搏獸于敖。

駕彼四牡，四牡奕奕。赤芾金舄，會同有繹。

决拾既佽次，與末句叶，弓矢既調與同叶。射夫既同，助我舉柴叶次。

四黄既駕叶哥，兩驂不猗阿。不失其馳叶駝，舍矢如破叶婆。

蕭蕭馬鳴，悠悠旆旌。徒御不驚，大庖不盈。

之子于征，有聞問無聲。允矣君子，展也大成。

古序曰：《車攻》，宣王復古也。毛公曰：宣王能内脩政事，外攘夷狄，復文、武之竟土。脩車馬，備器械，復會諸侯於東都，因田獵而選算車徒焉。

一章。在昔中衰，百度廢墜。今車盡制而堅攻，馬蕃阜而齊同。乘輿之四馬，龐龐然肥壯。駕車以往東都，脩朝會之禮于久曠之後也。

二章。朝會則必講武。田獵之車既好，四牡之馬甚大。東都有廣大之草澤，乘輿今往，將遂行狩也。

三章。欲行狩苗，必算徒衆，囂囂然其聲之多也。建旐以統人，設旄以飾旐。將往搏獸于敖山之陽，甫草之地也。

四章。乘輿既東，諸侯咸集。駕四牡之馬，奕奕然盛大。服赤色之芾，著金飾之舄。來會同者，絡繹不絶也。

五章。朝會既畢，狩獵斯行。决以鉤弦，著于右大指。拾以利弦，著于左臂，各與手相比次也。弓矢均調適，宜諸侯同爲射夫，協力助王，共舉所獲之胔，人心齊也。

六章。四黄之馬既駕，兩驂鴈行不偏。御者循其馳驅之法，不詭遇遷就。射者發必中獸，如破物然。射御各極其精也。

七章。狩事既畢，蕭蕭肅静。聞馬聲之嘶，悠悠徐緩。見旆旌之閑，徒衆車御，寂無驚擾。其頒禽也，所獲雖多，惟擇取三十，餘悉分賜，君庖不求盈也。

八章。是役也，師徒不爲不衆矣，車馬不爲不多矣。然但聞師行，不聞人聲，紀律嚴明，人心整肅。信矣，其爲君子之事。誠哉，其爲大成之業也。

龐龐，肥壯貌。甫草，大藪也。凡獵，擇草野大地爲場，週迴芟草，積以爲防。先誓士戒衆講武畢，驅禽納于防内，乃焚草，就中射之，故曰草也。冬獵曰狩。之子，指王。夏獵曰苗。詳《周禮・夏官》。選，與算通，數也，《盤庚》曰「世選爾勞」。囂囂，人衆聲。敖，山名，在鄭地。奕奕，大也。時見曰會，殷見曰同。時見無常期，有事則會也。殷，衆也。十二歲王不巡守，則六服衆見也。決，以象骨爲之，著於右手大指，以鉤弦也。拾，以皮爲之，著於左臂，收拾衣袖，以遂弦也。弓矢相得曰調。射夫，即來朝之諸侯。柴，當作骴次，謂所獲禽獸之肉，《説文》作髊，積也。大庖，君厨。不盈，取禽止三十也。凡田獵所獲禽分三等。凡逐禽，從後左射中左脅，矢出右肩，貫心速死者，肉鮮潔，爲上殺，以充乾豆，供宗廟；貫右耳本者未及心，死緩，肉微惡，爲中殺，以供賓客；中左股貫右脅，死最遲，爲下殺，以充君庖。每殺止取十，其餘盡以頒賜。三殺外，有從旁横中者，有當面中者，不取，嫌殺降也。有未成禽者，不取，惡殺夭也。

《車攻》八章，章四句。

180 吉日

吉日維戊叶某，既伯既禱叶帚。田車既好叶吼，四牡孔阜否。升彼大阜，從其羣醜。

吉日庚午，既差我馬叶母。獸之所同，麀鹿麌麌語。漆沮之從，天子之所。

瞻彼中原，其祁孔有叶以。儦儦標俟俟，或羣或友叶以。悉率左右叶以，以燕天子。

既張我弓，既挾浹我矢。發彼小豝，殪意此大兕史。以御賓客，且以酌醴。

古序曰：《吉日》，美宣王田也。毛公曰：能慎微接下，無不自盡以奉其上焉。

天子日萬幾，而能留意于馬祖，是能謹微也。田獵非適意，獲禽享賓，恩接于下也。蒐狩以講武，先王之大禮，可以覘軍實，可以觀人心，可以驗君德之好尚，可以察政事之綜理，故詩人美而歌之。

一章。吾王再狩西都，將用車馬，先祭馬神。外事用剛日，以吉日戊辰，祭馬祖而禱曰：「使我田車既好，四馬孔阜。升彼大阜之上，從禽獸之羣類也。」

二章。越三日庚午，選擇我馬。于禽獸所聚，麀鹿麌麌然衆多之處，如漆、沮二水之旁，可爲天子大狩之所也。

三章。漆、沮之間，有平原焉，其地祁然而大，禽獸甚有而多。或儦儦疾走，或俟俟相待，或三爲羣，或二爲友。盡率左右，同心射獵，以燕樂天子也。

四章。張弓在手，挾矢在弦。小豕曰豝，發則必中。大獸如兕，一矢即死。獲獸雖多，非以自供也，將以進御賓客，爲燕飲之需，且以酌醴齊，行大饗之禮也。

天干爲日，地支爲辰。日干五剛五柔：甲丙戊庚壬，五奇爲剛；乙丁己辛癸，五偶爲柔。十二支，六陰六陽：子寅辰午申戌爲陽，丑卯巳未酉亥爲陰。戊辰庚午，皆陽剛也。《禮》：外事用剛日，内事用柔日。外事，祀外神也。馬祖，亦外神。伯，即馬祖之神，天駟星也，一名房，一名龍，房爲龍馬也。差，擇也。麀，牝鹿也。麌麌，鹿多貌。漆、沮，西都二水名。祁，大也。挾、夾同，兩物夾一曰挾。矢在弦上，以大二指夾而引之也。殪，一矢而死也。醴，酒之連糟者。《周官》「酒正五齊」〔一〕，二曰醴齊，用以祭享，貴本初也。

《吉日》四章，章六句。

毛詩原解卷十八終

〔一〕《周禮註疏卷五·天官冢宰下》：酒正，掌酒之政令，以式法授酒材。凡爲公酒者，亦如之。辨五齊之名：一曰泛齊，二曰醴齊，三曰盎齊，四曰緹齊，五曰沈齊。

毛詩原解卷十九

鴻鴈之什

自《鴻鴈》至《無羊》，凡十篇。

181 鴻鴈

鴻鴈于飛，肅肅其羽。之子于征，劬勞于野叶汝。爰及矜人，哀此鰥寡叶矩。

鴻鴈于飛，集于中澤。之子于垣，百堵皆作叶則。雖則劬勞，其究安宅。

鴻鴈于飛，哀鳴嗸嗸。維此哲人，謂我劬勞。維彼愚人，謂我宣驕叶高。

古序曰：《鴻鴈》，美宣王也。毛公曰：萬民離散，不安其居，而能勞去聲來去聲還定安集之，至于矜鰥寡，無不得其所焉。

朱子改爲：「流民喜之而作」，非也。《小雅》自《鹿鳴》而下，至此二十餘篇，皆朝廷制作，不應忽采民謡一篇，雜入其中。以鴻鴈比者，鴻鴈來去無常，民亦罔常，故末章美而寓規。以爲流民自言，誤矣。

一章。鴻鴈之飛，春避暑而北，秋避寒而南，轉徙無常，其羽聲肅肅然也。民生聚散，何以異此？爾民初遭亂而往，饑寒流離，劬勞于野。爰及同行之輩，皆可矜憐之人。中有鰥寡無告者，尤爲可憐也。

二章。鴻鴈于飛，集于中澤，得所止矣。民散而復還，脩其垣牆。向之頹圮者，今百堵皆作。雖云劬勞，究竟得安居矣。

三章。鴻鴈于飛，哀鳴嗸嗸，如有所愬。新集之衆，有居無食，有食無衣，何異嗸嗸之鴈？維此明君，謂我民劬病勞苦，惠養安全，自不容已。維彼昏君，謂我民宣縱驕恣，觖望無厭，嗸然不顧矣。

之子，指流民。劬勞，病苦也。牆高廣一丈曰堵。

《鴻鴈》三章，章六句。

182 庭燎

夜如何其忌？夜未央，庭燎料之光。君子至止，鸞聲將將鏘。

夜如何其？夜未艾刈，庭燎晣晣制。君子至止，鸞聲噦噦誨。

夜如何其？夜鄉向晨，庭燎有煇熏。君子至止，言觀其旂叶斤。

古序曰：《庭燎》，美宣王也。毛公曰：因以箴之。

朱子改爲：「王將起視朝，而問夜之辭」，非也。宣王豈真有夜半視朝之事？毛公所謂因以箴之云爾，蓋夜未半而起太早，非可繼之道。進鋭者退速，始勤者終怠，所以卒有姜后之諫。詩人先見，而毛説有據也。

一章。王勵精求治，夜半不安于寢，問曰：「今夜早晚何如乎？」乃夜尚未中央，而王將起矣。庭燎已明，諸臣來朝者，車馬鸞聲，將將然衆矣。

二章。夜如何乎？夜尚未盡。庭燎久而光漸小，晰晰然矣。諸臣續至者，鸞聲噦噦。來者將盡，其聲漸殺也。

三章。夜如何乎？夜始向晨。庭燎不見光而見煙氣，天將明矣。君子來朝，見其旂而辨色矣。夫視朝必待辨色，而問夜已始于未央，無乃不可爲常乎。

其，語辭。央，中央。庭燎，地燭也，束葦置階下然之。艾，與刈通，艾老然後可刈，故凡將盡稱艾。晰晰，小明也。噦噦，聲微也。鄉晨，向旦也。煇，火氣。

《庭燎》三章，章五句。

183 沔水

沔免彼流水，朝宗于海叶毀。鴥聿彼飛隼，載飛載止。嗟我兄弟，邦人諸友叶以，莫肯念亂，誰無父母叶美？

沔彼流水，其流湯湯。鴥彼飛隼，載飛載揚。念彼不蹟，載起載行叶杭。心之憂矣，不可弭米忘。

鴥彼飛隼，率彼中陵。民之訛言，寧莫之懲。我友敬矣，讒言其興。

古序曰：《沔水》，規宣王也。

鄭氏曰：「以恩親正君曰規。規者，正圓之器。」五行東方爲規，主仁恩，故《春秋傳》曰「近臣盡規」。王信讒遠諸侯，不敢直諫，而但呼其親戚朋友念亂，以感動王，故謂之規。朱子據詩中「邦人諸友」，改爲「民間相語」，非也。詩謂諸侯不朝，飛揚跋扈，不循道理；一二守禮者，畏讒言之及，莫敢自必。故諷王遠讒親諸侯，以終大業也。水，無情之物，流則不定；隼，急疾之鳥，飛則不止，皆諸侯不朝之比。

一章。沔然而滿之流水，必歸于海，水猶知朝宗。諸侯憑陵跋扈，如急疾之鷹，飛止不定，天下萃涣之勢未可知。嗟我兄弟邦人諸友，安當思危，皆無肯遠慮者。誰獨無父母乎？亂將累及父母矣。

二章。沔然之流水，其流湯湯然盛也。諸侯放恣，如水横流，如隼飛揚。念彼不循理者，至于坐卧不安，憂不可弭忘也。

三章。歔然之隼，雖或飛揚，時亦循中陵而止。諸侯豈無循理述職者？則宜推誠懷撫。而訛言復肆中傷，不可不懲止也。聞諸侯自相謂曰：「我友事王室，可謂敬矣，讒言其猶興也。」羣情危疑若此，王可不懲乎？

沔，水流滿也。諸侯見于天子曰朝宗。蹟、迹同。不蹟，不循道也。弭，止也。訛言，虚僞之言，即讒言也。

《沔水》三章，二章章八句，一章六句。

184 鶴鳴

鶴鳴于九皋，聲聞問于野。魚潛在淵，或在于渚。樂洛彼之園，爰有樹檀叶團，其下維蘀託。它山之石，可以爲錯。

鶴鳴于九皋，聲聞于天叶廳。魚在于渚，或潛在淵叶因。樂彼之園，爰有樹檀，其下維穀谷。它山之石，可以攻玉。

古序曰：《鶴鳴》，誨宣王也。

《毛傳》謂「教王用賢」，是也。鳥高飛善鳴者莫如鶴，以比賢人。淵魚、園樹、山石，皆用賢之比。

一章。鶴，良禽也。鳴于九皐深澤之中，聲出聞于四野。賢者脩德岩穴，令聞遠播，無異此。王欲得之，未易也。如魚深潛于淵，時或泳游于渚，江湖自得，未肯出潛，輕受人餌。必也清明之朝，貴德尊士，如人稱彼園之可樂，有嘉樹之檀，其下維落叶之蘀，有德者上，無德者下，賢者始樂就耳。得賢，則可以切磋君德，砥礪治功。如他山之石，以爲錯磨之用，其受益可量乎！

二章。鶴鳴于九皐，聲聞于天。德之升，聞亦猶是也。魚在于渚，或潛在淵，網羅何其難也。樂彼園有樹檀，其下維惡木之穀。人君用舍分明，賢者始樂于仕其朝。如他山之石，取以攻玉，輔相之益，不既多乎！

鶴，長頸高足，白身青翼，赤頂長喙，常夜半鳴，聲聞數里。九皐，深澤，猶九泉九天，極言其深也。蘀，落葉。錯，磨石。穀，惡木，一名楮，其皮可爲布爲紙，其實可食。攻，治也。《鶴鳴》二章，章九句。〇按《序》，《庭燎》美，而因以箴。箴，針也，微刺之，其辭隱。《沔水》規。規，圓也，情動之，其辭悲。《鶴鳴》誨。誨，教也，詳説之，其辭核。古序精確如此。朱子必欲改作，何與？自《彤弓》至此篇，朱改爲《彤弓之什》。

185 祈父

祈父甫，予王之爪牙叶吾。胡轉予于恤，靡所止居？

祈父，予王之爪士叶史。胡轉予于恤，靡可底止？

祈父，亶不聰。胡轉予于恤，有母之尸饔？

古序曰：《祈父》，刺宣王也。

朱子改爲：「軍士怨久役而作」，謂未見其必爲宣王非也。如必欲見爲宣王，則詩明言敗績于姜戎，然後可。按《國語》，宣王三十九年，王師敗績于姜戎。料民于大原，兵不足，故發畿内之民從征。詩不敢斥王，而呼司馬。朱子遂以爲軍士語耳。

一章。祈父，汝爲司馬，掌征伐，典畿内之兵。我輩爲王侍衛之爪牙，以護腹心。何爲轉徙我于憂恤之地，不得安居乎？

二章。祈父，予王畿内爪牙士也。胡爲轉徙我于憂恤，無所底止乎？

三章。祈父，汝真不聰，不能察人之隱。我乃有母無兄弟，爾何轉我于憂恤，使我母自主饔飧之事乎？

〇祈父，司馬也。祈、圻同，《酒誥》曰「圻父薄違」，通作畿。尸，主也。饔，熟食也。

《祈父》三章，章四句。

186 白駒

皎皎絞白駒，食我場苗。縶之維之，以永今朝。所謂伊人，於焉逍遥。

皎皎白駒，食我場藿。縶之維之，以永今夕叶索。所謂伊人，於焉嘉客叶各。

皎皎白駒，賁然來與白叶列思。爾公爾侯，逸豫無期。慎爾優游，勉爾遁思。

皎皎白駒，在彼空谷。生芻初一束，其人如玉。毋金玉爾音，而有遐心。

古序曰：《白駒》，大夫刺宣王也。

朱子改爲：「留賢之詩」，非也。其留也以去，其去也以不用，《鶴鳴》之誨孤矣，故刺之，猶《王風》之《丘中有麻》也。馬五尺以上曰駒。白駒，比賢士貞潔也。苗藿，比好爵也。生芻，比獨善自養也。

一章。皎皎然白色之駒，伊人所乘也。我飼以場圃之菜苗，而縶留之，維繫之，以延今朝。馬在此，則所謂乘馬之人，因緩其行，而逍遥于此耳。

二章。皎然白駒，我食以場圃之豆葉，縶維之，以延今夕。所謂乘馬之伊人，因以挽其去，而爲嘉客于此矣。

三章。皎皎白駒，尚其賁然光寵而來。將以爾爲公，以爾爲侯，逸樂無窮期也。山林孤寂，慎哉，爾勿優游長往。勉哉，爾勿隱遁是思也。

四章。皎皎白駒，在彼空谷。自以青芻一束飼其馬，雖我苗藿，亦不屑矣。令德令儀，温然如玉。身雖不留，猶願聆其德音，勿遂貴重爾音如金玉，不以貽我，而有遠棄之心也。

場、圃同地，場即圃也。苗，菜苗也。禾苗無在場者。藿，豆葉。縶、維，皆繫也。永，淹留也。伊人，猶彼人。生芻，青草也。金玉，言希貴也。音，聲教也。遐，遺忘也。

《白駒》四章，章六句。

187 黄鳥

黄鳥黄鳥，無集于穀，無啄卓我粟。此邦之人，不我肯穀。言旋言歸，復我邦族。

黄鳥黄鳥，無集于桑，無啄我粱。此邦之人，不可與明叶芒。言旋言歸，復我諸兄香。

黄鳥黄鳥，無集于栩許，無啄我黍。此邦之人，不可與處。言旋言歸，復我諸父甫。

古序曰：《黄鳥》，刺宣王也。

朱子改爲：「民適異國，不得其所而作」，非也。民不得所，時政使然。詩人託爲民言以諷王也。黄鳥好音，人所悦也。春陽始鳴，應節趣時，故爲遷居擇處之比。穀，惡木。桑，言喪也；栩，言虎也，皆失所之比。黄鳥性不穀食，比己將不食此邦之食也。始以故鄉失所而來，今又以此邦失所而歸。故自託于黄鳥，非以黄鳥爲刺，刺病黄鳥者耳，與呼碩鼠異。

一章。黄鳥識時，好音悦人，而胡爲集于此穀也？粟非黄鳥所食，爾勿啄我此粟。我昔棄邦族而來，謂此邦人善與耳。今不肯以善道相與，我將旋歸，反我邦之宗族矣。

二章。黄鳥黄鳥，無集于桑，無啄我粱。我行歸矣，此邦無達人情、識事理者。言旋言歸，依我諸兄耳。

三章。黄鳥黄鳥，勿集于栩，勿啄我黍。我將歸矣，此邦之人，不可同處。言旋言歸，依我諸父耳。

《黄鳥》三章，章七句。〇按，《二雅》皆朝廷獻納之詩，而《小雅》若此篇之類，託民風以諷上，故爲《小雅》。《大雅》則專言君德，所以與《小雅》異。

188 我行其野

我行其野，蔽芾沸其樗樞。昏姻之故，言就爾居。爾不我畜，復我邦家叶姑。

我行其野，言采其蓫逐。昏姻之故，言就爾宿。爾不我畜，言歸思復。

我行其野，言采其葍福，叶白。不思舊姻，求爾新特。成不以富，亦祇支以異叶葉。

古序曰：《我行其野》，刺宣王也。

朱子改爲：「民適異國，依其昏姻，而不見收卹，作此詩」，非也。民適異國，則流離失所矣。依其昏姻，而不見收卹，上所以教民睦姻任卹之行安在？不能養，又不能教，中興之業衰矣，故謂之刺。凡《詩》刺，多即其人之事代言。誦其詩，知其政，而美刺寓焉，《春秋》之法如此。

一章。我從故國來，經行其野，見惡木之樗，枝葉茂盛，猶可休息。今我漂泊無依，以昏姻之故，來就爾居。爾不我養，是惡木不如也。將若之何？反我邦家而已。

二章。我行其野，采惡菜之蓫以療饑。昏姻之故，就爾止宿。爾不我養，歸反故鄉而已。

三章。我行其野，采惡菜之葍以食。爾曾不念舊親，視我不如新匹。爾之鄙吝，欲以成富耳。何能以此成富？忘親棄故，但爲人所怪異耳。

樗，惡木，即今臭椿。蓫，俗名羊蹄，似蘆服而葉長，色赤。葍，一名蕢，一名藚，根正白。特，匹也。

《我行其野》三章，章七句。

189 斯干

秩秩斯干叶千，**幽幽南山**叶仙。**如竹苞**叶剖**矣，如松茂**叶某**矣。兄及弟**上聲**矣，式相好**叶吼矣，無相猶叶友矣。

似續妣祖，築室百堵，西南其户。爰居爰處，爰笑爰語。

約之閣閣，椓之橐橐。風雨攸除去聲，鳥鼠攸去，君子攸芋于。

如跂斯翼，如矢斯棘，如鳥斯革急，如翬斯飛，君子攸躋賫。

殖殖植其庭，有覺其楹。噲噲快其正，噦噦誨其冥，君子攸寧。

下莞官上簟叶定，乃安斯寢叶去聲。乃寢乃興叶恨，乃占我夢叶閟。吉夢維何？維熊維羆

碑，維虺毁維蛇叶移。

大人占之：維熊維羆，男子之祥；維虺維蛇，女子之祥。

乃生男子，載寢之牀，載衣之裳，載弄之璋。其泣喤喤，朱芾弗斯皇，室家君王。

乃生女子，載寢之地，載衣之裼叶替，載弄之瓦叶位。無非無儀叶義，唯酒食是議，無父母

詒罹叶麗。

古序曰：《斯干》，宣王考室也。

朱子改謂：「築室成而燕飲以落之，不言誰室，豈謂是詩亦通用乎」，非也。《禮》：廟成，則升屋刲羊，洒血以釁之。路寢成，則設盛食考成以落之。落，始也。始新，故多祝願之辭。

一章。鎬京王居，旁據鎬水，長岸秩秩。前對終南，遠山幽幽。築基盤固，如竹之叢苞。結架稠密，如松之隆茂。

二章。我周妣祖，開造丕基。中業圮壞，而王似續之。築室百堵之多，或西其户，或南其户。于是居處而安焉，于是笑語而樂焉。

三章。宫室先垣牆，繩約其板，閣閣然上下相乘。椓之以杵，橐橐然土聲堅重。牆成牢密，風雨不能侵，鳥鼠不能入。是君子所居，以爲尊大者也。

四章。其爲堂也，規模嚴正，如人跂立，而翼然恭也。方隅整齊，如矢行急而直也。棟宇軒舉，如鳥驚起而革也。簷阿彩繪，如翬雉飛而華美也。是君子所升，以居上臨下者也。

五章。其爲室也，前庭殖然平正，楹柱覺然直大。向南正處，噲噲明爽。房奥冥處，噦噦深邃。是君子所居，以安寧者也。

六章。君子寢于是室，下設蒲席，上加竹簟，乃安寢焉。既寢而興，興而占夢。吉夢維何？夢熊與羆，夢虺與蛇。

七章。乃以是夢，問于老成博識之大人，占之曰：熊羆剛毅，雄壯之物，是爲生男之祥。虺蛇柔弱，隱藏之物，是爲生女之祥。

八章。由是生男邪，則寢之以牀，尊之也。衣之以裳，盛服也。弄之以璋，象德也。聽其泣，喤喤然大聲。比其長，皆將服朱芾鮮明，有室家爲君王者也。

九章。生女邪，寢之地，從其順也。裹以單衣，示無加也。弄以瓦器，象其所事也。願其長而貞静，無預外事之非，亦無預外事之宜。唯守中饋，議酒食，勿詒父母之憂，可矣。

猶，當作尤，怨也。芋、訏通，大也。革、亟通，如鳥亟驚而高舉也。當户外地曰庭。莞，蒲席。簟，竹席。熊、羆，皆猛獸。羆似熊而長首高脚，多力。虺，蝮蛇，小而毒，故曰「爲虺弗摧，爲蛇奈何」。大人，在位有才識，爲人所尊信者也。弄璋，以玉爲戲具也。半圭曰璋，祭享之器。袒而加衣曰裼。瓦，陶器，紡塼、酒壺之類。今婦女緝麻，加瓦膝上，紡用塼鎮車是也。非儀，皆朝廷所議政事。非，不可也。儀，宜行也。

《斯干》九章，四章章七句，五章章五句。

190 無羊

誰謂爾無羊？三百維羣。誰謂爾無牛？九十其犉淳。爾羊來思，其角濈濈戢。爾牛來思，其耳濕濕。

或降于阿，或飲于池叶跎，或寢或訛。爾牧來思，何上聲蓑何笠，或負其餱叶吸。三十維物，爾牲則具叶局。

爾牧來思，以薪以蒸，以雌以雄叶昏。爾羊來思，矜矜兢兢，不騫不崩。麾之以肱國，平聲，畢來既升。

牧人乃夢，衆維魚矣，旐維旟矣。大人占之：衆維魚矣，實維豐年叶零。旐維旟矣，室家溱溱。

古序曰：《無羊》，宣王考牧也。

鄭氏曰：「厲王之世，物産彫耗，牧人廢職。宣王能興復，故叙而歌之。」按《周禮》，牧人掌六牲，而阜蕃其物。六牲，謂馬、牛、羊、豕、犬、雞也。此獨言牛羊，舉祭享所常用者耳。

一章。誰謂離亂之後，爾無羊乎？計羣凡三百，不知每羣凡幾也。誰謂爾無牛乎？舉犉牛一色者九十，他色不可勝數也。爾羊之來，角多而聚，濈濈然和集。爾牛之來，耳多而動，濕濕然汗澤也。

二章。牛羊在牧，或自山降于阿，或飲水于池。或卧而寢，或動而訛。牧人隨牛羊來，荷其蓑笠，負其餱糧，順其所往，以適其性。故生養蕃庶，别其物色，多至三十。隨所用之牲，無不備也。

三章。牧人之來，閒暇樵採，以薪以蒸。或搏取禽鳥，以雌以雄。爾羊之來，矜兢强壯，無羸弱也。不騫不崩，無羣疾耗敗也。但麾以手肱，使之歸則畢來。使之升牢，則盡升也。

四章。自中業彫耗，所望在富庶，而佳兆已形于牧人之夢。夢衆人相與捕魚，又夢統後軍之旐，與統前軍之旟。以問大人，占曰：衆人捕魚，是羣取之象，其必豐年乎。豐年，則衆所漁者多矣。建旐與旟，是師衆之象，其必室家溱溱乎。室家盛，則統馭者衆矣。既富且庶，斯中興之業矣。

三百、九十，極言多，非定數也，猶《豳風》「九十其儀」云爾。黄牛黑唇曰犉。濈濈，角聚也。濕濕，耳潤也。何、荷通，揭也。三十維物，别其色，凡三十也。薪之細者曰蒸。雌雄，禽也。矜矜兢兢，堅强貌。騫，虧也；崩，羣疾也，皆耗敗之意。羊病則盡羣而死。肱，臂也。來，自牧歸也。升，入牢也。

《無羊》四章，章八句。

毛詩原解卷十九終

毛詩原解卷二十

節南山之什

《節南山》至《巷伯》，凡十篇。

191 節南山

節截彼南山，維石巖巖顔。赫赫師尹，民具爾瞻。憂心如惔談，不敢戲談。國既卒斬叶殘，何用不監平聲？

節彼南山，有實其猗阿。赫赫師尹，不平謂何。天方薦瘥搓，喪亂弘多。民言無嘉叶戈，憯慘莫懲嗟叶搓。

尹氏大師，維周之氐叶其。秉國之均，四方是維。天子是毗皮，俾民不迷。不弔昊天，不宜空我師。

弗躬弗親，庶民弗信叶心。弗問弗仕史，勿罔君子。式夷式已，無小人殆叶體。瑣瑣姻亞，則無膴武仕叶史。

昊天不傭沖，降此鞠訩。昊天不惠，降此大戾。君子如屆叶雞，俾民心闋缺，叶葵。君子如夷，惡去聲怒是違。

不弔昊天叶廳，亂靡有定叶丁。式月斯生，俾民不寧。憂心如酲，誰秉國成？不自爲政，卒勞百姓。

駕彼四牡，四牡項領。我瞻四方，蹙蹙靡所騁。

方茂爾惡，相像爾矛謀矣。既夷既懌，如相醻矣。

昊天不平，我王不寧。不懲其心，覆復怨其正。

家父作誦，以究王訩。式訛爾心，以畜萬邦叶上，平聲。

古序曰：《節南山》，家父刺幽王也。

朱子謂：「《春秋》魯桓公十五年，有家父來求車，是桓王之世，上距幽王終已七十五年，不知其人同異。《序》之時世，不足信。」此說非也。按周制，卿、大夫世官。尹氏、家父皆世卿，子孫氏其先，如虞仲之後，亦稱虞仲之類。若疑此家父，即七十年後求車之家父，則南山不平之尹氏，亦即《常武》王謂之尹氏與？

一章。終南之山，節然高峻，積石巖巖，民所共仰。尹氏位居太師，赫赫之勢，爲民具瞻，何異高山之仰。今其所行不善，使我憂心如火惔炙，畏其威而不敢戲言。觀此國運，亦既終斬絶矣。王何不察乎？

二章。節彼南山，草木之生，皆猗然垂實，何其均也。尹氏尊爲太師，偏黨不平，謂之何哉？天方降重薦之病，喪亂弘多。民有不嘉之言，而尹氏曾不慘然懲嗟也。

三章。尹氏官居太師，以世臣爲國根柢。執國之平，宜維持四方，輔毗天子。公道服人，使民信而不惑，可也。今既不見信于民，即不見愍于天，則不宜久塞賢路，空曠我太師之官也。

四章。尹氏爲政，委託親戚羣小，不肯躬親王事，忠勤報主，庶民所以不信服也。豈世無君子乎？惟爾弗肯訪問，弗與仕進焉。可誣罔君子，謂國無其人也？式平夷其心，不肖者則已而退之。勿使小人，親近危殆。瑣瑣幺麼之親戚，勿高爵厚禄以私之，可也。

五章。天生小人，以禍人國家。是昊天不均傭，而降此窮極之訩亂也。昊天不惠愛，而降此乖戾之大變也。所以救之者，唯在君子。王若信用君子而君子至，則民之怨望闋息矣。君子用事，自平夷其心，而人悦服，則惡怒亦違去矣。

六章。今既不見愍于天，禍亂不定，與月俱長，使民不得安寧。我心憂之如醉。不知誰執國之成法者，不自爲政，偏任羣小，勞苦我百姓也。

七章。吾欲駕彼四牡，去此亂邦。四牡項領，昂壯可用也。然環視四方，蹙蹙然出門即礙，何處可容馳騁乎。

八章。宰天下事，宜以和平。方其盛爾凶惡，視爾矛戟，如欲戰鬬，由其心不和平故也。苟能平夷其心，悅懌其氣，往來順適，如醻爵然。人己諧和，何入不得邪。

九章。昊天乎，何其不平也。我王亦因是不得安寧矣。不肯懲創其非心，反怨人之正己者焉。

十章。家父作此歌誦，以窮究王訩亂所由，庶幾動王悔心，任賢求治，以畜養萬邦耳。

節，高峻貌。巖巖，積石貌。師尹，太師尹氏也。惔，燔也。斬，絶也。監，察也。有實其猗，草木垂實，猗猗然也。薦，重也。瘥，病也。憯，與慘通。氏，本也。均，平也。毗，輔也。弔，愍也。不弔昊天，不見愍于天也。空我師，空曠我太師之官也。罔君子，誣賢人也。式已，退小人也。殆，危也，近也，小人易親而險，子云「佞人殆」。姻亞，私親也。壻之父曰姻，婦之父曰婚，兩壻相謂曰亞。膴仕，猶言美官。傭，均也。鞫，窮也。訩，匈匈然亂意，窮極之亂也。屆，至也。闋，息也。違，去也。酲，病酒也。國成，國法也。項領，壯貌。訛，動也。

《節南山》十章，六章章八句，四章章四句。

192 正月

正政月繁霜，我心憂傷。民之訛言，亦孔之將。念我獨兮，憂心京京叶姜。哀我小心，癙鼠憂以痒羊。

父母生我，胡俾我瘉宇？不自我先，不自我後叶虎。好言自口叶苦，莠酉言自口。憂心愈愈，是以有侮。

憂心惸惸瓊，念我無祿。民之無辜，并其臣僕。哀我人斯，于何從祿？瞻烏爰止，于誰之屋？

瞻彼中林，侯薪侯蒸。民今方殆，視天夢夢叶門。既克有定，靡人弗勝升。有皇上帝，伊誰云憎曾？

謂山蓋卑，爲岡爲陵。民之訛言，寧莫之懲。召彼故老，訊之占夢叶門。具曰予聖，誰知烏之雌雄叶横。

謂天蓋高？不敢不局叶亟。謂地蓋厚？不敢不蹐積。維號豪斯言，有倫有脊。哀今之人，胡爲虺毁蜴亦。

瞻彼阪反田，有菀玉其特。天之抓我，如不我克。彼求我則，如不我得。執我仇仇求，亦不我力。

心之憂矣，如或結之。今兹之正，胡然厲叶列矣？燎料之方揚，寧或滅之？赫赫宗周，褒姒烕穴之。

終其永懷，又窘陰雨。其車既載，乃棄爾輔。載輸爾載，將鎗伯助予叶與。

無棄爾輔，員云于爾輻叶逼。屢顧爾僕，不輸爾載叶集。終踰絶險，曾是不意叶亦。

魚在于沼叶卓，亦匪克樂。潛雖伏矣，亦孔之炤叶灼。憂心慘慘，念國之爲虐。

彼有旨酒，又有嘉淆。洽比叶避其鄰，昏姻孔云。念我獨兮，憂心慇慇。

佌佌此彼有屋，蔌蔌方有穀。民今之無祿，天夭是椓叶竹。哿可矣富人，哀此惸獨。

古序曰：《正月》，大夫刺幽王也。

一章。四月正陽而繁霜降。天變于上，我心爲之憂傷。民之譌言，其害甚大。人皆忘危，我獨慮及宗社。京京然憂之大也。哀哉，我小心畏懼，如鼠病在穴，愁居慴處，以至痒病也。

二章。父母生我，豈使我病乎？遭逢世亂，不先不後，莫非命也。訛言之人，巧肆中傷。言人美好，唯自口出。言人莠醜，亦自口出。憂心愈愈日甚，以致小人之侵侮也。

三章。憂心惸惸，國之將亡，無所依歸。念我不幸，與此無罪之民，將并見囚虜，爲人臣僕。哀哉此民，復從何人受養乎？視烏鳥之飛，不知止于誰之屋耳？

四章。瞻彼中林，草木繁蕪。然大者爲薪，細者爲蒸，區以别矣。今民皆危殆，視天若夢夢不明者，特尚未定耳。天之既定，善必祥，惡必殃，未有不能勝人者。維皇上帝，何心憎人，人自取之耳。

五章。山則高矣，而彼謂之卑，其實岡陵也。岡陵可謂卑乎？訛言反覆如此，寧莫有明斷之人，能辨止之者。徒然召彼故老，問彼占夢。彼各自謂聖人，可否淆亂。如烏鳥雌雄，誰能辨之？

六章。生斯世也，謂天高乎？不敢不局其躬，將恐壓也。謂地厚乎？不敢不累其足，將恐陷也。身逢亂世，禍機不測，敢謂無是事而不懼邪？我所以長號此言，有倫有理，非妄語也。哀今小人，胡爲肆毒害人，如虺蜴乎。

七章。瞻彼崎嶇之田，甚瘠薄也，尚有鬱然特生之苗。豈以世亂而無豪傑乎？違衆則遭妒，是天摇扤我也。多方排擠，如恐不克。始云求我爲法，如恐不得。今乃拘執堅固，仇仇不釋，惟恐不力矣。

八章。我心之憂，如有物結之。當今之政，何其暴厲也。火之燎原，其勢方張，寧或滅之。赫赫然顯盛之宗周，一褒姒遂威之。蓋婦人蠱惑王心，而讒人乘間敗壞之耳。

九章。國事如此，思其究竟，永抱無窮之慮。如彼行道，又窘迫于陰雨。其車既裝載，乃棄夾縛之輔，輸墮爾所載之物，然後倩人助已晚矣。國步艱難，不用賢而貽悔，何異此？

十章。爾駕車者，勿棄夾縛之輔，以員益爾持輪之輻，又數數戒敕爾御車之僕，如是則自不輸墮爾所載矣。今奈何終踰絶險之地，曾不以爲意乎？則其覆敗宜爾。

十一章。魚相忘于江湖，今在池沼，何樂之有。君子立衰亂之朝亦猶此也。雖深自韜晦，終將不免。如魚雖潛伏，焉能逃綱罟之患。顧一身何足恤？憂心慘慘，念禍及宗社耳。

十二章。君子雖憂，小人則樂。彼有旨酒，又有嘉餚。和悦其鄰里與其昏姻，甚相周旋。我獨無侶，而心自慇慇然憂之痛也。

十三章。佌佌然之小人，大厦安居而有屋。蔌蔌然卑陋者，厚禄奉養而有穀。民獨不幸，無居無食。是天降夭禍椓擊之也。彼富民猶可，惟哀此惸獨無告者，若之何哉！

正月，建巳之月，純陽用事，正陽之月也。訛，僞也。將，大也。京京，大貌，即兢兢意。癙，鼠病在穴也。痒，病也。瘉，亦病也。莠，狗尾草，醜貌。穀則善，莠則醜也。愈愈，增益也。無禄，猶言不幸。臣僕，亡國之虜，古者以罪人爲臣僕。中林，林中。侯，語辭。麤曰薪，細曰蒸，柴樵之名。方，等齊也。殆，危也。蹐，累足小步也。號，哀呼也。倫，序也。脊，理也。虺蜴，蝮蛇也。菀，茂也。特，苗之特出者，猶《周頌·載芟篇》云「有厭其傑」也。扤，摇動不安也。仇，拘也，即賓載手仇之仇，仇仇然盤執不舍也。燎，野燒也。烕，滅也。輔，縛杖夾輻，防折壞也。輸，墮也。將，請乞也。伯，呼所請乞之人也。員，益也。輻，輪轑也，輪中直木三十爲輻。洽，和也。比，親也。云，旋也。佌佌，小貌。蔌蔌，陋貌。夭、妖通，菑也。椓，擊殺也。

《正月》十三章，八章章八句，五章章六句。

193 十月之交

十月之交，朔日辛卯叶柳。日有食之，亦孔之醜。彼月而微，此日而微。今此下民，亦孔之哀叶衣。

日月告凶，不用其行叶杭。四國無政，不用其良。彼月而食，則維其常。此日而食，于何不臧。

爗爗業震電，不寧不令零。百川沸騰，山冢崒促崩。高岸爲谷，深谷爲陵。哀今之人，胡憯莫懲。

皇父卿士，番維司徒，家伯維〔一〕宰，仲允膳夫。聚鄹子内史，蹶愧維趣楚馬叶母，楀矩維師氏，艶焰妻煽扇方處杵。

抑此皇父，豈曰不時？胡爲我作，不即我謀叶迷？徹我牆屋，田卒汙萊叶泥。曰予不戕，禮則然矣叶移。

皇父孔聖，作都于向。擇三有事，亶侯多藏叶葬。不慭印遺一老，俾守我王叶旺。擇有車馬，以居徂向。

黽勉從事，不敢告勞。無罪無辜，讒口囂囂遨。下民之孽，匪降自天叶汀。噂尊，上聲沓背佩憎，職競由人。

悠悠我里，亦孔之痗妹，叶米。四方有羨涎，去聲，我獨居憂。民莫不逸，我獨不敢休。天命不徹，我不敢傚我友自逸。

古序曰：《十月之交》，大夫刺幽王也。

鄭康成以爲刺厲王，非也。艶妻之爲褒姒，與山川之崩竭，皆幽王事也。

一章。十月建亥，純陰之月。朔日辛卯純陰之日。日爲陽主，而是時有食之者，陰

〔一〕維，原作「冢」，據《毛詩正義》改。

盛陽衰之象，甚可醜也。彼月有時虧缺而微，常也。此日亦虧缺而微，陰陽失道。今此下民，災害並至，亦甚可哀矣。

二章。日月之食，雖有定次，然陽尊陰卑，月行自當避日。今日食告凶，是日月不用其行矣。及觀此四國失政，不用賢良，亦豈得其行乎。彼月見食，則維常事。此日見食，何其不善也。豈非小人盛而君子衰之徵與？

三章。爗爗然雷電閃爍，動于十月。不安寧，不令善，百川沸騰，水滂爲災。山之頂冢，崒然高者，今皆崩頹。高岸陷而爲谷，深谷填而爲陵。菑變如此。哀今君臣，胡不憯怛而懲創乎？

四章。天災之致，由于小人。有如皇父者，爲王卿士，兼總六官，招致同類。有番氏者，爲司徒掌邦教。有家伯者，爲冢宰掌邦治。有仲允者，爲膳夫掌飲食。有棸氏子，爲內史掌策命。有蹶氏，爲趣馬掌馬政。有楀氏，爲師氏掌朝事。此七子，皆以諂媚王之美妻褒姒，而分據津要，氣焰煽熾，方安處未可動也

五章。抑此皇父，小人之尤。作事暴戾，不肯自言不時。胡爲動作我，而不與我謀。遂毀我牆屋以爲園囿，壞我田畝盡爲水草之區，曰：「非我戕汝，乃下奉上之常禮耳。」

六章。皇父謷然甚自以爲聖人。以向爲私邑，擇用己三卿司事之官，皆訪真富厚藏

之人，不肯勉强留一老成人衛護天子。惟擇富有車馬者，以從已往居向，爲私人而已。

七章。鞠躬盡瘁，臣子之分，何敢告勞。但念無罪辜而遭讒口之多，雖勤勞亦不免矣。下民災孽，豈自天降？由此讒人。面則噂然聚談，沓然重復，背則相憎。專主用力爲此，皆由人耳，可諉於天乎？

八章。朝政昏亂，悠悠然思歸我里不可得，亦甚病矣。彼諸臣分任四方，尚得寬裕，而我獨處憂愁之地。民力食者，莫不安逸，而我獨不敢休息。天命不均如此，亦惟黽勉從事耳。豈敢效我友，爲身而自逸乎？

交，日月交會，即朔日也。日有食，月食之也。言有者，不見也。周天三百六十五度有奇。天旋地外，一晝一夜行一周而又過一度。日月隨天行而較遲，日一晝一夜退天一度，一歲退盡與天初度會。月一晝一夜退天十三度有餘，二十九日有餘退盡與日會。一歲日月凡十二會。方會，則月光盡而爲晦；已會，則月光復蘇而爲朔；交會，則日與月同度同道，故日爲月掩而食。或行有盈縮參差，則不食。月之食日在交，以形相掩也。日之食月在望，以精相抗也。辛，天干之柔日。卯，地支之陰辰。微，虧缺不明也。爗爗，閃爍貌。山冢，山頂也。崒，高也。卿士，天子之卿執政者也。維宰，爲冢宰也。煽，熾也。時，是也。不時，猶言不是當可謂之時。作，移動也，猶《射禮》「作上耦射」之作，遺也。汙萊，澤藪也。孔，甚也。孔聖，恣己自是，即豈曰不時之意。向，地名，皇父私邑也。作都，侈大也。三有事，三卿，畿内諸侯，有卿、大夫、士也。亶，信也，訪擇之意。侯，語辭。多藏，富家也。慭者，心不欲而勉强之辭。遺，留也。一老，一老成人也，言所用皆新進附己者，天子孤立而已。噂，聚言也。沓，重復也，小人面相親媚之狀。背憎，背後憎毁也。職，專也。競，争爲也。痗，病也。羡，閒也。徹，均也。

《十月之交》八章，章八句。〇按，天地之氣，陽而已矣。陽氣之消歇，即陰也。陽實有餘，故日光常滿。陰虚不足，故月形常缺。月缺處必背日，其光必承陽。陽光所不及，即陰形之暗處也。故月自十五以後下弦而至晦，漸近日，則陰漸消，而形漸缺。自朔以後上弦至望漸遠日，則陰漸長，而光漸生。晦極近，故月死。望極遠，故月盈。如諸侯覲天子則禮卑，在本國，亦一君耳。此陰陽之分段也。朔則日月之行，同度同道，日行高而月行低，内外疊合，日爲月掩。如男女合，而陽受其侵眚也。如臣子逼君父，而竊其威權也。以有餘成不足，是爲日食。望則日月東西相對，亦同度同道，然日行速而月行遲，相望而或少參差，不正相對，則月光隨日所偏處成虧。蓋日低行地底，陰反抗出其上。如女弄男權，臣竊君柄，以不足居有餘，反受其殃，是爲月食。日食陽光受蔽，陽之不善也。月食陰過則削，陰之固然耳。故日食爲變，而月食爲常。詩以日食刺君，《春秋》不書月食，書日食，以此也。

194 雨無正

浩浩昊天，不駿其德。降喪饑饉，斬伐四國。旻天疾威，弗慮弗圖。舍赦彼有罪，既伏其辜孤。若此無罪，淪胥以鋪平聲。

周宗既滅，靡所止戾叶列。正大夫離居，莫知我勩異，叶亦。三事大夫，莫肯夙夜叶亦。邦君諸侯，莫肯朝夕。庶曰式臧，覆出爲惡叶戹。

如何昊天，辟言不信叶心。如彼行邁，則靡所臻。凡百君子，各敬爾身。胡不相畏，不畏于天叶汀。

戎成不退，饑成不遂碎。曾我暬薛御，憯憯日瘁。凡百君子，莫肯用訊叶歲。聽言則答，譖言則退。

哀哉不能言，匪舌是出叶肺。維躬是瘁，哿矣能言。巧言如流，俾躬處休。

維曰于仕史，孔棘且殆叶體。云不可使，得罪于天子。亦云可使，怨及朋友叶以。

謂爾遷于王都，曰予未有室家叶姑。鼠思泣血叶恤，無言不疾。昔爾出居，誰從作爾室？

古序曰：《雨無正》，大夫刺幽王也。毛公曰：雨自上下者也，衆多如雨，而非所以爲政也。

朱子改爲：「饑饉之後，羣臣離散。其不去者，作此詩以責去者」，非也。王朝設官，遇饑年輒引去，非必實有是事。《朱傳》據二章「正大夫離居」，卒章謂「爾遷于王都」立説，所謂「靡有孑遺，是周無遺民」者也。當時或偶有棄官去者，非必羣臣離散也。雨無正，猶言天失常，託天災以刺時。天降饑饉，有罪無罪同死，即雨失其正。忠邪不分，刑罰不中，政散人離，零亂如雨也。世儒疑不用詩辭命篇，有如《巷伯》《常武》《酌》《賚》《般》，豈盡詩辭，而意象悠然。必求淺率易見，則高叟之癖矣。

一章。浩浩然廣大之昊天，不駿大其德。降此喪亂饑饉，戕害四國之人。天道旻邈，暴疾作威，曾不思慮，不圖謀。彼有罪者，棄之不養，則伏其辜矣。此無罪之人，同遭饑餓，相與淪陷鋪徧而死，何哉？

二章。周之宗祀，將盡滅矣。人情洶洶，靡所止定。正大夫爲六官之長，今皆避禍離居，莫有知我之勞勩者。三公及諸大夫，莫肯夙夜在公。邦君諸侯，莫肯朝夕勤王。庶幾曰：王用悔過爲善耳。今反出于惡，而疾威不悛，日甚一日，若之何不滅乎？

三章。如何乎昊天也？法度之言，不肯見信。如行道邁往，漫無抵至。凡百君子，爲臣止敬，各求自盡，何可不相畏。不相畏，是不畏天也。天可以不畏乎？

四章。今戎寇已成，不可退矣。饑饉已成，民不遂生矣。王曾不悟，而我近侍小臣，憂之憯憯，日以困瘁。凡爾諸臣，莫肯用心訊問，以求忠益。聽人之言，答之而已，不尋思也。一聞譖言，全軀而退，國事將誰賴乎？

五章。哀哉耿介不能言之人，非但言出于舌，禍且及身，而受困瘁矣。可哉利口能言之人，巧言如流，而使身處休樂之地。今時好佞惡直如此。

六章。人維曰往仕耳，不知今之仕，甚急且危也。欲爲忠直，見謂不可使，而得罪于天子。欲爲巧佞，庶幾可使，而公議難容，見惡于朋友。仕不亦難乎？

七章。我嘗謂大夫離居者曰：「爾還而遷居于王都乎？」彼對我曰：「予無室家在王都也。」察其意，如鼠之畏人。吞聲泣血，未有言及時事不疾痛者。此其畏禍之情，而云無室家者，託辭耳。不然，昔爾去王都居外，又誰爲爾作室家乎？

昊，廣大也。駿，大也。降喪，猶降殃也。斬伐，殺害也。旻，冥邈也。疾威，暴虐也。舍，棄也。淪，陷也。胥，相也。鋪，偏也，即塗有餓殍之意。周宗，周之宗族。既，盡也。正，六官之長。勩，勞也。三事，三公也。大夫，諸大夫也。早見曰朝，莫見曰夕。辟言，法言也。戎兵，寇也。曾，猶但也。暬御，近侍也。憯憯，猶慘慘。訊，訪問也。

哿，可也。鼠思，猶言幽懷。凡物之畏而隱者，莫如鼠。無聲曰泣。血，即淚也。

《雨無正》七章，二章章十句，二章章八句，三章章六句。

毛詩原解卷二十終

毛詩原解卷二十一

195 小旻

旻天疾威，敷于下土。謀猶回遹聿，何日斯沮上聲？謀臧不從，不臧覆用。我視謀猶，亦孔之邛窮。

潝潝吸訿訿子，亦孔之哀叶衣。謀之其臧，則具是違。謀之不臧，則具是依。我視謀猶，伊于胡底叶低，平聲。

我龜既厭，不我告猶叶玉。謀夫孔多，是用不集叶卒。發言盈庭，誰敢執其咎叶菊？如匪行邁謀，是用不得于道叶篤。

哀哉爲猶，匪先民是程，匪大猶是經。維邇言是聽平聲，維邇言是爭。如彼築室于道謀，是用不潰于成。

國雖靡止，或聖或否叶倍。民雖靡膴呼，或哲或謀叶寐，或肅或艾乂。如彼泉流，無淪胥以敗叶備。

不敢暴虎，不敢馮平河。人知其一，莫知其他拖。戰戰兢兢，如臨深淵叶因，如履薄冰。

古序曰：《小旻》，大夫刺幽王也。

朱子改爲：「大夫以王惑于邪謀，不能斷以從善而作」，非也。詩人因王聽信羣小，故發謀猶之説。忠諫不用，是非淆亂，賢否倒置，即不善謀也。如《朱傳》之言謀，則運籌畫策之謂矣。

一章。天道冥邈，暴怒作威。敷布下土，奪王之鑑。使謀猶邪僻，漸趨于危亡，何日而止？忠言本臧則不從，諂諛不臧反用之。爲謀若此，以我視之，必甚至窮病也。

二章。小人謀蠱君心，讒害忠良，潝潝相聚，訿訿相詆。反覆傾險，甚可哀痛。今王于嘉謀則皆違之，于巧佞則皆依之。我視王之爲謀，何所底止？終歸于亂亡而已。

三章。治亂之理，明者曉然無事于商量。愚者不悟，轉趨迷惑。先知莫如謂龜，龜既厭而不告矣。謀夫雖多，亦何所成？發言滿庭，恐事敗獲咎，無敢任者。如行遠者，而但坐謀，何得于道路乎？王如從善，一言興邦矣，何事羣小之潝訿也？

四章。哀哉今之謀國者，不以往哲爲程式，不以大道爲經常。維近習之言是聽，維近習之言是争。衆口淆亂，如彼築室道傍，與行路之人謀，是用不得遂成也。

五章。小人熒惑主聽，非獨小人之罪，王信任之過也。今國雖不定，有通明而爲聖者，有不皆聖而爲否者。民雖不多，有明哲者，有善謀者，有恭肅者，有乂治者。王惟不用，雖嘉謀安施？如彼下流之泉，相與淪陷至敗亡而已。何救于國事乎？

六章。虎不敢空手而搏，河不敢無舟而馮，人知其一矣。至于國所以敗，天下所以亡，甚于虎與河，人不知也。思及于此，戰戰而危，兢兢而懼，如臨深淵恐墜也，如履薄冰恐陷也。王曾不之念乎？

旻，冥邈也。回遹，邪僻也。沮，止也。邛、窮通，病也。潝潝，和同也。訿訿，詆毁也。具，俱也。底，止也。集，成也。執其咎，事不成，任其罪也。行邁，往也。道，路也。先民，古聖賢也。程，法也。經，常也。邇言，羣小之言。潰，遂也。靡止，不定也。靡膴，不多也。艾，與乂通，治也，艾必刈而後用，故謂乂曰艾。徒搏曰暴，徒涉曰馮。

《小旻》六章，三章章八句，三章章七句。○或謂：《小旻》與《小宛》《小弁》《小明》，皆以别其爲《小雅》得名也。夫《小雅》詩多矣，何獨别此四篇？若然《大東》名《小東》正宜，反以大名，何也？凡篇目皆作者自命。或太史記之，太師目之。未有《二雅》，先有篇目。如前説，是先有《小雅》，而後以此詩從之，非也。若謂《小旻》《小明》，爲别于《大雅·召旻》《大明》，則《小宛》《小弁》又何别乎？或又曰：《大宛》《大弁》，夫子删之。然則《頌》有《小毖》，又焉得有《大毖》乎？皆猜説也。

196 小宛

宛遠彼鳴鳩，翰飛戾天叶汀。我心憂傷，念昔先人。明發不寐，有懷二人。

人之齊聖，飲酒温克。彼昏不知，壹醉日富叶别。各敬爾儀，天命不又叶葉。

中原有菽，庶民采菜之。螟蛉有子，蜾果蠃棵負叶背之。教誨爾子，式穀似叶賽之。

題弟彼脊令，載飛載鳴。我日斯邁，而月斯征。夙興夜寐，無忝爾所生。

交交桑扈虎，率埸啄粟。哀我填顛寡，宜岸宜獄。握粟出卜，自何能穀？

温温恭人，如集于木。惴惴贅小心，如臨于谷。戰戰兢兢，如履薄冰。

古序曰：《小宛》，大夫刺幽王也。

朱子改爲：「大夫遭亂，兄弟相戒，以免禍之詩」，非也。按，幽王，宣王子。宣王承厲、考之亂，發憤中興。幽王嗣立，忘先人幹蠱之功，故其辭曰：「我心憂傷，念昔先人。」夫婦所以共承先也，宣王有姜后之賢，納諫同心，是以中興。申后賢，而幽王黜之。《禮》：妻子和，則父母順。子事父母，雞初鳴，適父母舅姑所。而幽王夫婦乖離，故其辭曰：「明發不寐，有懷二人。」廢太子宜臼，而立伯服，故其辭曰：「教誨爾子，式穀似之。」宜臼奔申，申侯挾太子，召犬戎伐周，故其辭曰：「螟蛉有子，蜾蠃負之。」寵庶奪嫡，兄弟亂倫，故其辭曰：「題彼脊令，載飛載鳴。」首章，刺王無夫婦，而忘先祀。二章，刺酗酒喪儀，而身不脩。三章、四章，刺其無父子兄弟之法，而家不齊。五章，刺其刑罰不中，而天下不治。六章，刺其大亂將至，而王不知懼也。禍起于夫婦，故以鳴鳩比。鳴鳩，即雎鳩，布穀也。鳩族，惟雎鳩關關善鳴而高飛；他鳩，鳴則不飛，飛亦不能戾天。《月令》「鳴鳩雌雄，以羽相拂」，他鳩則逐其婦，故《本草》云「食布穀，佩其骨，令夫婦和」，因以爲比。苟幽王能如關雎，則無忝於先人矣。三章言菽，叔也，比君嗣。中原比見黜。菽，豆藿也。豆，言鬬。藿，言護，《爾雅》「大山宮小山，藿」，太子在外之比。螟蛉之言伶仃，蜾蠃之爲毒螫，皆禍亂之比。下篇以《小弁》繼之，其爲刺幽王甚明。

一章。宛小之鳴鳩，關關拂羽，高飛戾天。人而無夫婦之誼，不克自奮，鳥之不如矣。我心憂傷，思昔先王與先后，黽勉同心。未央問夜，明發視朝，所以幹蠱而中興也。

二章。敗德喪儀，莫如酒。人惟齊肅聖明者，能以温恭制其暴戾。彼昏昧不知者，惟麴糵是好。一於沈湎，日以增盛。當各敬爾威儀，天命一去，不復來矣。

三章。菽生原中，無所藩籬，則庶民誰不采之？桑蟲有子，則蜾蠃遂負以歸。今王屏黜其子，將恐有挾之以去，而爲不善者矣。倘或不肖，則當教誨，以善爲法，奈何輕棄

承先祀者，獨無二人之懷乎。

之乎？

四章。嫡庶兄弟，本同一體。視彼脊令，飛而且鳴，其情甚急。可以兄弟之間，漫不相關乎？在我有事，日斯邁矣。在爾同心，亦月斯征焉。夙興夜寐，急難相恤，庶幾天倫攸叙，無忝所生。而今一黜之、一愛之，豈國之福與？

五章。交交往來飛之桑扈，食肉之鳥也。今循場啄粟，失其性矣。哀我顛寡之民，法所當宥，不宜犴獄。而今禁網煩苛，亦宜犴獄矣。刑罰濫加，貧苦無措。聊以一握之粟，出問諸卜，從何而能得吉乎？

六章。温温然恭謹之人，雖無取禍之道，常懷不免之憂。如集于木上，將恐顛也。惴惴然小心，如臨于深谷，將恐墜也。戰戰兢兢，如履薄冰，將恐陷也。生乎今之世，何自而得免邪？

宛，小貌。鳴鳩，即雎鳩，善鳴而能高飛。翰，高貌。先人，指宣王。明發，將旦也。二人，父母也。齊，肅也。聖，通明也。温克，以温恭自勝也。醉人多怒，故不醉而怒曰㬎。《酒誥》曰：「厥心疾很，不克畏死。」惟齊聖之人，醉能温克也。壹醉，專務醉也。富，益也。不又，不復也。菽，豆也。螟蛉，桑蟲也。蜾蠃，細腰蜂也。凡蟲細腰者，無雌，孚蟲化子。《爾雅》云：「蜾蠃，蒲盧也。」瓠之細腰者，爲蒲盧；蜂之細腰者，亦名蒲盧，猶綬草與綬鳥皆名鷊，青色之葵與青色之鳩皆名鵻也。負，古背通，背負以去也，比中侯挾宜臼，召犬戎伐周之事。式穀，用善也。題，視也。脊令，解見《常棣》。交交，飛貌。桑扈竊脂食肉，無肉故啄粟。填、顛通，危也。岸作犴，獄也。鄉亭之繫曰犴，朝廷曰獄。握，把也。握粟，言貧也。

《小宛》六章，章六句。

197 小弁

弁盤彼鸒豫斯叶娑，歸飛提提叶碆。民莫不穀，我獨于罹叶羅。何辜于天，我罪伊何？心之憂矣，云如之何？

踧踧速周道上聲，鞫〔一〕爲茂草。我心憂傷，惄蹙焉如擣倒。假寐永歎，維憂用老。心之憂矣，疢趂如疾首叶少。

維桑與梓，必恭敬止。靡瞻匪父，靡依匪母。不屬于毛，不離于裏。天之生我，我辰安

〔一〕阮元謂：「《釋文》『鞫』，通志堂亦誤『鞠』，影宋本不誤。」十三經註疏整理委員會本《毛詩正義》註云：「『鞫』，唐石經、小字本、相臺本、考文古本同，閩本、明監本、毛本誤『鞠』。」

在叶沛？

菀玉彼柳斯，鳴蜩條嘒嘒惠。有漼催者淵，萑丸葦淠淠畀。譬彼舟流，不知所屆叶計。心之憂矣，不遑假寐。

鹿斯之奔，維足伎伎祁。雉之朝昭雊姤，尚求其雌。譬彼壞悔木，疾用無枝。心之憂矣，寧莫之知。

相彼投兔，尚或先叶信之。行有死人，尚或墐覲之。君子秉心，維其忍叶仍之。心之憂矣，涕既隕運之。

君子信讒，如或醻叶咒之。君子不惠，不舒究之。伐木掎紀，叶戈矣，析薪杝侈，叶拖矣。舍彼有罪，予之佗叶拖矣。

莫高匪山叶先，莫浚匪泉。君子無易由言，耳屬于垣。無逝我梁，無發我笱。我躬不閱，遑恤我後吼。

古序曰：《小弁》，刺幽王也。毛公曰：太子之傅作焉。

朱子改爲：「太子宜臼被廢而作」，非也。凡刺詩，託爲其人之言，不必真出其人之口。毛公獨于此詩明之者，非謂《小弁》獨託，他詩皆真也；以明子之于父無刺，而《小弁》之親親非宜臼所及耳，故篇首以鷽斯比。鷽斯，鵶烏也。烏孝鳥，能反哺。鷽似烏，而不知反哺，小而好羣飛。宜曰爲世子，依母歸申，以讐其父。《禮》云「知親而不知尊者，禽獸是也」，故託鸒斯諷之，賢傳之言也。愚幼受《朱傳》，竊疑平王與申侯殺父，而棄祖宗累十世之業，孟子許以親親之仁，何也？謂《詩》可觀，觀《小弁》，則失之平王；謂《詩》道性情，《小弁》爲詩則親，而爲子則逆，何性情之與有？晚讀《毛傳》，此疑頓釋，益信毛公之于《詩》深也。

一章。鸒斯之鳥，弁然拊翅，提提羣飛，歸于其林，曾無顧巢反哺之思。人子忘親，亦猶是也。民莫不善，我獨憂罹。不知何罪于天乎？我罪伊何乎？心之憂矣，將如之何哉？

二章。踧踧然往來之大道，一旦窮塞，化爲茂草。以我天倫無故，父子一朝荆棘，何以異此？我心憂傷，惄焉不安，有如舂擣。不脱衣冠，假寐長歎。維以憂故，至于衰老。心之憂矣，病如首痛焉。

三章。里有桑梓，親所植也，猶必恭敬，況子於二親。無瞻望而非父，無依託而非母，敢不恭敬與？今父母不我愛，豈我不係屬于父母之毛？不附麗于父母之裏？不知我生辰安在？若此其不祥也。

四章。菀茂之柳，有蟬嘒然鳴其上；灌深之淵，萑葦渒然生其側，物各得所依也。

我獨如不繫之舟，漂流不知所至。憂思假寐，而亦不暇矣。

五章。鹿之奔也，其足尚伎伎然，舒緩以待其羣。雉之晨鳴，尚知求其雌。今我見逐，悙悙無侶，如傷壞之木，憔悴無枝，心獨憂而人莫知也。

六章。視彼兔之被逐，窮迫投人，人尚哀之，及逐者未至而先脱之。路有死人，尚或收而墐埋之。人皆有不忍之心焉。君子黜妻屏子，秉心何獨忍乎？使我憂之，涕淚隕落也。

七章。王信讒言，如受酬爵，不以慈惠之心，舒徐審究。如伐木者，伐其前，又縄掎其後。如析薪者，斧析其理。骨肉摧折，皆讒人之罪。今舍彼有罪之讒人，而加我以意外之禍也。

八章。世莫有如其高者，非山乎？莫有如其深者，非泉乎？雖高亦可陟，雖深亦可入也。王勿謂宫禁深遠，放言自由。人將附耳于牆壁，媒孽而成禍端也。我今已矣，顧念國家。勿使人往我之梁，發我之笱。儲位不可竊據，神器不可黯干也。雖然，我身既不容，遑恤我之去後乎！

弁，拚然拊翼也；一云，與盤通，樂也。鸒，鴉烏也。烏有三種，純黑反哺者曰烏；白項者曰燕烏，所謂白脰烏也；似烏小而多羣，腹下白，不反哺者曰鴉烏，即鸒也。提提，羣飛安舒貌。踧踧，猶儵儵，往來疾貌。鞫，窮也，路不行則窮而生草。惄、慼通，憂思也。假寐，不脱衣冠寐也。疢，病也。疾首，頭痛也。桑梓，園樹，先世所植也。屬，連屬。毛，肌體之毫毛。離，麗也。裏，猶云肝膈肺肘也。辰，時也。菀，茂也。蜩，蟬也。嘒嘒，聲也。漼，深也。淠淠，衆也。伎伎，舒也。雊，雉鳴也。朝，早也。壞、瘣同，木病也。投兔，奔投之兔。墐，閉藏也。醻，勸酒也。惠，愛也。舒究，徐察也。掎，旁牽也，《左傳》云「諸戎掎之」。扡、扯同，離析也。佗、他同，意外非望之災也。浚、濬同，深也。

《小弁》八章，章八句。

198 巧言

悠悠昊天，曰父母且疽。無罪無辜孤，亂如此憮呼。昊天已威叶畏，予慎無罪。昊天泰憮，予慎無辜。

亂之初生，僭始既涵。亂之又生，君子信讒。君子如怒叶女，亂庶遄傳沮叶上聲。君子如祉，亂庶遄已。

君子屢盟叶芒，亂是用長腸。君子信盗，亂是用暴。盗言孔甘，亂是用餤談。匪其止共恭，維王之邛窮。

奕奕寢廟，君子作之。秩秩大猷，聖人莫之。他人有心，予忖度之。躍躍剔毚讒兔，遇犬獲叶霍之。

荏忍染柔木，君子樹叶暑之。往來行言，心焉數所之。蛇蛇移碩言，出自口矣。巧言如簧，顔之厚叶吼矣。

彼何人斯，居河之麋。無拳無勇，職爲亂階叶基。既微且尰塚，爾勇伊何？爲猶將多，爾居徒幾紀何？

古序曰：《巧言》，刺幽王也。毛公曰：大夫傷於讒，故作是詩也。

一章。悠悠昊天，下民之父母。胡使人無罪無辜遭亂如此？其憮大也。昊天甚可畏也，予自審無罪也。昊天太甚也，予自審無辜也。

二章。亂之所以初生者，由讒人以僭差之言。嘗試王意，王不覺而涵容之。一窺意指，遂無忌憚。所以亂漸至而又生，皆信讒之致也。如君子聽言，不爲含容，務使是非明白。非者怒而責之，則讒言不敢至而亂，庶幾速沮矣。是者喜而福之，則忠言上達，而亂庶幾速已矣。

三章。讒言曖昧，明主立斷。若執狐疑之見，屢與盟誓，則小人得計，亂是以日長也。讒人如盜，信爲腹心，則必有卒發之禍，亂是用暴矣。盜言諂諛，使人易悦，其味甚甘，則亂是用餤矣。凡此讒人，浮浪無定，不足供職，秖爲王邛病而已。

四章。奕奕然高大之寢廟，維君子能經營。小人無才，不可與興制作也。秩秩然有序之大道，維聖人能定。小人無行，不可與議道德也。彼其心懷欺罔，侈談聖人君子，以文其奸，我得而忖度之。其狡黠變詐，如躍躍善走之狡兔，一遇疾犬則見獲，而受禍烈矣。

五章。木維荏苒和柔者，乃爲良材，君子宜培植而樹之。言維往來共由者，乃爲嘉言，宜中心數而識之。彼小人者，聽其言蛇蛇安徐，但自口出，無根心之實。如笙中之簧，隨氣轉動。而彼初無赧色，其顔亦厚矣，豈有羞惡之心者乎？

六章。彼讒人者，居河濱水草之麋，託身甚卑。其骭有瘍，其足又腫，下流而有惡疾。何拳何勇？其造謀大而且多，必有爲之徒者。然爾所居之徒能幾何？王曾不能去之乎？

憮，大也。已威，甚畏也。威，與畏通。慎，審也。泰憮，太甚也。僭始，不信之端也。涵，容也。遄，速也。沮，止也。祉，福也。遄已，速去也。盟，誓也。暴，凶急也。餤，進食也。止共，安靖供職也。奕奕，大也。宫室前曰廟，後曰寢。秩秩，序也。大猷，大道也。莫，定也。忖，默思也。躍躍，疾跳也。毚兔，狡兔也。荏苒，柔意。數，猶記也。蛇蛇，舒徐也。碩，大也。麋、湄通，水草之交也。拳，力也。職，專也。骭瘍曰微，瘇足曰尰。

《巧言》六章，章八句。○按《小弁》以下四篇，皆信讒之害。《小弁》害家，《巧言》害國，《何人斯》害朋友，《巷伯》刺讒人，編什之序也。

199 何人斯

彼何人斯？其心孔艱叶勤。胡逝我梁，不入我門？伊誰云從去聲？維暴之云。

二人從去聲行，誰爲此禍？胡逝我梁，不入唁彦我？始者不如今，云不我可。

彼何人斯？胡逝我陳。我聞其聲，不見其身。不愧于人，不畏于天叶汀？

彼何人斯？其爲飄風叶分。胡不自北？胡不自南叶林？胡逝我梁，祇支攪絞我心。

爾之安行，亦不遑舍叶舒。爾之亟行，遑脂爾車。壹者之來，云何其盱吁？

爾還而入，我心易叶衣也。還而不入，否難知也。壹者之來，俾我祇支也。

伯氏吹壎萓，仲氏吹篪池。及爾如貫，諒不我知。出此三物，以詛奏爾斯。

爲鬼爲蜮域，則不可得。有靦腆面目，視人罔極。作此好歌，以極反側。

古序曰：《何人斯》，蘇公刺暴公也。毛公曰：暴公爲卿士，而譖蘇公焉，故蘇公作是詩以絶之。

朱子疑詩中言暴不言公，爲無據，非也。《詩》言微婉，未有刺其人而直斥之者。讒口害人，蹤跡詭秘。平生僚友，一朝反顔如路人。故屢言「彼何人斯」，爲窮詰之辭。從行二人，究其推諉之奸。逝梁不入，發其忸怩之情。飄風、鬼蜮，比其曖昧之私。辭婉而意切矣。

一章。彼行者何人？其心甚艱險。胡爲過我之橋梁，而不入我之門？甚可疑也。問其從者，乃云暴公也。

二章。暴公與從者同行，不知誰譖我而爲此禍。今我既失位矣，爾何過我梁而不入弔我也。爾初與我同僚，分誼相親。豈如今之不以我爲可乎？

三章。彼何人斯？逝我堂下之陳，使我聞聲不見其身。蹤跡曖昧，謂人可欺耳。縱不愧人，不畏于天乎？

四章。彼何人斯？飄忽若風，南北無定也。今胡不自南，不自北？而逝我之梁，顛狂倏忽，祇攪亂我心而已。

五章。爾終日奔走，雖無事安行，亦不暇止。況今行亟，脂轄不遑，其必有故矣。豈肯顧我而留乎？何不一來，使我盱目而望也。

六章。爾往，予猶望其還也。苟還而入，我心平矣。還而竟不入，爾心之所不可者，真難測也。但得爾一來乎，我心安矣。

七章。初我與爾，誼同兄弟。兄吹壎，則弟吹篪。情相親，故聲相應也。與爾如索貫物，肝膈相通，豈誠不知我乎？爾若謂不知我，則出犬豕雞三物，詛咒之可矣。

八章。唯鬼作祟，唯蜮射影，故受害者不見其形。汝乃人耳，靦然面目相看，而爲此罔極不測之事。故作此好歌，以窮究爾傾險之心也。

艱，險也。逝，往過也。梁，橋也。從，同行者也。二人，暴公與從者。唁，弔失位也。陳，堂下至門之逕。攪，擾亂也。安行，緩行也。舍，止息也。脂，以膏塗車轄也。盱，張目也。還，反也。易，平也。祇，安也。壎、篪，皆樂器。壎以土爲之，形如卵，鋭上平底六孔。篪，竹爲之，長尺四寸，圍三寸，七孔，又一孔上出，横吹也。如貫，如繩串物，言相通也。諒，信也。三物，犬、豕、雞也。詛，告神設誓也。蜮、蜮同，妖蟲，一名短狐，《春秋》莊公十八年「有蜮」是也，能以氣射人，居水中射人影成病者，名射工；居山林射人成瘡疥者，名含沙。《説文》云「似鼈，三足」，其即所謂能者與？靦，面目之貌。罔極，猶《園有桃》《青蠅》之罔極，皆不測意。《春秋傳》云「命之罔極，亦知亡矣」，言晉命無常，不可測也。反側，猶言翻覆，即罔極意。

《何人斯》八章，章六句。〇愚讀是詩，而益知性情之説矣。通篇非真有適梁過門之事，蓋比其艱險反側。欺君賊友，分誼已絶，而其言周懇，傷往望來，有不忍遽絶之情，何其厚也。豈必蘇公實有處讒不動之養乎？蓋詩之爲言，長言之也；言不如此，不可以爲詩。人能以《詩》之言養性，則性定；以《詩》之義操心，則心安；以《詩》之氣處人，則人和；以《詩》之性情處變，則無所往而不自得，故曰「不學《詩》，無以言」。非謂據其詩，即觀其人性情之謂也。其人未必中和，至其爲詩，必無暴厲。如執詩以信人，則《三百篇》，必皆周公之制作，然後可。孟子所謂高叟者矣。

200 巷伯

萋兮斐兮，成是貝錦。彼譖人者，亦已大泰甚審。

哆扯兮侈兮，成是南箕。彼譖人者，誰適的與謀叶眉。

緝緝翩翩叶彬，謀欲譖人。慎爾言也，謂爾不信叶心。

捷捷幡幡叶煩，謀欲譖言。豈不爾受，既其女遷。

驕人好好，勞人草草。蒼天蒼天叶廷，視彼驕人，矜此勞人。

彼譖人者渚，誰適的與謀叶母，取彼譖人，投畀豺虎。豺虎不食，投畀有北。有北不受叶紹，投畀有昊叶浩。

楊園之道，猗于畝丘叶欹。寺人孟子，作爲此詩。凡百君子，敬而聽之。

古序曰：《巷伯》，刺幽王也。毛公曰：寺人傷於讒，故作是詩也。

按寺人，即巷伯，宫中永巷之長也，掌宫中之役，或用奄人爲之。然受讒之事不可考，《朱傳》遂謂以讒被宫刑，固矣。貝，水蟲，介五色如錦，生而成文，非造作也。萋，附麗也；斐，均錯也，皆織造之象。《禹貢》「厥篚織貝」，比無是事而羅織如生成也。箕，東方蒼龍之宿，秋夏見于南方。凡占星，皆于昏旦南中，故曰南箕。《天官書》「箕爲敖客，曰口舌」，凡四星，東向横張如口，東二星大張如箕舌，西二星微狹如箕踵。哆口微張貌，侈則大張矣，比因人小過，而以口舌張大之也。貝自地，星自天，讒人罔極之比。

一章。貝文如錦，本由自然。今萋積均斐，而飾成貝錦，讒口巧于造作如此。彼譖人者，無端羅織，亦太甚矣。

二章。南箕在天，踵狹而舌廣。其初哆然微張，因而侈大之，遂成此南箕。讒口因人小過，而張大其罪，計亦譎矣。彼譖人者，誰爲主此謀乎？

三章。譖者之口，緝緝不絶。翩翩不定，心所營謀，惟譖人耳。然未有言無實而不敗露者。謹慎爾言，勿以計售肆志，恐聽者謂爾欺罔，不見信也。

四章。捷捷便給，幡幡反覆。心所營謀，惟欲爲譖言耳。自非明主，豈不誤聽？但汝能譖人，人亦能譖汝。無言不讐，亦終移及汝矣。

五章。譖人者，得志而驕，好好然適意。被譖者遇禍而勞，草草然愁悴。物情不平如此。蒼天蒼天，其監視彼驕人乎？矜憫此勞人乎？

六章。彼譖人者，誰爲主謀？取彼譖人之人，投棄與豺虎，豺虎惡而不食；投棄窮荒漠北，不與同中國，漠北之人亦惡而不受。則將如之何哉？付之昊天而已。獲罪于天，無所逃也。

七章。楊園下濕之地，有路上倚于畝丘。讒口加于卑賤，漸及尊貴矣。寺人字孟子者，作爲此詩。凡百公卿大夫，其敬慎而聽之乎。

貝錦，貝文之錦。適謀，主謀也。驕人，讒人也。勞人，被讒之人。楊園，卑地也，楊宜卑濕。猗、倚同，自下而達上，如倚立也。畝丘，丘之可耕者。土高曰丘，方百步曰畝。寺人，侍人，即巷伯，孟子其字也。君子，謂搢紳輩。

《巷伯》七章，四章章四句，一章五句，一章八句，一章六句。

毛詩原解卷二十一終

毛詩原解卷二十二

谷風之什

《谷風》至《信南山》，凡十篇。

201 谷風

習習谷風，維風及雨。將恐將懼，維予與女汝。將安將樂，女轉棄予叶與。

習習谷風，維風及頹。將恐將懼，寘至予于懷叶回。將安將樂，棄予如遺叶危。

習習谷風，維山崔嵬叶魏。無草不死，無木不萎位。忘我大德，思我小怨叶月。

古序曰：《谷風》，刺幽王也。毛公曰：天下俗薄，朋友道絶焉。

朱子改爲：「朋友相怨之詩」，非也。谷風，東風。東爲君方，風自君始也。習之言俗也。風雨無常，比朋友道乖。《衛風》刺夫婦，意與此同。文、武道隆，《伐木》求友；幽王失德，《谷風》刺薄，所以屬雅。雅，政也，獻納之義。如謂民間朋友相怨而作，則當屬風。邦國爲風，王朝爲雅。

一章。東風習習不斷，久之風必至于雨。習薄成俗，猶是也。維予與汝，昔在艱難，同心共濟。今處安樂，遂轉棄予。人情何異于風雨乎？

二章。谷風頹然，自上而下。習俗薄惡，所自來也。恐懼之時，置予于懷。安樂之日，棄予如遺。其爲頹風，不可振矣。

三章。習習谷風，當山高崔嵬，則風之所撼益疾矣。故無不死之草，無不萎之木。上之率下，亦猶是也。今風俗頹敗，朋友道絶。忘弘濟之大德，思睚眦之小怨，天下皆是也。

頹，焚輪風也。焚輪謂之頹風，自上而下也；扶摇謂之猋風，自下而上也。寘，置也。

《谷風》三章，章六句。○按，《小雅》短章疊詠，如此篇之類，猶是風體，《大雅》皆莊嚴大篇，是以有小、大雅之别。

202 蓼莪

蓼蓼六者莪，匪莪伊蒿。哀哀父母，生我劬勞。

蓼蓼者莪，匪莪伊蔚畏。哀哀父母，生我勞瘁。

缾之罄矣，維罍之恥。鮮民之生，不如死之久叶已矣。無父何怙，無母何恃。出則銜恤，入則靡美至。

父兮生我，母兮鞠我。拊我畜旭我，長我育我。顧我復我，出入腹我。欲報之德，昊天罔極。

南山烈烈，飄風發發。民莫不穀，我獨何害曷。

南山律律，飄風弗弗，民莫不穀，我獨不卒。

古序曰：《蓼莪》，刺幽王也。毛公曰：民人勞苦，孝子不得終養爾。

朱子改謂：「民人勞苦自作」，非也。孝子行役，親死不得見，作此詩以諷王之不仁。爲民父母，使民至此，所以爲刺。幽王父子相賊，釀成驪山之禍。是詩爲之兆矣。蓼莪，解見《菁菁者莪》。

一章。莪之始生，香美可食。及其蓼然長大，則變而爲蒿。父母生子，待養而不能養，猶無子耳。哀哀父母，勤劬勞苦，生我何爲乎？

二章。蓼蓼長大之莪，非莪也，特馬薪之蔚耳。有子而不養其親，不可以爲子。哀哀父母，憔悴勞苦，生我何爲乎？

三章。缾汲水以注于罍，罍貯水以資乎缾。猶父母與子，相依爲命也。今父母既亡，子亦單獨之民。偷生人世，不如死之長久矣。無父何所依賴，無母何所倚仗？出銜憂而誰愬？入失路而焉往？所以生不如死也。

四章。父兮以氣生我，母兮以身鞠我。摩挲以拊我，防護以畜我，成就以長我，馴化以育我，回視以顧我，再三以復我。出往入來，懷抱腹我。劬勞如此。思報其德，如昊天渺漠，不知窮極，何能報也？

五章。南山本陽，背北爲陰。烈烈然慘切，飄忽之風，發發暴疾，觸目皆淒涼之境。凡民父母相守，莫不吉祥。我何獨遭此害乎？

六章。南山律律然崒嵂，飄風弗弗然奮疾，觸境皆成悲傷。凡民莫不吉善，我何獨鮮終乎？

莪，香蒿，可食。俄然易長，故曰莪。蔚，馬薪蒿，葉似胡麻，賤草也。哀哀，悲痛之辭。缾、罍，皆酒器，缾小罍大。罄，空也。鮮民，單獨之民。鞠，懷妊也。拊，手摩也。畜，防護也。長，漸成也。育，教養也。顧，左右盼也。復，反覆戀也。出入腹，擁抱之也。罔極，無窮也。烈烈，慘也。律律，高也。不卒，不終也。

《蓼莪》六章，四章章四句，二章章八句。

203 大東

有饛簋飧孫，有捄求棘匕比。周道如砥止，其直如矢。君子所履，小人所視叶矢。睠眷言顧之，潸山焉出涕叶體。

小東大東叶當，杼柚其空叶匡。糾糾葛屨，可以履霜。佻佻挑公子，行彼周行叶杭。既往既來叶力，使我心疚叶急。

有洌列氿軌泉，無浸穫薪。契契器寤歎，哀我憚但人。薪是穫薪，尚可載叶積也。哀我憚人，亦可息也。

東人之子，職勞不來叶力。西人之子，粲粲衣服叶北。舟人之子，熊羆是裘叶其。私人之子，百僚是試叶詩。

或以其酒，不以其漿。鞙鞙泫佩璲遂，不以其長。維天有漢，監亦有光。跂器彼織女，終日七襄。

雖則七襄，不成報章。睆緩彼牽牛，不以服箱。東有啓明叶芒，西有長庚叶岡。有捄天畢，載施之行叶杭。

維南有箕，不可以簸波，上聲揚。維北有斗，不可以挹酒漿。維南有箕，載翕其舌。維北有斗，西柄之揭挈。

古序曰：《大東》，刺亂也。毛公曰：東國困於役而傷於財，譚大夫作是詩以告病焉。

按，此亦幽、厲時詩，故稱西人，西京之人也。譚，東方國名，詩不及，而《序》云「譚大夫作」者，皆有所受之。

一章。昔國家豐富，百禮皆備。簋以盛黍稷，有饛然而滿之飧。匕以取鼎肉，有捄然而曲之棘匕。彼一時也，周道大明。貢賦有制，如砥之平，無厚薄也；如矢之直，無私賂也。在上君子，履之不違；在下小人，視爲法守。回顧往事，今非昔比。民窮財盡，爲之潸然出涕也。

二章。我東方之民，勿論小國大邦，寸縷無遺，杼柚空矣。糾糾然縛其敝壞之葛屨，猶謂可以賤霜。佻佻然不耐勞苦之公子，奔走道路，往而復來，使我見之心病也。

三章。洌然寒涼旁出之泉，勿浸已穫之薪。薪穫已槁而又浸之，則腐矣。猶民已憔悴，而更虐用之，其能堪乎？是以我契契然憂苦，不寐而歎息，惟哀此憚病之人耳。司爨者，欲薪是穫薪，尚其載之，勿使受浸可也。牧民者，哀此病民，尚其休息之，勿重勞之可也。

四章。我東國之人，專主勞苦，曾不蒙慰來。彼西京之人，粲粲然鮮盛其衣服，以至操舟者亦著熊羆之裘，私家賤卒亦用爲百僚之貴。何西人樂，而東人獨苦也？

五章。西人之徵貨于我東也，我東人或以酒饋之，彼視之曾不以爲水漿。鞙鞙然垂玉之佩璲厚贈之，彼亦歉然不以爲長。百求百供，而不滿志。人力已竭，必天降神輸，躡虛空，摘星辰，乃可滿西人之求，而救我東人之困乎？故維天有漢，視下光明，庶以餘波及我。跂然三星角立者，織女也。終日駕更七次，或能濟我杼柚之急耳。

六章。民苦空嗟，天高難問。織女雖七襄，焉能織紝成章以答我。睆然而明者，有牽牛之星，亦不能駕我之箱。日之未出，東方有啓明之星。日之既入，西方有長庚之星。羅禽用畢，又有捄然而曲，天畢之星，皆徒施之行列耳。啓明長庚，不能助昏夜之明。天畢不可爲狩獵之用，則雖天亦窮矣。

七章。粟米之貢，簸揚用箕。南方空有箕，而不可以簸揚。酒漿之貢，斟酌用斗。北方空有斗，而不可以挹酒漿。南箕東向，翕張其舌，若吞噬我東人。北斗柄揭向西，亦若爲西人挹取而已。雖籲天何益乎？

饛，滿貌。盛黍稷曰簋。飧，熟食也。捄，長而曲也。棘匕，削棘木爲匙，取鼎肉升于俎者也。周道，猶云王制。砥，磨石，言平也。小東、大東，東方大小之國也。杼，受經者。柚，卷織者。前曰杼，後曰柚。糾糾，既敝而纏束之也。夏葛屨，冬皮屨。敝而糾之，猶可以踐霜，貧者之計也。佻佻，輕薄不耐勞苦之意。洌，寒意。泉從旁出者曰氿。穫，刈也。契契，憂苦也。憚、癉通，病也。職勞，專勞也。來，慰撫也。西人，西京之人。舟人、私人，皆西人之微賤者。試，用也。漿，以米物和水，即今湯茗之類，《周禮》有酒人、漿人。漿薄，酒厚也。鞙鞙，長貌。璲，佩玉也。衣曰襚，佩曰璲。天漢，天河也。監，視也。跂，三隅之狀。織女，三星跂立。襄，駕也。日月所舍，在天爲次，在地爲辰。織女星自卯至酉，隨天行七次也。牽牛，六星服駕也。箱，車箱。啓明、長庚，金星也。一星二名，以其先日而出曰啓明，以其後日而入曰長庚。天畢，八星，如掩兔之畢。畢，小網有柄者也。行，列也。翕，張也。翕之言張，猶治之言亂也。箕舌，解見《巷伯》。揭，立也。斗，北方之宿，與箕近，秋并見南方，其柄向西，在箕北，故曰北有斗，非中宫北斗也。

《大東》七章，章八句。

204 四月

四月維夏叶虎，六月徂暑。先祖匪人，胡寧忍予叶與？

秋日淒淒，百卉具腓。亂離瘼矣，奚[一]其適歸？

冬日烈烈，飄風發發。民莫不穀，我獨何害叶豁。

山有嘉卉，侯栗侯梅。廢爲殘賊，莫知其尤叶回。

相彼泉水，載清載濁叶觸。我日構禍，曷云能穀？

滔滔江漢，南國之紀。盡瘁以仕，寧莫我有叶以。

匪鶉團匪鳶沿，翰飛戾天。匪鱣匪鮪，潛逃于淵。

山有蕨薇，隰有杞桋夷。君子作歌，維以告哀叶衣。

古序曰：《四月》，大夫刺幽王也。毛公曰：在位貪殘，下國構禍，怨亂並興焉。

朱子改爲：「遭亂自傷之辭」，非也。爲若遭亂者自傷以刺王也。讀此詩者，想見四時愁慘，山川寥落，飛走動植，彫零夭札之象。何必斥王，乃謂爲刺？末云「寧莫我有，維以告哀」，刺義曉然。

一章。四月建巳，時維初夏。六月以往，暑氣尤盛。虐政煩酷，何以異此？先祖於我，一氣相關，匪他人比，寧忍棄我而不救乎？

[一] 奚，《毛詩正義》作「爰」。

二章。秋日淒淒然，百草俱病。蕭條之景，尤難爲懷。當此離亂，舉世皆病，何所適歸乎？

三章。時維冬日，烈烈苦寒。發發飄風，肅殺尤慘。民莫不善，我何爲獨遭此害乎？

四章。山有嘉卉，維栗維梅，皆卉木之美者。猶亂世未嘗無君子，今爲殘賊小人所擯棄。上無英主，煬竈蔽明，莫有能知其罪過者矣。

五章。相彼泉水，有時濁，亦有時清。世道昏亂，永無清明之期。我構遇禍亂，何時能善乎？

六章。滔滔下流，江漢之水，本無情也。在南國襟帶包絡，以爲綱紀焉。今我盡力勞瘁，仕爲王臣。區區微忠，棄而不有，是流水之不若也。

七章。我生匪鶉也，匪鳶也。若鶉鳶，則將翰飛戾天而去矣。我生匪鱣也，匪鮪也。若鱣鮪，則將潛逃于淵而隱矣。今何往而得免邪？

八章。山有蕨薇，隰有杞桋。深山窮谷，草衣木食。此亦天，亦淵也。身將隱矣，焉用文之。其作此歌，維以訴哀傷之情而已。

徂，往也。六月夏將終而甚暑，故曰徂暑。腓，病也。瘼，亦病也。嘉卉，通言草木也。侯，惟也。尤，過也。構禍，遇禍也。鶉，作鷲，鵰也，大者爲鶚，似鷹。鳶，鴟也。

桋，赤楝也，叢生，一本作荑，草木始生也。

《四月》八章，章四句。〇朱子改《小旻》至此章，爲《小旻之什》。

205 北山

陟彼北山，言采其杞。偕偕士子，朝夕從事叶史。王事靡盬，憂我父母。

溥天之下叶虎，莫非王土。率土之濱，莫非王臣。大夫不均，我從事獨賢叶形。

四牡彭彭叶邦，王事傍傍。嘉我未老，鮮選我方將。旅力方剛，經營四方。

或燕燕居息，或盡瘁事國叶域。或息偃在牀，或不已于行杭。

或不知叫號毫，或慘慘劬勞。或栖遲偃仰，或王事鞅養掌。

或湛耽樂飲酒，或慘慘畏咎久。或出入風議叶宜，或靡事不爲。

古序曰：《北山》，大夫刺幽王也。毛公曰：役使不均，己勞于從事，而不得養其父母焉。

朱子改爲：「大夫行役而作」，非也。爲行役者之言以刺王耳，説見《孟子》。北山，背陽之比。杞，苦菜，食苦之比。

一章。陟彼北山，采杞而食，勞苦飢餓甚矣。念我偕偕然旅行之士子，朝夕從事，不得休息。以王事不可不堅固，久于外而憂思父母也。

二章。溥天之下，無處非王之土。循地之涯，無人非王之臣。彼當事大夫，爲政不平，使我從事獨賢勞也。

三章。四牡彭彭不休，王事傍傍不已。王嘉我之年未老，貴我之力方壯，脊膂方剛可以經營四方，是以我獨勞耳。

四章。均爲王臣，有燕燕然安居休息者，有盡瘁以從事邦國者。有休息偃卧在牀者，有奔走不已于行者。

五〔一〕章。有深居不聞外人叫號者，有慘然劬病勞苦者。有棲遲于家，偃仰得意者。有爲王事牽持，鞅掌失容者。

六章。有湛樂飲酒爲驩者，有慘然畏不免于罪者。有出入優遊，閒譚風議者；有諸務交責，無事不爲者。役使不均如此。

偕偕，旅行貌。士子，任事之稱。率，循也。濱，涯也，盡四海邊岸也。獨賢，即下章

〔一〕原爲八，誤。

「嘉我未老」三句之意。賢，猶多也。彭彭，不息也。傍傍，不已也。嘉，猶善也。鮮，希有也。方將，方大也。旅，作膂，與吕同，脊骨也。鞅掌，牽持意。鞅，馬鞅也。掌，握持也。偃，仰貌。迎風曰偃。

《北山》六章，三章章六句，三章章四句。

206 無將大車

無將大車，祇支自塵兮。無思百憂，祇自疧叶民兮。

無將大車，維塵冥冥。無思百憂，不出于熲景。

無將大車，維塵雝勇兮。無思百憂，只自重蟲，上聲兮。

古序曰：《無將大車》，大夫悔將小人也。

朱子改爲：「行役勞苦憂思者之作」，非也。幽王之時，小人衆多，君子悔與共事，故《序》借將車以釋之。將，猶駕馭也。小車駕馬，大車駕牛。車行利輕而惡重，貴馬而賤牛，故以牛車爲小人負重之比。始不察而誤用，至于困憊不前，誤國僨事，所以可憂。朱子因篇次《北山》《小明》間，改爲行役而作，非也。

一章。駕車者，勿將大車乎？車大而牛行遲，祇揚塵自汙耳。如小人無材，君子誤爲推轂。一據津要，可憂多端。追悔何及？祇足自病而已。

二章。無將大車，則塵起而昏冥矣。小人誤爲汲引，可憂百端。强自排遣，祇耿耿在鬱悶中，不得出耳。

三章。無將大車，維塵雝蔽之。彼小人誤爲吹噓，爲憂將多。尋思無及，祇自增累耳。

大車，任載之車。祇，但也。疷、痻通，病也。熲、耿同，小明也，幽悶之意。雝、壅同，蔽也。重，猶累也。

《無將大車》，三章章四句。

207 小明

明明上天，照臨下土。我征徂西，至于艽求野叶汝。二月初吉，載離寒暑。心之憂矣，其毒大苦。念彼共恭人，涕零如雨。豈不懷歸？畏此罪罟。

昔我往矣，日月方除叶去聲。曷云其還旋？歲聿云莫。念我獨兮，我事孔庶。心之憂矣，憚但我不暇叶護。念彼共人，睠睠眷懷顧。豈不懷歸？畏此譴怒。

昔我往矣，日月方奥郁。曷云其還？政事愈蹙。歲聿云莫，采蕭穫菽。心之憂矣，自詒伊戚叶促。念彼共人，興言出宿。豈不懷歸？畏此反覆。

嗟爾君子，無恒安處。靖共爾位，正直是與。神之聽之，式穀以女汝。

嗟爾君子，無恒安息。靖共爾位叶立，好是正直。神之聽之，介爾景福。

古序曰：《小明》，大夫悔仕於亂世也。

朱子改爲：「大夫久役而作」，非也。誦其辭，凄惋流涕，雖叙行役之苦，實多悔恨之情。各章念彼恭人，思自全之策。惟有恭慎，庶幾化憂患爲景福，處亂世而獲安全，此其怨悔之意甚明。若但以爲行役而作，殊不盡作者之情。

一章。明明上天，照臨下土，其監憐我乎？我行役西來，遠至艽野。自二月之朔，至今寒暑載更。我心之受毒極苦。生逢亂世，業已受職，無可奈何。惟念彼小心之恭人，至于涙落如雨。豈不思歸？畏刑網而不敢耳。

二章。昔我之往，舊歲方除。何時言歸？而歲已莫矣。念我身獨事衆，心憂而病不暇。念彼恭人，睠睠然長慮却顧。心雖思歸，畏譴怒而不敢也。

三章。昔我以春和往，未知何時可還。政事迫蹙，歲將莫而蕭菽可采穫矣。中心憂傷，自詒此戚。惟念彼恭人，不敢安寧。而起宿于外，心雖思歸，畏時政之反覆耳。

四章。嗟爾在位君子，生斯時也，惟無常安居可乎？靖静恭敬爾之職位，以正直之道自許，鬼神默聽，用吉祥與汝矣。

五章。嗟爾君子，其無常安息乎？靖恭爾位，惟正直之道是悦，鬼神默聽，自助爾以大福矣。

艽野，西方地名。初吉，朔日也，舉事尚早，故凡朔日稱吉。離，歷也。共，與恭通。共人，恭敬之人。除，除陳生新，謂方春也。孔庶，甚多也。憚、癉通，病也。奥，煖也，二月春和也。興言出宿，不敢宿内也。反覆，刑不中也。靖共，安静恭敬也；或云：與供同。是與，自期許也。穀，福禄也。以女，與汝也。介，佐助也。

《小明》五章，三章章十二句，二章六句。

208 鼓鍾

鼓鍾將將鏘，淮水湯湯，憂心且傷。淑人君子，懷允不忘。

鼓鍾喈喈皆，淮水湝湝偕，憂心且悲。淑人君子，其德不回。

鼓鍾伐鼛叶勾，淮有三洲，憂心且妯抽。淑人君子，其德不猶。

鼓鍾欽欽，鼓瑟鼓琴，笙磬同音。以雅以南叶林，以籥不僭叶侵。

古序曰：《鼓鍾》，刺幽王也。

幽王東遊淮上，爲流連之樂，故詩人刺之。天子非巡狩不行，嘉樂不野合。西京去淮上甚遠，而久作樂于水濱，非先王之觀也。是役也，未必無朝會，而詩但言鼓鍾淮水，以諷其荒樂遠遊，無復先王脩禮輯瑞，柴望祭告之典。與秦政、隋廣，先後一轍，所以爲刺。

一章。鼓與鍾，其聲將將。淮之水，其流湯湯。王遠離西京，爲流連之樂。我心憂傷。念古之賢王，温恭小心，真善人君子，思之信不能忘也。

二章。鼓鍾喈喈然遠聞，淮水湝湝然盛流。樂不可極，憂心爲之傷悲。念昔淑人君子，以禮自持，其德豈有回邪乎。

三章。鼓鍾伐鼛，坐見水落而三洲出，爲時久矣。流連忘反，憂心爲之妯動。思昔淑人君子，好樂無荒，其德豈有過尤乎。

四章。樂所以昭德也。今鼓鍾欽欽然，音節可聽。堂上鼓瑟琴，堂下吹笙擊磬，音律和同。以奏《二雅》，以奏《二南》，以籥起舞，皆不僭差。樂則古樂，而人非古人，焉得無淑人君子之思乎。

淮，即今淮安府，淮水經焉。湝湝，衆流貌。鼛，大鼓。洲，水中沙洲。妯，動也。猶，與尤通，過也。欽欽，聲有度也。籥，解見《簡兮》。文，舞也。僭，差也。

《鼓鍾》四章，章五句。

209 楚茨

楚楚者茨慈，言抽其棘。自昔何爲？我蓺黍稷。我黍與與叶餘，我稷翼翼。我倉既盈，我庾維億叶亦。以爲酒食，以享以祀叶夕。以妥以侑叶一，以介景福叶璧。

濟濟蹌蹌斨，絜爾牛羊，以往烝嘗。或剥或亨叶鋪郎反，或肆或將。祝祭于祊叶邦，祀事孔明叶芒。先祖是皇，神保是饗叶香。孝孫有慶叶羌，報以介福，萬壽無疆。

執爨踖踖積，叶爵，爲俎孔碩，或燔或炙叶灼。君婦莫莫，爲豆孔庶叶碩，爲賓爲客叶殼。獻酬交錯，禮儀卒度叶拓，笑語卒獲叶霍。神保是格叶各，報以介福，萬壽攸酢叶作。

我孔熯善，上聲矣，式禮莫愆叶欽。工祝致告，徂賚孝孫叶生。苾芬孝祀叶夕，神嗜飲食，卜爾百福叶逼。如幾如式適，既齊既稷，既匡既敕。永錫爾極，時萬時億叶亦。

禮儀既備叶北，鐘鼓既戒叶吉。孝孫徂位叶立，工祝致告叶國。神具醉止，皇尸載起。鼓鍾送尸，神保聿歸。諸宰君婦，廢徹不遲。諸父兄弟，備言燕私。

樂具入奏族，以綏後禄。爾殽既將，莫怨具慶叶羌。既醉既飽叶剖，小大稽啓首。神嗜飲食，使君壽考叶口。孔惠孔時，維其盡叶井之。子子孫孫，勿替引之。

古序曰：《楚茨》，刺幽王也。毛公曰：政煩賦重，田萊多荒，饑饉降喪，民卒流亡，祭祀不饗，故君子思古焉。

朱子改爲：「述公卿有田禄者，力于農事，以奉宗廟之祭而作」，非也。按，詩辭莊嚴典則，多贊頌語，與下篇《信南山》《甫田》《大田》皆諷幽王，而惟此篇首四語，思古傷今，餘皆極古時和年豐，祭祀燕享，宛然身逢其盛，而銜恨于生今之世。意在言外。《豳風·七月》周公遭亂，述古以諷成王，意與此類。若以爲公卿奉祭之詩，則《七月》亦周公燕饗之詩矣。蓋農事國之根本，祭祀國之大事。《洪範》以農政繼五行，《周官》以三農先九職，《洛誥》以明農序正父。自后稷肇祀，不窋失業，公劉、古公疆理力田，遂拓丕基。子孫守先訓，力農奉祀，以此占國運興衰。故后稷配天，而《生民》作；文武功成，而《思文》頌；二叔不才，乃詠《七月》；幽王死，宗周滅，乃有《楚茨》《大田》；平王東遷，九廟隳，乃歌《黍離》，皆推本農事，不忘先業也。《無逸》一書，極言稼穡艱難，與先代勤民之主，以戒成王。《楚茨》諸詩，歷序古曾孫稼穡，祭祀禮樂，壽考福禄，以諷幽王。《詩》《書》獻納正同。今以爲公卿力田奉祭，與雅何涉？雖降而爲國風，可也。

一章。古者，先成民而後致力于神。今四郊荒蕪，楚楚然多蒺藜。我抽除其棘。此棘茨之地，在昔何爲者乎？乃我蓺種黍稷之田也。昔我所種之黍，與與然茂盛，其稷翼翼然整齊。秋收我倉既滿，露積于外而爲庾者，維億之多也。年豐民樂，然後致力于神。以爲酒食，以獻享祭祀，以迎尸入室。拜而安之，以勸尸食飽而侑之，以因祭而得大福也。

二章。王格有廟，則助祭諸臣，濟濟蹌蹌然，容之盛也。絜爾牛羊之牲，奉烝嘗之祭。或剥其皮而烹飪之，或陳肆其體而將進之。迎牲之始，孝子使祝求神于廟門内西，主人待賓之所，若先祖來臨。事死如生，其禮甚明備也。先祖皇然臨之，尸爲神保，食而饗之。孝孫因以蒙慶，先祖答以大福，萬壽無疆界也。

三章。諸臣有執爨者，司鼎鑊以供炊煮，踖踖然恭敬不寧。俎以載熟，其牲體甚肥碩。或燔肉，或炙肝，從俎以獻也。内而主婦，莫莫清静。爲一羞以薦豆，品多而孔庶。異姓助祭有賓客，獻尸之後，主人飲福，徧及合廟。旅酬交錯，而禮儀盡合法度，笑語盡得時宜。于是神保來格，答以大福，酢之以萬壽也。

四章。行禮既久，筋力甚悴矣，而用禮無失，敬之至也。故工祝致神意，以嘏辭告孝孫，并神所予黍稷牢肉往賚之。辭曰：苾芬馨香，汝之孝祀也。神嗜爾飲食，期爾以百福。如先幾焉，如程式焉，其應不爽也。爾祭既整齊，既嚴肅，既匡正，既戒敕，永錫爾以百福之聚，時萬時億之多也。

五章。禮儀既備，祀事終，尸將起矣，戒備鐘鼓以送之。孝孫出往堂下西向之位，工祝傳神意，告利成于孝孫。羣廟之神皆醉，皇尸則起所戒鐘鼓，奏《肆夏》以送尸，而神保遂歸矣。膳夫乃徹去諸饌，君婦徹去籩豆，皆敏疾供事，無異行禮之初。既歸賓客之俎，而同姓之諸父與兄弟，皆留燕于寢，以盡其私恩焉。

六章。燕舉于廟後之寢，則在廟之樂，皆入奏于寢，以安爾孝孫方來之福。蓋骨肉無間，則福祥永保。故爾餚既進，諸父兄弟，無有怨者，皆驩慶醉飽。大小長幼，仝稽首祝曰：神嗜爾飲食，既使君壽考矣。而君祭祀甚順禮，甚得時，盡志盡物，將使爾子又子、孫又孫，勿廢廟祀，而引長之也。

楚楚，繁盛也。茨，蒺藜也。抽，拔去也。棘，小棗。茨言楚，棘言抽，互文也。庾，露積未入倉者。十萬曰億。妥，安也，尸始入室，拜之而安坐也。侑，勸也。介，因也，《春秋傳》云「敢介大國」是也。古者，賓主相見必以介。因祝致福，猶因介見主也。祝，工祝也。祊，廟門內也。凡主人迎賓于大門內，主由東，客由西，祝于此迎神之來也。廟門外，亦謂之祊，明日繹祭之所也。神保，即尸也，尸所以保安神靈，《楚辭》謂「巫爲靈保」〔一〕是也。

〔一〕《楚辭・東君》「思靈保兮賢姱」，注云「靈謂巫也」，補注曰「靈保，神巫也」。

爨，竈也，有二，廩爨以炊食，饔爨以煮肉。俎，形如几案，載牲體也。爲俎，肉熟于鼎，升于俎以薦也。與前肆將異，前爲腥，此爲熟也。碩，肥也。肉曰燔，肝曰炙。君婦，主婦也。莫莫，清靜也。《祭禮》：后夫人主供籩豆。籩實，果核、糗餌之類，皆乾物。豆實，酏以糝三，上聲之類，皆曰内羞。鄰、臐膮囂、菹醢之類曰庶羞，二羞皆濡物。孔庶，甚多也。主人飲賓曰獻，賓飲主人曰酢。主人又先酌自飲，復酌飲賓曰酬。賓受之，奠于席前而不飲，至旅而後少長相酬，交錯以徧也。東西曰交，邪行曰錯。笑語，旅酬時相語也。卒，盡也。度，法也。獲，得宜也。熯，與「暵其乾矣」之暵同，憔悴意，言行禮久而勞悴也。式禮，用禮也。工祝，工于辭說，善祝神也。致告，尸命工祝傳嘏辭，告主人也。嘏，福也。賚尸以黍稷，牢肉賚主人也。苾芬，香也。卜，期也。動而應曰幾，事如法曰式。如幾如式，言吉祥如意也。稷，粟也。粟言肅，秋成氣嚴肅也。匡，不跛倚也。敕，戒備意，告利成也。利，養也。成，畢也。奉養，禮畢也。皇尸者，尊稱之也。載，則也。鼓鍾也。極，中也，五福之聚也。孝孫徂位，主人祭畢，往堂下阼階，西向立也。致告，祝傳神送尸，《周禮·大司樂》「尸出入奏《肆夏》」也。廢，去也。諸宰，膳夫與其屬。不遲，不以祭畢倦怠也。私，親也，燕同姓以親骨肉也。

《楚茨》六章，章十二句。○按《少牢》嘏辭云：「皇尸命工祝，承致多福無疆。于汝孝孫，來汝孝孫。使汝受禄于天，宜稼于田。眉壽萬年，勿替引之」，是大夫之嘏辭也，朱子謂此爲公卿之詩本此。天子之嘏辭無考。今觀「苾芬孝祀」等語，非王者之嘏辭與？

210 信南山

信彼南山，維禹甸叶平聲之。畇畇雲原隰，曾孫田之。我疆我理，南東其畝叶米。

上天同雲，雨去聲雪雰雰。益之以霢脉霂木，既優既渥，既霑既足，生我百穀。

疆場亦翼翼，黍稷彧彧。曾孫之穡，以爲酒食。畀秘我尸賓，壽考萬年叶寧。

中田有廬，疆場有瓜叶孤。是剥是菹，獻之皇祖。曾孫壽考叶苟，受天之祜虎。

祭以清酒，從以騂牡，享于祖考叶苟。執其鸞刀，以啓其毛，取其血膋聊。

是烝是享叶香，苾苾芬芬叶方，祀事孔明叶芒。先祖是皇，報以介福，萬壽無疆。

古序曰：《信南山》，刺幽王也。毛公曰：不能脩成王之業，疆理天下以奉禹功，故君子思古焉。

朱子改爲：「公卿力田奉祭之詩」，非也。又曰：「曾孫，古者事神之稱，《序》以爲成王，陋矣」，亦非也。蓋周以農事開國，雖不始于成王而疆理天下，宅土中，分九服，盡東南之地爲則壤，實自成王始。如《詩》《書》周公之《七月》《無逸》，召公之《篤公劉》，皆以農事輔導成王，故《序》以曾孫爲成王也。雖事神之通稱，實莫大乎天子。《記》曰「稱曾孫，謂國家也」，故武王自稱有道曾孫。在諸侯，如《狸首》之曾孫侯氏，《春秋傳》之曾孫蒯聵，《周禮·考工記》之祝侯曰：「詒女曾孫，諸侯百福。」自諸侯以下，禮卑名小分輕，不足舉矣。其曰「維禹甸之」者，思古傷今，猶前篇「自昔何爲」之意，亦王者事。詩凡四詠禹功。豐水東注，詠武王。奕奕梁山，美宣王。天命多辟，美商王。此篇諷幽王，如以爲美公卿，其辭不倫。其曰「南東其畝」者，槩率土而言也。周京偏據西北。天地之勢，西北高而東南下，故其田之膏沃，與疆理之功，莫遠于南而極于東。文王化行，亦止南國。《王制》云「東田」，《大雅·江漢》云「于疆于理，至于南海」。成王時，周公東征，至于海隅，奄徐淮揚之土，始歸版圖，故曰「南東其畝」。如以爲公卿之詩，義不及此。

一章。人言禹功，信乎此終南之山，禹所甸治也，其下有畇畇然開墾之原隰。昔我周王，奉宗廟爲曾孫者，藉千畝爲田，以供御廩充祭祀。田雖始于畿甸，疆域盡乎四海。周京據西北，以至南國東土，則壤成賦，誰非疆理之功與？

二章。思昔曾孫，時和年豐。冬覩上天，雲氣一色，雨雪雰雰然盛也。及春有霢霂之細雨，土壤化爲膏澤，優渥霑足，而生我百穀。其天時順序如此。

三章。田畔之疆埸，翼翼然整齊。田中之黍稷，彧彧然美盛。收而斂之，皆曾孫之穡。以爲酒爲食，以祭祀畀尸賓，獲壽考萬年之福也。

四章。我民田百畝，中有廬舍。田畔種瓜，瓜熟剥削淹漬以爲菹。物雖微而民力普存。獻之皇祖，祝我曾孫壽考，受天之祜也。

五章。祭以清潔之酒，從以赤色之牲。親執有鈴之刀，啓其牲毛以告純。又取其血以告殺，取其脂膏，焚之以升臭也。

六章。以是烝而進之，饗而獻之。苾苾芬芬然馨香。祀事之禮，無不明備。先祖皇然臨之，工祝致告，萬壽無界也。

甸，治田也。畇畇，墾闢貌。畝，田畝，寬一步，長百步爲畝。同雲，雲一色，將雪之候也。霡霂，小雨也。疆場，田畔也。彧彧，猶郁郁，盛貌。在田曰稼，在場曰穡。尸賓，尸即賓也，助祭諸臣亦賓也。中田，田中也。廬，在田之廬，三時居之，以便田事也。鸞刀，有鈴之刀。啓毛，以告色之純也。膋，腸間脂也。和以黍稷，實蕭而焫輭，入聲之，使臭氣上達，求神于陽也；灌酒于地，以求神于陰也。報，猶告也。介，工祝也；或曰：介，大也。

《信南山》六章，章六句。

毛詩原解卷二十二終

毛詩原解卷二十三

甫田之什

《甫田》至《賓之初筵》，凡十篇。

211 甫田

倬卓彼甫田叶汀，歲取十千叶青。我取其陳，食嗣我農人，自古有年叶零。今適南畝叶美，或耘或耔叶子，黍稷薿薿以。攸介攸止，烝我髦士史。以我齊咨明叶芒，與我犧羊，以社以方。我田既臧，農夫之慶叶羌。琴瑟擊鼓，以御迓田祖，以祈甘雨，以介我稷黍，以穀我士女。曾孫來止，以其婦子叶沵，饁葉彼南畝叶米。田畯至喜，攘其左右叶以，嘗其旨否叶鄙。禾易長畝叶美，終善且有叶以。曾孫不怒，農夫克敏叶米。曾孫之稼，如茨如梁。曾孫之庾，如坻池如京叶姜。乃求千斯倉，乃求萬斯箱。黍稷稻粱，農夫之慶叶羌。報以介福，萬壽無疆。

古序曰：《甫田》，刺幽王也。毛公曰：君子傷今而思古焉。

朱子改爲：「祭方社田祖之詩」，非也。首章傷今之意宛然，思昔曾孫能繼古人，傷今人不能繼曾孫也。凡《詩》諷上微婉，此篇與《楚茨》《信南山》皆見之首章，《大田》見之三章，使誦者罔覺，所以爲主文而譎諫也。

一章。彼倬然公私章明之大田，莫非王土王賦。然田大而賦輕，每歲百取十，萬取千，什一而稅。上無横征，故我農人有陳積，取以自養。自古先公教民力田，有此豐登。今曾孫紹先勤民，適彼南畝。農人或耘草，或耔苗。黍稷薿然茂盛，於是即田間止息。烝進我農人俊秀者，而慰勞之也。

二章。每歲秋成，禮有報賽。以我明潔之粢盛，與純色之犧羊，祭土神之社，及司四方之神。不自歸美，而云我田之臧，皆諸神賜農人之福也。每歲春耕，禮有祈年。奏琴瑟，擊土鼓，以迎始教農之田祖。亦不自爲，惟求甘和之雨，助我稷黍，以養我士女而已。

三章。及夏而耘，曾孫親來田所。農夫婦子餉耘，農官至見而喜。曾孫攘却從者，親嘗饁之旨否。視田中之禾，皆已易治。竟畝如一，終當美善富有。曾孫不怒，而農夫克勤，無事督責也。

四章。及其秋收，公私遠近之入，孰非曾孫之利。在田未刈者，民之稼，皆曾孫之稼也。密如屋茨，高如屋梁。在外未入倉者，民之庾，皆曾孫之庾也。如水中之坻，如高丘之京。其斂而納之室也，求千倉以貯之，求萬車以載之。凡此黍稷稻粱，莫非農夫之慶，而敢忘曾孫乎。願方社田祖，報之以介福，使之萬壽無疆也。

倬，明貌。甫田，大田，謂天下田也。十千，謂十稅一，萬取千也。舊穀曰陳。所謂三年耕，有一年之食也。耘，除草也。耔，壅苗也。介，間也。攸介，田間也。止，停也。烝，進也。髦士，總角俊少之士。凡力田者皆少壯。古者士出于農，進農士之少者，慰勸之也。齊，與粢同，飯也。在器曰盛。明，潔也。凡祭牲色純曰犧。社，后土之神。方，四方之神。五官配五氣。按五方，土生物，四方各司其氣成物也。田臧，謂收成之美也。田祖，先嗇神農也。曾孫來，省耘也。饁，餉也。田畯，農官。攘，却也。左右，曾孫之從者。却其從者，親取饁嘗也。禾易，禾苗易治也。長畝，竟畝如一也。不怒克敏，不督責自勤也。種之曰稼，斂之曰穡，在野曰庾。或云：水漕倉曰庾。在邑曰倉。茨，茅蓋屋也。梁，屋梁。坻，水中高地。京，高丘。箱，車箱。介福，祝傳神意以嘏主人也。尸之有祝，猶賓之有介。或曰：介，大也。

《甫田》四章，章十句。

212 大田

大田多稼，既種上聲既戒叶駕，既備乃事叶史。以我覃剡耜史，俶載南畝叶美。播厥百穀叶各，既庭且碩，曾孫是若。

既方既皁早，叶祖，既堅既好叶吼，不稂不莠酉。去上聲其螟螣特，及其蟊賊，無害我田穉叶杵。田祖有神，秉畀炎火叶虎。

有渰掩萋萋，興雨祁祁。雨我公田，遂及我私。彼有不穫穉〔一〕，此有不斂穧祭。彼有遺秉叶秘，此有滯穗遂，伊寡婦之利。

曾孫來止，以其婦子，饁彼南畝叶美，田畯至喜。來方禋祀史，以其騂黑，與其黍稷。以享以祀，以介景福叶筆。

古序曰：《大田》，刺幽王也。毛公曰：言矜鰥寡不能自存焉。

〔一〕穉，或有作稺者。阮元《校勘記》云：案「穉」字是也。《釋文》云「田穉音稚，下同。」《五經文字》云：稺、穉，幼禾也，上《説文》，下《字林》亦爲長稺字，《載馳》「衆穉且狂」，唐石經同。作「稺」者非。《谷風》等箋「長稚」則多用稚，又「穉」之今字也。《正義》自爲文，長稚字亦當用之。

朱子改爲：「農夫答甫田」，非也。公卿祭方社，與農夫何預，而詩以答之？毛公矜寡之説，正詩人刺王之志，見第三章。幽王時，田野荒蕪，人民離散，犬戎蠶食，漸逼豐、鎬，不數年而宗廟化爲黍離。此《大田》諸詩所由作也。哿矣富人，哀此矜寡，是謂不能自存焉爾。

一章。率土皆王田。田大則稼多，稼多則種多。既備其所宜之種，又戒其所用之器。二者備，乃從事于田。以覃利之耜，始耕南畝，播其百穀。苗之生者，庭直碩大，順曾孫之心也。

二章。苗齊秀而既方，匡甲成而既皁。實堅而既滿，形美而既好。無不實之稂，無野草之莠。又去其食心之螟，食葉之螣，食根之蟊，食節之賊，無害我田之苗。田祖有神，秉持四蟲，付之炎火也。

三章。天渰然作雲，其雲萋萋。興然降其雨，其雨徐徐。顧我小民，焉能格天。惟天眷曾孫，而雨公田，因便及我私田。使公私遠邇，無不豐登。彼有不及刈之穉禾，此有不及斂之穫穧。彼有遺棄之禾把，此有滯漏之遺穗。使無告之寡婦，拾取以爲利也。

四章。曾孫來省斂，農夫婦子適來饁穫，農官至而喜也。民事既成，曾孫來報賽四方之神。致精意之享，以其方色之牲，或騂或黑，與黍稷爲粢盛，以享祀四方之神，而介致景大之福也。

大田，猶言王田。覃，利也。耜，所以起土。俶，始也。載，事也。庭，直也。碩，大也。若，順也。方，並秀也。齊等曰方。㲉斗曰皁，與槽通，故柞實甲曰皁斗，《周禮》「山林植物宜皁物」，《漢書》「牛驥同皁」，言㲉始成，匡甲未合，如槽斗也。秀而不實者曰稂。莠，狗尾草。稂似稻，莠似稷，皆苗害也。穉，即苗也。渰，雲貌。萋萋，盛貌。祁祁，徐也。雨暴不久，且傷苗。穧，撮也。禾已穫而未束者，細分曰穧，合束曰秉。滯，漏也。精意以享曰禋祀。禋之言煙，氣也，合漢之意。祭焚蕭脂，升臭通神，故曰禋。今人香煙，即其意也。騂，黑牲也。南北二方之色，舉以該餘也。

《大田》四章，二章章八句，二章章九句。

213 瞻彼洛矣

瞻彼洛叶郎，合洛陽二字爲音矣，維水泱泱。君子至止，福禄如茨疵。韎昧韐各有奭肹，以作六師。

瞻彼洛矣，維水泱泱。君子至止，鞞丙琫蚌，上聲有珌必。君子萬年，保其家室。

瞻彼洛矣，維水泱泱。君子至止，福禄既同。君子萬年，保其家邦叶蚌，平聲。

古序曰：《瞻彼洛矣》，刺幽王也。毛公曰：思古明王能爵命諸侯，賞善罰惡焉。

朱子改爲：「天子會諸侯于東都講武，而諸侯美天子之詩」，非也。按，各章首二句，淒然有河山今昔之感，與淮水同其慨歎，其爲刺幽王明也。昔周公營洛都，朝會巡狩，以明賞罰，故《立政》曰：「文子文孫，其克詰戎兵。」以陟禹之迹，方行天下，至于海表，罔有不服。成、康既没，周道寖衰，久曠盛典。宣王中興復古，詩人有《車攻》之頌。幽王嗣服，荒于酒色，嫡庶不正，父子相傾，賞罰僭濫，武備不脩，會同遂廢。故詩人觀洛水而思先烈也。天下雖安，忘戰必危。以周京密邇西戎，故諷之以作六師，慮其有夷狄之禍也。保家室，諷太子申后之事也。保家邦，知西周之將亡也。君子至止，諷以朝會也。福禄，諷以賞善也。戎服佩刀，諷以罰惡也。《序》説備矣。自此以下四篇，思古情迫，言華而旨悴，畏禍之深，主文而譎諫，故言之者無罪。嗟夫，聲音之道，與政通矣。《秦風》之將興也，變而之雅；周雅之將亡也，變而似風。誦者當自得之。

一章。自我先王，營洛邑以朝諸侯。瞻彼洛水，泱泱然深廣，猶夫故也。思昔君子至此，萬方之玉帛，以奉天子。一人之慶賞，以序百辟。福禄之盛，如茅茨之積也。天子躬擐甲冑，服其韎韐，赤色奭然，以振作六師。天下有道，禮樂征伐，皆自天子出也。

二章。瞻彼洛矣，唯見其水之泱泱而已。思昔君子至止，七校星列，武備森嚴。佩刀盛以鞞，鞞上飾琫，鞞下飾珌。御戎服以講武，萬年之久。折衝禦侮，而保其家室也。三章。瞻彼洛矣，其水泱泱，寧自今矣。思昔君子至止，福禄攸同。馭富馭貴，操之一人，萬年之久。懷綏方國，而保其家邦也。

洛，東都水名。泱泱，深廣貌。君子，指先王。茨，厚積也。韎，茜染皮也。韐，合皮爲蔽膝，即鞸也，與韍制同。韍用布帛，鞸用韋也。奭、赩通，赤色。作，振也。天子六師。鞞，與鞛同，刀室也。鞞上飾曰琫，下曰珌。

《瞻彼洛矣》三章，章六句。

214 裳裳者華

裳裳者華花，其葉湑胥，上聲兮。我覯之子，我心寫叶徐，上聲兮。我心寫兮，是以有譽處上聲兮。

裳裳者華，芸其黄矣。我覯之子，維其有章矣。維其有章矣，是以有慶叶羌矣。

裳裳者華，或黄或白叶剥。我覯之子，乘其四駱。乘其四駱，六轡沃若。

左叶磋之左之，君子宜叶俄之。右叶以之右之，君子有叶以之。維其有之，是以似叶使之。

古序曰：《裳裳者華》，刺幽王也。毛公曰：古之仕者世禄。小人在位則讒諂並進，棄賢者之類，絶功臣之世焉。

朱子改爲：「天子美諸侯之辭，以答《瞻彼洛矣》」，非也。按，《序》謂勳舊子弟賢，而王不能用耳。昔者，周公之訓曰：「故舊無大故，則不棄。」子孫賢則世官，不賢則世禄，周道也。幽王之世，女謁内煽，皇父家伯羣小蔽賢。而耆舊如家父、芮伯、凡伯諸君子，皆不得進用。世家子孫，或有爲人所傾服，而不得譽處，有文章而不得福慶，有車馬而不得顯用。小人在位，奪功臣之禄，棄賢者之後。故末章追頌先臣功德，似穀其子孫，而諷王所用之非人也。裳，常棣，其華同蔕〔一〕，故比兄弟世族。非親非族，鮮有以常棣比者。其華先葉，首章言葉湑，則華落矣，故爲有賢無譽處之比。華色白，次言芸黄，則色變矣，故爲有文章無福慶之比。三言或黄或白，華有存者，故爲有車馬無禄位之比。世族彫謝，所以謂之棄類絶世也。

一章。裳裳然並蔕之花，其葉湑然潤澤，則花落盡矣。世族零替何異此？我見之子，喜其象賢而心爲輸寫。夫能使人心輸寫，則其享譽樂而處爵位，宜矣。

〔一〕蔕，早期印本作蕚。

二章。裳裳者華，芸然色黄，將落之漸矣。我見之子，文章英華，無忝世胄。既有文章，則宜承祚襲爵，有福慶矣。三章。裳裳者華，或黄或白，色半改矣。我見之子，乘其四馬皆駱。六轡御馬鮮澤而沃若，猶然世家之儀從也。四章。爾先君子，功在先朝。才全德備，左之則無不宜，右之則無不有。朝廷賴以夾輔，生民藉以維持。唯其有功德，是以積厚慶長。子孫似之而克肖也。裳，作常，重言者，非一之辭。譽、豫通，樂也。芸，通作抎，與隕通，《氓》之篇曰「其黄而隕」，葉將落之色。

《裳裳者華》四章，章六句。〇朱子改《北山》至此十篇，爲《北山之什》。

215 桑扈

交交桑扈虎，有鶯其羽。君子樂胥，受天之祜虎。

交交桑扈，有鶯其領。君子樂胥，萬邦之屏。

之屏之翰叶苋，百辟爲憲。不戢不難叶儺，受福不那羅。

兕觥其觩，旨酒思柔。彼交匪敖，萬福來求。

古序曰：《桑扈》，刺幽王也。毛公曰：君臣上下，動無禮文焉。

朱子改爲：「天子燕諸侯之詩」，非也。幽王沈湎于酒，比昵羣小。上下之間，無復禮儀，故詩人刺之。桑扈，小鳥，一名竊脂，爲貪饕無行之比。然其羽毛，猶有文章可觀。人而無禮儀，則穿窬不如。桑扈，言喪失扈從也。

一章。交交然羣飛之桑扈，猶有鶯然文彩之羽。可以人而不如鳥乎？君子爲禮法之宗，上下相悅，和而有禮，則受天之祜矣。

二章。交交桑扈，有鶯然之領。君子于上下之交，有禮以相樂，則萬邦自爲之屏蔽矣。

三章。萬邦爲屏以蔽之，爲翰以輔之。百辟諸侯，皆以天子爲憲，禀奉王章，敬慎之致福也。豈不自歛戢？豈不自畏難？其受福豈不多乎？不然，欲人屏翰爲憲，何可得矣？

四章。兕角爲觩，以戒争也。其形觩曲，以訓恭也。既飲旨酒，當思柔順。惟酒亂性，惟酒喪儀。君臣燕會，匪有傲慢，則禮法立，體統尊，不求福而福來求矣。

桑扈，青雀，食肉，一名竊脂。鶯，文貌。君子，指幽王。屏，所以蔽也。翰，幹也。百辟，諸侯也。憲，法也。戢，歛也。難，慎也。那，多也。觩，上曲貌。柔，和也。

《桑扈》四章，章四句。

216 鴛鴦

鴛鴦于飛，畢之羅之。君子萬年，福禄宜叶俄之。

鴛鴦在梁，戢其左翼。君子萬年，宜其遐福叶筆。

乘馬在廄救，摧剉之秣末，叶昧之。君子萬年，福禄艾乂之。

乘馬在廄，秣之摧之。君子萬年，福禄綏雖之。

古序曰：《鴛鴦》，刺幽王也。毛公曰：思古明王，交於萬物有道，自奉養有節焉。

朱子改爲：「諸侯答《桑扈》」，非也。古先聖王仁民之餘，澤及于萬物，取之不傷其類，用之不過其節。飛鳥不喪羣，廄馬不食粟，《騶虞》所以歌王仁，而《魚麗》所以美富有也。幽王暴虐，水陸飛潛，無不盡取。殺胎覆巢，鳥亂于上。剥膚取之，而刈菅用之。民窮財盡，是以大亂。故詩人思古明王，而託鳥獸以比也。毛云「交於萬物」者，釋鴛鴦之義。鴛鴦，交匹之鳥，飛栖必雙。聖王愛物，不忍殘其偶，故以爲比。于飛，不弋宿也。畢羅，小網，不盡取也。在梁戢翼，若其性也；廄馬秣摧，食以時也。取之有道，則飛鳥不失羣；用之有節，則廄馬不妄費。爲盛世之鳥獸猶得所，而況於民乎？萬年福禄，頌古明王之辭。所思者遠，而所悲者深，是以爲刺。

一章。鴛鴦，交鳥也，飛而自適。設畢羅以待之，不忍掩捕，恐離其偶也。君子仁恩，及于飛鳥。其萬年享此福禄，不亦宜乎。

二章。鴛鴦在漁梁之上，斂左翼以相依，天全性得，皆畢羅之所留也。仁愛如君子，萬年遐福宜矣。

三章。天閑之馬，宜其飼之厚也。今其在廄，無事則摧之以芻，有事乃秣之以粟。制用有節，愛養有方。君子萬年，享四海之奉，而福禄養之宜矣。

四章。乘馬在廄，或秣之，或摧之。節用則用恒足，惜福則福方來。君子萬年，福禄綏安之，宜矣。

鴛鴦，鳥名。畢，小網，有柄。戢，斂也。凡鳥并栖，一正一倒，戢左翼以相依，舒右翼以防外，左不用而右便也。摧，剉草飼馬也。粟飼馬曰秣。艾，養也。

《鴛鴦》四章，章四句。○按《風》《雅》之序，皆始于治，中于亂，終于思治，故《風》終《豳》，《小雅》終《楚茨》以下，《大雅》終《江漢》《常武》。

217 頍弁

有頍窺，上聲者弁，實維伊何？爾酒既旨，爾殽既嘉叶戈。豈伊異人？兄弟匪他叶拖。蔦了與女蘿，施異于松柏叶必。未見君子，憂心奕奕。既見君子，庶幾説懌。蔦與女蘿，施于松上去聲。未見君子，憂心怲怲叶蚌。既見君子，庶幾有臧叶葬。

有頍者弁，實維何期？爾酒既旨，爾殽既時。豈伊異人？兄弟具來叶離。蔦與女蘿，施于松上去聲。未見君子，憂心怲怲叶蚌。既見君子，庶幾有臧叶葬。

有頍者弁，實維在首。爾酒既旨，爾殽既阜府。豈伊異人？兄弟甥舅叶久。如彼雨遇雪，先集維霰線。死喪無日，無幾相見。樂酒今夕，君子維宴。

古序曰：《頍弁》，諸公刺幽王也。毛公曰：暴戾無親，不能宴樂同姓，親睦九族，孤危將亡，故作是詩也。

朱子改爲：「燕兄弟親戚之詩」，非也。幽王驪山之禍將作矣，日與羣小酗于酒，親族疎遠，無由得關其忠。文武盛世，《鹿鳴》樂嘉賓，《伐木》宴朋友，故忠言得上聞。幽王以兄弟爲路人，危亡已至，而深宫之飲不休，故詩人借飲酒以致願見之情，而非爲酒也。末動以危言曰：「樂酒今夕，君子維宴。」如後世敵兵四合，而帳中夜飲，亡國之慘，千古一轍。李白〔一〕所謂「東方漸高奈樂何」者也。長歌可以代泣，其《頍弁》之謂乎？

〔一〕李白，原爲杜甫。李白《烏棲曲》：姑蘇臺上烏棲時，吴王宫裏醉西施。吴歌楚舞歡未畢，青山欲銜半邊日。銀箭金壺漏水多，起看秋月墜江波。東方漸高奈樂何！（《李太白全集》卷三）

一章。禮，燕服皮弁。弁頍然而覆首者，何人乎？王有旨酒，有嘉肴。此戴弁者，豈異人？乃同姓之兄弟，非他也。如蔦蘿施于松柏，無松柏是無蔦蘿。兄弟依王，何以異此？今不見王，所憂甚大，非爲飲食也。儻得既見，相與酬酢，則忠言上達，而我心庶幾説懌矣。二章。有頍者弁，實維何期。爾有旨酒，又有嘉肴。此戴弁者，非他人，乃兄弟也。如蔦蘿與松柏，相依爲命。今不見王，憂心怲怲。儻既見而效其忠悃，庶幾王能改圖爲善耳。三章。有頍者弁，實維在首。爾酒旨肴多。此戴弁者，皆兄弟甥舅，情相關也。今危亡已見，如天將雨雪，有細飛之霰先集。則今夕何夕，死喪近矣。而君子維怡然宴樂，長夜之讙不輟。來朝之事，未可知矣。

頍，戴弁覆額貌。蔦，寄生也。蘿，兔絲，附物而生。奕奕，大也。君子，指幽王。何期，猶伊何也。期，與忌通，語辭。時，善也。怲怲，猶奕奕。庶幾有臧，猶言庶曰式臧也。甥舅，謂母姑姊妹，妻之族。霰，雪之似粒而稀者。

《頍弁》三章，章十二句。

218 車舝

間關車之舝瞎，叶協兮，思孌季女逝叶設兮。匪飢匪渴，德音來括各。雖無好友叶以，式燕且喜。

依彼平林，有集維鷮驕。辰彼碩女，令德來教交。式燕且譽，好爾無射叶于。

雖無旨酒，式飲庶幾。雖無嘉殽，式食庶幾。雖無德與女汝，式歌且舞。

陟彼高岡，析其柞薪叶相。析其柞薪，其葉湑胥，上聲兮。鮮我覯爾，我心寫叶須，上聲兮。

高山仰叶羊止，景行行杭止。四牡騑騑，六轡如琴。覯爾新昏，以慰我心。

古序曰：《車舝》，大夫刺幽王也。毛公曰：褒姒嫉妒，無道并進，讒巧敗國，德澤不加於民。周人思得賢女以配君子，故作是詩也。

朱子改爲：「燕樂其新婚之詩」，非也。《雅》詩皆君德時政，新婚之歌，何緣得入？其曰「高山仰止，景行行止」，明廷之法言，非房中之艷曲也。是時褒姒專暱，忠諫無路，詩人思得賢媛以爲内助，猶《陳風·東門之池》思淑姬也。車舝以比民勞。無好友無德，以諷幽王之不淑也。《禮》：王后車服飾以雉。雉善雊曰鷮。平林集鷮，褒姒淫暱之比。無旨酒、無嘉餚，宫中沈湎之比。高岡柞薪，淫女據中宫之比。高山景行，淑女母儀天下之比。

一章。閒關然艱難行歷者，車之舝也。民之勞頓，何以異此？今思孌好之少女，駕此車往迎。非飢非渴，望其德音來會，而心如飢渴也。雖無好友爲配，但得賢女勸相，亦用燕安而喜樂矣。

二章。依然茂盛之平林，有善雊之鷮。宫壼之地，豈可以處淫人乎？惟彼及時之碩女，以令德來教誨。是用燕安譽悦，愛爾未有厭射也。

三章。今者之樂，沈酣歌舞而已。若得碩女，雖無旨酒，飲亦樂也。雖無嘉餚，食亦樂也。雖無德配汝，樂汝之有德，亦歌舞也。

四章。男女牉合，如彼析薪。柞爲惡木，秖可爲薪。而生彼高岡，其葉湑然。艷妻方煽，猶是也。惟彼碩女，世所鮮有。我得覯之，易柞薪而爲良木，心憂亦傾寫矣。

五章。山高則可仰，若彼峼嶁，有愧爲山矣。大道則可行，若彼邪徑，不可爲道矣。況微賤之女，可母儀天下乎？碩女令德，可仰可行。備法駕以親迎，用新婚以易舊特，斯慰安我心耳。

閒關，崎嶇勞碌之意。舝，車軸頭鐵。德音，善言也。括，會也。燕，安也。平林，林茂則平也。鷮，雉類。辰，時也。燕，安也。譽、豫通，悦也。無德與女，無德配汝也。柞，櫟也，惡木。景行，大路也。如琴，猶如舞，調和之意。

《車舝》五章，章六句。

219 青蠅

營營青蠅盈，止于樊。豈弟君子，無信讒言。
營營青蠅，止于棘。讒人罔極，交亂四國叶亦。
營營青蠅，止于榛。讒人罔極，構我二人。

古序曰：《青蠅》，大夫刺幽王也。

一章。營營然往來儆逐之青蠅，貪味遺毒，無不朽敗。讒人何異此？今止于樊籬，將伺隙入几席也。苟遇英斷之主，自畏而遠去。君子豈弟，何以防姦？其必勿信讒言可乎。

二章。營營青蠅止于棘，棘所以爲防。而有讒人窺伺乎外，機詐叵測，煽惑人心，而四國受交亂之害矣。

三章。營營青蠅止于榛，榛可以爲贄。而有讒人附入其内，陰險不測，將離間我君臣，成構結之禍矣。

豈弟，優柔意，猶「齊子豈弟」之豈弟，微諷之辭。二人，謂聽讒與被讒者，君臣、父子、朋友皆是。

《青蠅》三章，章四句。

220 賓之初筵

賓之初筵，左右秩秩叶恥。籩豆有楚，殽核維旅。酒既和旨，飲酒孔偕叶已。鐘鼓既設叶失，舉醻逸逸。大侯既抗叶康，弓矢斯張。射夫既同，獻爾發功。發彼有的叶卓，以祈爾爵。

籥舞笙鼓，樂既和奏叶疽，上聲。烝衎看烈祖，以洽百禮叶吕。百禮既至，有壬有林。錫爾純嘏，子孫其湛沈。其湛曰樂，各奏爾能。賓載手仇叶救，室人入又。酌彼康爵，以奏爾時叶售。

賓之初筵，温温其恭。其未醉止，威儀反反。曰既醉止，威儀幡幡。舍其坐遷，屢舞僊僊。其未醉止，威儀抑抑。曰既醉止，威儀怭怭弼。是曰既醉，不知其秩。

賓既醉止，載號載呶鐃。亂我籩豆叶刀，屢舞僛僛欺。是曰既醉，不知其郵叶移。側弁之俄，屢舞傞傞娑。既醉而出，並受其福叶筆。醉而不出，是謂伐德。飲酒孔嘉叶戈，維其令儀叶俄。

凡此飲酒，或醉或否叶鄙。既立之監，或佐之史。彼醉不臧，不醉反恥。式勿從謂，無俾大泰怠叶腿。匪言勿言，匪由勿語。由醉之言，俾出童羖古。三爵不識，矧敢多又叶以。

古序曰：《賓之初筵》，衛武公刺時也。毛公曰：幽王荒廢，媟褻近小人，飲酒無度，天下化之，君臣上下沈湎淫液，武公既入而作是詩也。

朱子改爲：「衛武公飲酒悔過而作」，非也。王朝有雅，侯國有風。諸侯飲酒自悔，宜與《衛風·淇奥》伍；今在《雅》，則王朝獻納之辭矣。昔康叔封衛，周公述武王之意，作《酒誥》。此詩亦以申揚祖訓，欲幽王念武王、思周公，而孔子删《詩》存此，與《書》存《酒誥》正同，所以爲雅。《序》云刺時者，武公之時，即幽王之時。武公爲王卿士，不敢斥言刺王，譎諫之義也。

一章。古人射則飲酒。賓初即席，左右成序。籩豆濟楚，餚在豆，核在籩，陳設維旅。酒既和美，飲者甚齊。鐘鼓既縣于越宿，賓主舉酬于將射。爵行往來，逸逸有序。乃抗大侯，張弓矢。射夫比耦，呈獻發矢之功，各思中的，以飲同耦。此燕射飲酒有禮也。

二章。古人祭祀用酒。方其祭也，執籥以舞，有笙有鼓。樂既和奏，進而樂乎烈祖。樂與百禮合作，大禮有壬，小禮有林。烈祖感格，錫以純嘏也。主人受嘏，則旅酬交錯。

同姓子孫，湛然和樂，各奏勸酬之能。異姓賓客，手自斠酒，其子弟入而更酌康和之爵，互相勸醻，以助時祭。此祭祀飲酒有禮也。

三章。今人飲酒則不然。初筵温温謙恭，未醉之威儀，反反却顧，既醉則幡幡輕數矣。離坐遷徙，頻數起舞，僊僊然軒舉。未醉猶抑抑謹慎，既醉則怭怭媟慢，是曰既醉矣，焉知秩序乎。

四章。賓既醉矣，長號讙呶，亂我籩豆，屢舞僛傾。是曰既醉，不知愆郵矣。俄側其在首之弁，屢舞傞傞不止，醉至于此。退則與燕者共幸，不退則啟争招禍，是謂伐德耳。飲酒所以甚善，唯其有令儀。今若此，其何能善乎。

五章。凡此飲酒，有醉者，或有未醉者。立之監以正其禮，立之史以記其過。彼醉者醉矣。使不醉者，視醉者之狀以自恥，勿從醉者之所謂，勿使昏然如醉者之太慢也。不當言者勿言，不可由者勿語。醉而妄言，罰使出童羖。羖豈有童？顛倒錯亂，亦惟酒之故。飲至三爵，已無知識矣，况敢更多乎？監史以此爲訓，明者以醉爲鑒，庶乎知儆耳。

天子諸侯選士而射，謂之大射。賓客燕飲而射，謂之賓射，亦謂之燕射。大射張皮侯而棲鵠，賓射張布侯而畫正。大侯，君侯也。天子與羣臣射，連張三侯，以尊卑爲遠近。射夫兩人爲一耦，天子六耦，諸侯四耦，大夫三耦，多者爲衆耦。的，正鵠也。祈爾爵，求爵爾也。不勝，則罰以酒也。百禮，猶言衆禮，祭祀自迎神至送尸，禮多至百也。洽，合也，作樂合禮也。禮，大節曰壬，細目曰林。奏爾能，即旅酬逮賤之意。仇，作斢拘，挹取酒也。室人，賓子弟也。又，復酌也。康，養安也。時，時祭也。郵、尤通，過也。俄，傾也。傞傞，不正也。伐，戕害也。伐德，猶言惡德。羖，牡羊之大者。童，未成羊也。羖有角，而童尚未角。童而羖，即《大雅·抑》之篇云「彼童而角，實虹小子」，必無之物，醉語謬也，因醉者語以難之。

《賓之初筵》五章，章十四句。

毛詩原解卷二十三終

毛詩原解卷二十四

魚藻之什

此什終篇，故十有四。

221 魚藻

魚在在藻，有頒焚其首。王在在鎬，豈凱樂洛飲酒。

魚在在藻，有莘其尾。王在在鎬，飲酒樂豈叶己。

魚在在藻，依于其蒲。王在在鎬，有那羅其居。

古序曰：《魚藻》，刺幽王也。毛公曰：言萬物失其性，王居鎬京，將不能以自樂，故君子思古之武王焉。

朱子改爲：「天子燕諸侯，而諸侯美天子之詩」，非也。本刺幽王逸樂，不恤其民，而毛云「思武王」者，以詩有鎬京云爾。此類朱子詆爲陋，而毛之得解正惟此。蓋既云在鎬，則雖謂之思武王也，不亦可乎。

一章。水深則魚樂。今魚何在？方在藻中。水淺故見藻。魚困淺水，露其頒然之大首。民生窮蹙，何以異此？王今何在？方在鎬京，豈樂飲酒。民既困矣，君能獨樂乎？今之在鎬京者，非昔之在鎬京者矣。

二章。魚在在藻，見其莘然長尾。民生日蹙，何異此？而王方在鎬京飲酒樂。豈昔之在鎬者其然乎？

三章。魚之在藻，猶水中也。今依于其蒲。蒲生岸邊，依蒲則水愈淺，生愈蹙矣。王今在鎬，那然安居，容知民之失所乎？

頒，大首貌。莘，尾長貌。那，安貌。

《魚藻》三章，章四句。

222 采菽

采菽采菽，筐之筥之。君子來朝，何錫予與之？雖無予之，路車乘馬叶牡。又何予之？玄衮及黼。

觱必沸弗檻減泉叶尋，言采其芹勤。君子來朝，言觀其旂叶琴。其旂淠淠譬，鸞聲嘒嘒。載驂載駟，君子所届叶計。

赤芾弗在股，邪幅在下叶户。彼交匪紓叶杵，天子所予與。樂只君子，天子命叶明之。樂只君子，福禄申之。

維柞之枝，其葉蓬蓬。樂只君子，殿天子之邦叶苯，平聲。樂只君子，萬福攸同。平平左右，亦是率從。

汎汎楊舟，紼弗纚離維之。樂只君子，天子葵之。樂只君子，福禄膍皮之。優哉游哉，亦是戾叶尼矣。

古序曰：《采菽》，刺幽王也。毛公曰：侮慢諸侯，諸侯來朝，不能錫命以禮，數徵會之而無信義，君子見微而思古焉。

朱子改爲：「天子答《魚藻》」，非也。《蓼蕭》《湛露》，先王所以親諸侯，雅之正也。《采菽》《菀柳》，幽王所以失諸侯，雅之變也。如朱説，則正變淆亂矣。菽，羹藿，藿之言護也，故「大山宫小山，霍」，爲諸侯藩王室之比。泉水毖流則安。觱沸者，陵暴之比。排突而出曰檻。水激則不生物。芹言勤也，勤王之比。赤芾在股，不蔽其足也。邪幅在下，露其行縢也。無委佩之度，傲慢之比也。柞，惡木，可薪，非棟隆之材也。蓬蓬葉亂，比無禮也。楊木輕，舟浮，維之以繩，比流散也。各章詠古諷今，天子所與共奠天下惟諸侯。先王爲侑饗以賓之，爲朝覲以會之，衣服車馬以庸之。諸侯親，則屏翰固，而天子尊。故首章思先王錫予之隆，二章思先世來朝之儀，三章思來朝者之恭敬，四章思從行者之有禮，五章思昔人心驩悦。今幽王恩禮衰薄，諸侯不朝。朝者亦憤懣不平，無勤王之忠。爲艷后一笑，而舉火戲諸侯。末年犬戎之難，諸侯不赴，西周遂亡。詩人先見，故《序》謂「見微思古」也。

一章。菽可爲羹藿，采之而盛以筐筥，猶不敢褻也。思昔先王之世，諸侯來朝，則有錫予。錫予維何？路車四馬。猶以爲微，而又以玄色之衮，繡斧之裳，加賜也。

二章。觱沸然噴湧正出之檻泉，非安流也。水激則物不生。言采其芹，芹可得乎？思昔諸侯來朝，旂建于車，淠淠然飛動。四馬有鸞，嘒嘒然清和。見驂駟之馬，則知君子之駕至矣。

三章。朝服有赤芾，垂在其股。足有行縢，邪束其下。芾不揜脛，豈垂紳委佩之度乎？思昔諸侯晋接，不敢紓緩，爲天子所嘉予。故天子錫命之，福禄重申之也。

四章。柞之爲木，非荏苒之材，其葉蓬蓬繁亂。人臣傲僻喪儀，亦猶是也。有和樂之君子，作屏王家，鎮安天子之邦。明良際會，萬福攸同。下逮從行之左右，亦便便習禮辨事，相率以從也。

五章。楊木爲舟，汎汎漂流，大繩繫之，猶恐不固。先王以恩信親萬國。樂只君子，天子度其忠貞，福禄厚其錫予，皆優游喜悦，戾止王庭，不繫而自固矣。

玄衮，玄衣畫龍也。衮之言卷，龍形卷然。諸侯衮玄，天子衮纁赤。白黑雜文曰黼。觱沸，騰湧貌。正出曰檻泉。淠淠，猶旆旆，飛揚也。嘒嘒，和聲。馬駕車，三曰驂，四曰駟。届，至也。芾、韍通，蔽膝也。邪幅，即今行纏。邪束至膝，在股之下。柞，櫟屬，惡木。殿、奠通，定也。平平，猶便便，辨治也，《堯典》平章，《史》作便章，古字通用。左右，陪臣從行者。紼纚，大索也。葵、揆同。膍，厚也。

《采菽》五章，章八句。

223 角弓

騂騂角弓，翩其反矣。兄弟昏姻，無胥遠矣。

爾之遠矣，民胥然叶染矣。爾之教矣，民胥傚矣。

此令兄弟，綽綽濁有裕。不令兄弟，交相爲瘉預。

民之無良，相怨一方。受爵不讓平聲，至于己斯亡。

老馬反爲駒叶句，不顧其後叶户。如食宜饇叶於，去聲，如酌孔取叶娶。

毋教猱腦，平聲升木，如塗塗附叶弗。君子有徽猷叶玉，小人與屬。

雨雪瀌瀌，見晛曰消。莫肯下遺，式居婁驕。

雨雪浮浮，見晛曰流。如蠻如髦叶半，我是用憂。

古序曰：《角弓》，父兄刺幽王也。毛公曰：不親九族而好讒佞，骨肉相怨，故作是詩也。

按，詠親親而以角弓比，所以爲刺。騂，赤色。彤弓，周人所尚，以比貴戚也。角，觸也，以比不睦。弓，屈彊之物，以比幽王驕亢也。

一章。騂騂然色赤之角弓，其未張也，翩然反而外向。張之則來，弛之則去。兄弟昏姻，親則附而疎則離，亦猶此也。豈可使之相遠，不相附乎？

二章。王疎薄親族，故親族亦薄之。王以此教之人，焉得不效之？

三章。兄弟之中，亦有令善而賢者。王雖偷薄，彼綽綽有餘，自處常厚也。其不善者，傚王之薄，亦以薄報，交相爲病耳。

四章。不善之兄弟，亦不足校。蓋人情兩相怨望，此執一偏，彼亦執一偏。非有積怨深讐，但一爵之酒，受之不讓，遂至亡身。愚者任情不通方類此，亦可原也。

五章。相彼老馬，少盡其力，老猶憐之，所以有敝帷之思。況父兄衰頹，王不加優恤，是老馬而反視爲駒也，曾不顧後日老亦將至邪？老者之欲不難償。如食，則宜飽而已；如酌，則多取而已。所費幾何？而王吝于施乎？

六章。王勿聽讒，讒人心本薄。王以薄信之，猶教猱升木也。猱之升木，何待於教？讒言所以日至，而九族所以日離矣。然骨肉之情，聯屬亦易，如泥塗之中，附以泥塗，本相合也。惟上之君子，有婣睦之美道。以貴下賤，則賤者自喜于上附矣，何胥遠之有？

七章。雨雪瀌瀌其盛矣，然而見日則消。明主有親睦之誼，則九族之疑滯盡釋。今王恩禮不肯下遺，而居之不疑，屢見其驕亢而已矣。

八章。雨雪雖浮，見晛則流。今王不能銷九族之怨，殘忍刻薄，如蠻髦之無親，衆叛親離，我是以用憂焉耳。

騂騂，赤貌。翩，反貌。凡弓張之則內向而來，弛之則外反而去。兄弟，同姓；昏姻，異姓。《禮》：內外小功以下，皆稱兄弟。令兄弟，賢兄弟也。綽綽有裕，言不偷也，朝不及夕則偷。瘉，病也。無良，不相善也。一方，一偏也。爵，卮酒也，《坊記》云「觴酒豆肉，讓而受，惡民猶犯齒」，即不讓爵之意。饇、飫通，飽也。孔取，多取也。猱，獮猴；一云沐猴，母猴也。塗，水土和爲泥也。附，合也。徽猷，美道，孝弟、婣睦、任卹是也。君子小人，以分而言，即君子德風、小人德草之意。屬，即附也。瀌瀌，盛也。晛，日色。

遺，予也。婁、屢同，驕傲也。蠻髦，猶言胡越無恩誼也。西夷曰髦，《書》作髳。

《弓角》八章，章四句。

224 菀柳

有菀玉者柳，不尚息焉。上帝甚蹈，無自暱焉。俾予靖之，後予極焉。

有菀者柳，不尚愒器焉。上帝甚蹈，無自瘵叶祭焉。俾予靖之，後予邁叶厲焉。

有鳥高飛，亦傅于天叶汀。彼人之心，于何其臻？曷予靖之，居以凶矜？

古序曰：《菀柳》，刺幽王也。毛公曰：暴虐無親，而刑罰不中，諸侯皆不欲朝，言王者之不可朝事也。

楊之垂者曰柳。柳，僂也，柔脆之木。喪車亦曰柳，日酉亦曰柳，昧谷謂之柳谷，蓋頹敗喪亡之比。鳥飛雖高，不能附天，《易》之《小過·象》曰「剛失位而不中，不可以大事」，有飛鳥之象，亦謂君子行不可過乎恭也。

一章。有菀然茂盛之柳，豈不庶幾就以休息？猶王者覆冒天下，人豈不樂求芘？但上帝方甚舞蹈，勿自暱就之可也。使我往朝以求安靖，後將責我窮極，雖欲休息不可得已。

二章。有菀者柳，不尚可愒止乎？上帝甚蹈厲，無自受其病可也。使我往求安靖，後將責我過邁，雖欲愒止不可得矣。

三章。鳥之高飛，且傅于天，而不肯下。況人心恣縱，何所不至。我今朝王，焉能自靖？徒取凶禍，爲世所矜憐而已。

上帝，託天呼王，以自愬也。蹈，猶《樂記》「發揚蹈厲」之蹈，謂頓足怒厲，不安靖之貌。俾，使也。靖，安也。極，至也。愒，與憩通，亦息也。瘵，病也。邁，過也。居，徒也。凶矜，凶禍可哀矜，言刑罰暴虐也。

《菀柳》三章，章六句。〇《朱傳》以《桑扈》至此爲《桑扈之什》。

225 都人士

彼都人士，狐裘黄黄。其容不改，出言有章。行歸于周，萬民所望叶亡。

彼都人士，臺笠緇撮叶絶。彼君子女，綢直如髮。我不見兮，我心不説月。

彼都人士，充耳琇實。彼君子女，謂之尹吉。我不見兮，我心苑韞結。

彼都人士，垂帶而厲叶賴。彼君子女，卷拳髮如蠆瘥。我不見兮，言從之邁。

匪伊垂之，帶則有餘。匪伊卷之，髮則有旟於。我不見兮，云何盱吁矣。

古序曰：《都人士》，周人刺衣服無常也。毛公曰：古者長民，衣服不貳，從容有常，以齊其民，則民德歸壹，傷今不復見古人也。

朱子改爲：「亂離之後，人不復見昔日都邑之盛，人物儀容之美而作」，非也。衣服者，身之章。先王所以齊民俗，辨等威，莫先于衣服。王京八方人萃，習尚易雜，明主端好素履，則邦畿首善，貴家大族不敢競浮華以傷雅道，四方所以取正也。幽、厲奢侈，都人化之，士女游冶，膏首袨服，如後世高髻大袖之謂服妖，詩人所以興刺也。夫帝王不易民而化，上好則下甚。文、武之豐、鎬，既有《周南》；幽、厲之豐、鎬，焉可無此篇，所以存《都人士》也。

一章。王都爲四方之極，章服爲齊民之要。思昔周京人士，狐裘黄黄然，禮法之服也。容止有常，言不妄出，舉動歸于忠信，四方之民，誰不仰望之？

二章。彼都人士，戴于首者，以臺草爲笠，撮髮以緇布小冠，從其儉也。彼貴家君子之女，在首之髮，稠密順直，如其髮而止，無增飾也。今不得見，我心爲之不悦焉。

三章。彼都人士，冠旁充耳，用美石爲填以實之，從古制也。彼君子女，淑慎守禮，是謂尹氏姞氏，閑家教也。今不得見，我心爲之苑積鬱結焉。

四章。男子服飾重腰。彼都人士，腰帶厲然下垂，服有常也。婦人容飾重首，彼君子女髮鬒卷然如蠆，容有制也。苟今得見之，願從之行矣。

五章。思昔人士之帶，非矯飾而垂也，帶自有餘耳。君子女之髮，非脩飾而卷也，髮自揚起耳。今士好奇服，女好治容，大雅之風不可見矣。云何不盱目而望乎？

彼，彼時也。都，周西都。人士，猶言士人，指男子也。忠信曰周。臺笠，以莎草爲笠，禦暑雨也。君子女，貴家之女。綢直，髮多而美也。如髮，不屑髢也。尹、吉，皆貴姓，吉作姞，《節南山》云尹氏，《韓奕》云韓姞，猶後世言王謝也。苑，藴也。而、如通。厲，帶垂貌，《左傳》云「鞶厲游纓」。厲，與裂通，帶裂帛爲之也，《周禮》「厲禁」亦謂分列界限也。蠆，蝎也，尾末捲曲，女鬢毛似之。旟，揚起也。

《都人士》五章，章六句。

226 采緑

終朝采緑，不盈一匊。予髮曲局，薄言歸沐。

終朝采藍，不盈一襜諂，平聲。五日爲期，六日不詹占。

之子于狩受，言韔其弓叶衮，平聲。之子于釣，言綸之繩。

其釣維何？維魴及鱮叶叙，上聲。維魴及鱮，薄言觀者叶渚。

古序曰：《采緑》，刺怨曠也。毛公曰：幽王之時多怨曠者也。

朱子改爲：「婦人思其君子之詩」，非也。幽王使人不以道，詩人託閨怨以刺之。人情者，聖王之田。男女居室，人之大欲。古者用民之力，歲不過三日。新昏三月不從政，恤其私也。今使其室家睽離，匹婦銜怨，故聖人録是詩，以明王道本乎人情爾。緑與藍，皆色也，爲女子事人之比。緑、菉通，其草澀礪，可滌笄櫛；藍可染布帛，皆婦人所用。五月刈藍，紀時也。

一章。緑可以洗滌，采之終朝，不盈一匊，心有所思也。念予久廢膏沐，髮曲局而不理。今且歸沐，誰適爲容邪？

二章。藍可以染，采之終朝，不滿襜襦，心不專也。五月刈藍，之子期以五月之日歸。今六月之日矣，尚不至邪？

三章。之子在外何所事？其狩邪？狩必以弓，誰爲韔其弓？其釣邪？釣必以繩，誰爲綸其繩？獨居無侶同也。

四章。射爲男子之事，釣則婦人可與。綸繩而釣，得魚維何？魴邪？鱮邪？聊得觀者，庶免孤寂耳。

兩手曰匊。局，卷也。襜，裳前帷幅，即今裙也。詹，至也，省也；或云：與瞻通，見也。韔，弓室也。綸，合絲爲繩也。

《采緑》四章，章四句。

227 黍苗

芃芃黍苗，陰雨膏去聲之。悠悠南行，召伯勞去聲之。我任我輦，我車我牛叶移。我行既集，蓋云歸哉叶賫。我徒我御，我師我旅。我行既集，蓋云歸處。肅肅謝功，召伯營之。烈烈征師，召伯成之。原隰既平，泉流既清。召伯有成，王心則寧。

古序曰：《黍苗》，刺幽王也。毛公曰：不能膏潤天下，卿士不能行召伯之職焉。朱子改爲：「宣王封申伯于謝，命召穆公往營城邑，將徒役南行，行者作此詩」，非也。按詩「任輦車牛」，營繕之事；「徒御師旅」，則征戰之事也。「肅肅謝功」，營謝之功；「烈烈征師」，則平淮之師也。此詩兼營謝與伐淮二役，追思宣王、召虎君臣，以刺幽王不能繼先業也。獨謂營謝之卒自作，誤矣。

一章。民所資以養者，黍苗也。黍苗芃芃然盛，天有陰雨以膏澤之，是黍苗之幸也。

猶南行之師，道里悠遠，賴有明主擇賢帥如召伯者撫循之，雖勞不怨也。二章。方其南行營謝也，召伯曰：「凡我負任者，我挽輦者，我將車者，我牽牛者，是行也。營謝事成，蓋云歸哉，不久勞汝也。」三章。方其南行征淮也，召伯曰：「凡我步卒之徒，我兵車之御，我五旅之師，我五卒之旅，是行也。淮夷功成，蓋云歸哉，不久勞汝也。」四章。肅肅然整齊之謝功，城郭宫室，召伯營之，不勞而營也。烈烈然武勇之征師，經營疆理，召伯成之，不勞而成也。五章。謝邑既成，徹田峙糧。江淮既定，疆理來極。土地治而高原下隰，無不平也。水利脩而泉流灌溉，無不清也。召伯一一有成功，宣王之心安矣。今日君臣，寧有此邪？召穆公營謝，見《大雅·崧高篇》。平淮夷，見《大雅·江漢篇》。土治曰平，水治曰清。

《黍苗》五章，章四句。

228 隰桑

隰桑有阿，其葉有難那。既見君子，其樂如何。

隰桑有阿，其葉有沃叶䍐。既見君子，云何不樂。

隰桑有阿，其葉有幽。既見君子，德音孔膠叶鳩。

心乎愛矣，遐不謂叶外矣。中心藏之，何日忘之。

古序曰：《隰桑》，刺幽王也。毛公曰：小人在位，君子在野，思見君子，盡心以事之。

朱子改爲：「喜見君子之詩」，非也。又曰：「辭意大槩與《菁莪》相類」，尤非也。《詩》苟不逆其志，但據文辭相類，即《二南》之辭，有類《鄭》《衛》者矣。奈何不以此詩爲喜見君子之詩乎？末章未見之情宛然，何爲喜見？幽王無道，君子在野，故以桑爲比。桑，喪也。桑可爲衣，喪其衣德也。隰，下濕，比賢者處側陋也。

一章。桑之爲木，可資以衣。今生于下濕，其柔條阿然，其葉垂難然。君子處窮約，英華發越，何以異此？苟得見之，其樂如何乎？

二章。隰桑有阿，其葉沃然而光澤。君子在野，亦猶是也。我得見之，如何不樂乎？

三章。隰桑有阿，其葉幽然而色黯。既見君子，則仁賢在位，名譽播宣，而德音甚堅固矣。

四章。我心誠愛慕君子，但山林朝市遐遠，不得面相告語。此情唯有中心藏之。相見無日，何能忘之乎？

阿，柔貌。難、那通，葉垂嬝那也。幽，茂密也。孔膠，甚固也。遐，遠也。謂，面談也。

《隰桑》四〔一〕章，章四句。

229 白華

白華花菅姦兮，白茅束兮。之子之遠，俾我獨兮。

英英白雲，露彼菅茅叶謀。天步艱難，之子不猶。

滮皮幽反池北流，浸彼稻田叶廷。嘯歌傷懷，念彼碩人。

樵彼桑薪，卬仰烘于煁忱。維彼碩人，實勞我心。

鼓鍾于宮，聲聞問于外。念子懆懆造，視我邁邁。

有鶖秋在梁，有鶴在林。維彼碩人，實勞我心。

〔一〕四，原作「五」，據經文改。

鴛鴦在梁，戢其左翼。之子無良，二三其德。

有扁褊斯石，履之卑兮。之子之遠，俾我疧叶支兮。

古序曰：《白華》，周人刺幽后也。毛公曰：幽王取申女以爲后，又得褒姒而黜申后，故下國化之，以妾爲妻，以孽代宗，而王弗能治，周人爲之作是詩也。

朱子改爲：「申后被黜而作」，猶以《小弁》爲宜臼自作，皆非也。周人代爲申后言，以刺幽王耳。愚幼受《朱傳》，疑申后能爲《白華》之忠厚，胡不能戢父兄之逆謀；宜臼能爲《小弁》之親愛，胡乃預驪山之大惡？讀古序，始知二詩託刺，故《序》不可易也。然不曰刺幽王，而曰刺幽后，何也？幽后，褒姒。幽王之黜申后也，以褒姒，故刺幽后，即刺幽王。王爲幽王，則姒爲幽后，言約而該矣。朱子謂幽后字誤，亦非也。菅茅白華，喪祭用之，比嫡后清潔，共承先祀也。雲無心，水無情。桑，衣所出；鼓鍾，風聲也；鶖鶴，嫡妾貴賤也；鴛鴦，夫婦也；扁石，妾卑也，皆所以比。

一章。茅生清潔，其莖爲菅，其秀爲白華。采其華菅，則以其葉束之。夫婦並體相依，猶此也。王乃遠我，使之孤獨，草菅之不若矣。

二章。菅茅柔韌耐旱。白雲無心，英英之氣，降而爲露，尚能及彼菅茅。我以天運艱難，適遭其窮，於王無怨尤也。

三章。水之滮急，流而爲池。背陽向北，是寒涼之水也。下有稻田，尚蒙浸灌。王澤不下流，使我嘯歌傷懷而不忘也。

四章。桑，衣所自出。今樵以爲薪，仰給烘燎之煁，美材而賤用之。嫡妻見棄，何以異此。維彼碩人，使我念之而心勞也。

五章。宫中擊鐘，則聲聞于外。閨壼失德，天下將無效尤乎？念此憂心懆懆，而王視我邁邁不顧，雖欲救正，不可得已。

六章。鶖與鶴皆水鳥，然鶖之汙非鶴比也。今鶖在梁得魚，而鶴乃放棄山林，失所甚矣。王之爲此，實勞我心也。

七章。鴛鴦，匹鳥也。求魚在梁，則戢左翼以相依，物猶如此。王之不善，夫婦之間，二三其德，禽鳥不如矣。

八章。王之升車，必以乘石，踐踏之而已。然石扁則履者亦卑，嬖妾微賤，何以異此。今王遠我而進彼，所以使我病也。

之子、碩人，皆指幽王。英英，雲氣白而浮也。天步，猶時運也。猶、尤通，怨也。滮，急流貌。卬、仰同，望給也，猶《漢書》「卬給縣官」之卬。烘，焚也。煁，無釜之竈火爐也。懆懆，憂貌。邁邁，行不顧貌。鶖，秃鶖，水鳥，性貪汙，似鶴，色青。扁，卑貌。石，乘石也，王乘車履石，《周禮·夏官》隸僕「王行則洗乘石」，猶今門外上馬石也。疷，病不翅也，與秖通，亦通作痻。

《白華》八章，章四句。

230 緜蠻

緜蠻黄鳥，止于丘阿。道之云遠，我勞如何。飲去聲之食嗣之，教之誨之。命彼後車，謂之載之。

緜蠻黄鳥，止于丘隅。豈敢憚行，畏不能趨。飲之食之，教之誨之。命彼後車，謂之載之。

緜蠻黄鳥，止于丘側。豈敢憚行，畏不能極。飲之食之，教之誨之。命彼後車，謂之載之。

古序曰：《緜蠻》，微臣刺亂也。毛公曰：大臣不用仁心，遺忘微賤，不肯飲食教載之，故作是詩也。

朱子改爲：「微賤勞苦者，託爲鳥言」，非也。謂詩中未有刺大臣意，行有後車，能飲人食人，非大臣而何？又謂《序》言褊狹，無温柔敦厚之意。夫温柔敦厚以求《詩》，非以求《序》也。《詩》不可盡言，《序》則不可以不盡言也。詩不敢直愬而自託于鳥，不敢辭勞而但告哀于人。黄鳥睍睆，應節趣時，人所喜悦，故以爲比。志苦而辭卑，乃所以爲温柔敦厚之至也。又謂全詩皆鳥言，緜蠻二字爲鳥聲，直貫全篇，尤不成文理。

一章。緜蠻然哀鳴之黄鳥，止于丘之阿。夫鳥栖求木，何爲止于土丘之曲乎？倦飛欲息，不暇擇處也。今我跋涉，遠道勞苦，所望有力者接引，念其飢渴而飲食之，開其愚蒙而教誨之。憐其困憊，而命從者以有餘之後車，一載之耳。

二章。緜蠻然黄鳥，止于丘之角，倦急求安也。以我微賤之分，豈敢憚行，但畏力疲不能趨。庶幾貴顯者一假援，而飲食教誨之，以後車載之而已。

三章。緜蠻黄鳥，止于丘之側，勞極思休也。以我卑賤之分，豈辭奔走，但畏力盡不能至。庶幾有力者一存邺，而飲食教誨，命後車以載之耳。

緜蠻，猶綿聯，鶯聲流囀不斷意。後車，副車也。丘隅，山尖也。

《緜蠻》三章，章八句。

231 瓠葉

幡幡翻瓠互葉，采之亨鋪郎反之。君子有酒，酌言嘗之。

有兔斯首，炮之燔煩，叶番之。君子有酒，酌言獻叶軒之。

有兔斯首，燔之炙隻，叶灼之。君子有酒，酌言酢之。

有兔斯首，燔之炮叶袌之。君子有酒，酌言醻之。

古序曰：《瓠葉》，大夫刺幽王也。毛公曰：上棄禮而不能行，雖有牲牢饔餼，不肯用也，故思古之人，不以微薄廢禮焉。

朱子改爲：「燕飲之詩」，非也。古明王親賢好士，日與羣臣嘉賓，接慇勤之驩。物薄而禮勤，會數而情厚。士君子日親，則深宫長夜之娱自損。觀《頍弁》《賓筵》《魚藻》諸詩，而知幽王日荒于酒也，羣臣宗族，罕得進見，故詩人託興瓠葉以訓恭儉。瓠賤而葉，兔小而首，至薄也。牲牢饔餼不用，而取其至薄，善誘之意。王且不能行，所以廢禮也。「變雅」至此，周室將亡。朱子猶以爲燕飲之詩，則《三百篇》次第，皆錯亂不可讀矣。

一章。幡幡然甘瓠之葉，物雖至微，采之亨之，亦可以薦。君子有酒，何况牲牢。即瓠葉以爲蔬，而酌酒以嘗，情真事簡，豈厭其薄邪？

二章。有兔斯首，雖非盛饌，炮其毛，燔其肉爲餚，而以酌酒亦可獻賓，何况乎牲牢之備也。

三章。有兔斯首，燔之炙之。君子有酒，以此爲餚而酢主人，亦可矣。

四章。有兔斯首，燔之炮之。君子有酒，以此爲餚而酬賓客，亦可矣。

幡幡，葉飄貌。斯首，纔一兔也，猶數魚以尾也。去毛曰炮，加火曰燔，近火曰炙。

主酌賓曰獻，賓酌主曰酢，主再酌賓曰醻。

《瓠葉》四章，章四句。

232 漸漸之石

漸漸嶄之石，維其高矣。山川悠遠，維其勞矣。武人東征，不遑朝昭矣。

漸漸之石，維其卒叶促矣。山川悠遠，曷其没矣？武人東征，不遑出矣。

有豕白蹢隻，烝涉波矣。月離于畢，俾滂沱矣。武人東征，不遑他矣。

古序曰：《漸漸之石》，下國刺幽王也。毛公曰：戎狄叛之，荆舒不至，乃命將率東征，役久病於外，故作是詩也。

朱子改爲：「將帥出征，經歷險遠，不堪勞苦而作」，用《序》之義而不本其事，則作者之志茫無棲泊，豈删定之義？漸石，危險之比。周在西，荆舒在東，故曰悠遠。豕烝涉波，東南江海之景。豕，江豬，《易·中孚》所謂「豚魚」，風至則羣起波面，蹢躅然，見其腹白，故曰白蹢，風徵也。月離畢，雨徵也。畢，北方玄武之宿，八星，形如有柄小網，故曰畢。主邊兵，亦謂雨師。月，陰精，主水，行畢度則多雨。風雨則失天時，險遠則失地利，久役則失人和。君不仁而好戰，亡可立待矣。《漸漸之石》以下三詩，淒愴衰颯，亡國之音也。

一章。漸漸險峻之石，維其高矣。山川悠遠，經歷跋涉，維其勞矣。我輩將士，自西東征，久勞在外，無朝旦之暇矣。

二章。漸漸之石，卒然崔巍。山川悠遠，孤軍深入敵境。武人東征，陷没而不暇復出矣。

三章。東南江海卑濕，有豕魚白腹，蹢躅涉波，則風將至矣。仰觀天象，月次於畢，陰主遇雨師，則雨又將滂沱矣。武人東征，遭此天時，遑及他事乎？

漸漸，猶斬斬，峻絶貌。武人，將帥也。朝，早也。不遑朝，猶言靡有朝也。卒、崒同，高也。没，深入也。豕，豚魚也。有者，乍見出没之貌。蹢，蹢躅，跳躍貌，《易·姤》初六「羸豕蹢躅」。烝，衆也。離，麗也。

《漸漸之石》三章，章六句。

233 苕之華

苕^條^之華^花^，芸其黄矣。心之憂矣，維其傷矣。

苕之華，其葉青青。知我如此，不如無生。

牂臧羊墳首，三星在罶柳，人可以食，鮮上聲可以飽叶剖。

古序曰：《苕之華》，大夫閔時也。毛公曰：幽王之時，西戎、東夷交侵中國，師旅並起，因之以饑饉。君子閔周室之將亡，傷己逢之，故作是詩也。

陵苕，一名陵霄，蔓生附木。其花赤，周所尚色也。花將落，則變而黄，以爲周亡之比。

一章。陵苕之華，生附喬木。君子賴王室猶此。花色本赤，而今芸然其黄，將落之候矣。心之憂矣，生計日蹙，惟有哀傷耳。

二章。苕之華零落已盡，秖見青青之葉。早知我生如此，何如不生之爲愈邪？

三章。觀諸陸産，牝羊無孕，見墳然之大首而已。觀諸水族，澤梁無魚，罶中水静，見三星之影而已。山童澤竭，閭里蕭條，人民飢餓，得食亦可矣，安望其飽乎？

芸，葉隕落也，通作抎，與隕同。牂羊，牝羊也。墳，大也。物瘠則首大。

《苕之華》三章，章四句。

234 何草不黄

何草不黄，何日不行叶杭。何人不將，經營四方。

何草不玄，何人不矜鰥。哀我征夫，獨爲匪民叶眠。

匪兕匪虎，率彼曠野叶汝。哀我征夫，朝夕不暇叶虎。

有芃朋者狐叶呼，率彼幽草。有棧斬之車，行彼周道上聲。

古序曰：《何草不黄》，下國刺幽王也。毛公曰：四夷交侵，中國背叛，用兵不息，視民如禽獸。君子憂之，故作是詩也。

子云：「天下有道，則庶人不議。」此詩與《漸漸之石》，《序》皆云「下國興刺」，則舉世非之矣。怨悱淒惋，辭窮志竭，無復含容之意。與《大雅·瞻卬》《召旻》同其迫促，所以終《二雅》，爲亡國之情也。據古序，聖人删定之義井然。若《朱傳》紛紛，則錯亂甚矣。天地間，物之至微易生，莫如草。無草，則不毛之地，故以草玄黄比。苕華色赤，周所尚也。玄黄，赤之變也，《易》曰「龍戰于野，其血玄黄」，《坤》之六五，地道窮也。《小雅》始于咸亨，終于道窮，故詩義在比，與興非有二也。

一章。天地生物，莫微于草。無草不黄，則閉塞之秋矣。民生今之世，無一日不奔走道路，無一人不將送往來，以經營四方者，亂離極矣。

二章。草黄未已也，腐爛則色變而爲玄。今此征夫，無一人不棄其室家，鰥居于外者。哀哉，獨非人民乎？

三章。虎邪兕邪，則曠野已耳。我征夫乃人也，有室有家，何乃使之久役在外，朝夕不暇乎？

四章。芃然而大尾者，狐也。率彼幽草之中，尚得止息。征夫乘無飾之棧車，行彼周道，曾狐之不若矣。

玄，腐黑色。矜、鰥通，無妻之稱。率，由也。芃，尾長貌。棧車，載任器供役之車。無飾曰棧。《禮》：士乘棧車。

《何草不黄》四章，章四句。○按《朱傳》，《都人士》以下至此十篇，爲《都人士之什》。

毛詩原解[一]卷二十四小雅終

[一]原無「毛詩原解」四字，據《湖北叢書》本補。

毛詩原解卷二十五

大雅

文王之什

自《文王》至《文王有聲》，凡十篇。內《文王》至《靈臺》八篇，爲文王詩；《下武》《文王有聲》二篇，爲武王詩。

235 文王

文王在上，於烏昭于天叶廳。周雖舊邦，其命維新。有周不顯，帝命不時叶售。文王陟降，在帝左右。

亹亹文王，令聞問不已。陳錫哉周，侯文王孫子。文王孫子，本支百世。凡周之士，不顯亦世。

世之不顯，厥猶翼翼。思皇多士，生此王國叶亦。王國克生，維周之楨。濟濟上聲多士，文王以寧。

穆穆文王，於緝熙敬止。假哉天命，有商孫子。商之孫子，其麗不億亦。上帝既命，侯于周服叶筆。

侯服于周，天命靡常。殷士膚敏，祼將于京叶姜。厥作祼將，常服黼冔許。王之藎臣，無念爾祖。

無念爾祖，聿脩厥德。永言配命，自求多福叶北。殷之未喪師，克配上帝。宜鑒于殷，駿命不易。

命之不易，無遏爾躬叶禪。宣昭義問，有虞殷自天叶汀。上天之載，無聲無臭叶紂。儀刑文王，萬邦作孚叶浮，去聲。

古序曰：《文王》，文王受命作周也。

朱子改謂：「周公追述文王之德，以戒成王。」按古序，《文王》以下諸詩，俱未言何人作，惟《吕氏春秋》引此，以爲周公之詩。今味其辭旨，精融醇粹，奉揚先德以示後人，而夫子删定，以首《大雅》，真周公之制作也。大抵《二雅》皆朝廷之事，《小雅》多言政事，諷規主和；《大雅》多言君德，弼直主敬。故《小雅》未遠于《風》，而《大雅》寖近于《頌》。要其所言，皆朝廷得失，君道盛衰，非爲聲音而已。朱子于《鹿鳴》以下諸詩，改爲樂歌，于《文王》等篇無以易之，而《國語》以《文王》《大明》《綿》爲兩君相見之樂，然三詩實非爲兩君相見作也。夫子豈爲兩君相見，首録是詩乎？凡詩之作，各有所本。用之歌樂，則存乎人。知三詩不可爲兩君相見之樂，則《鹿鳴》諸詩，亦不可改爲通用之歌矣。

一章。我周一代王業，始自文王。文王往矣，其神赫然臨之在上，於哉昭明于天。周自后稷以來，舊爲侯邦。其受天命，新自文王始。今子孫奄有天下，周道豈不光顯乎！天命豈不及時乎！文王之神，一陟一降，今在上帝左右，後王不可不念也。

二章。亹亹然純一之文王，其令聞不已。功德敷施，始造周邦。維孫與子，並受其福。宗子支庶，百世相承。凡爲周臣士者，亦莫不光顯。世世同休，皆文王所陳錫也。

三章。周之臣士，傳世豈不光顯乎！其先世事我文王，謀國之猶，翼翼忠敬。美哉諸臣，生此文王之國。文王之國，能生此諸臣，宣忠效力，實爲楨幹。濟濟多士，是文王所託重恃力而獲安寧者也。世顯不亦宜乎！

四章。文王至德淵微，穆然深遠，無迹可窺。於哉緝續熙明，主于敬而已。是以大哉天命，畀文王以商家之子孫。彼其附麗之衆，何止十萬！上帝既命文王，皆于我周臣服矣。

五章。商之孫子，侯服于周，可知天命無常，惟德是與。殷之臣士，膚美敏疾者，今皆奉祼獻于周京。其奉祼者，身服黼衣，首猶殷冠。彼何以至此？王臣有忠藎之心者，當念興亡之故，勿忘爾祖文王可也。

六章。欲念爾祖，在于脩德，脩德在于敬天。苟能長存敬畏，合于天道，即是自求多福。昔殷未失衆，德亦配天。子孫不然，故至于斯。宜以爲鏡，自知大命，不易保矣。

七章。天命不易，爾勿自恣自用，遏絶乃身。當宣布昭明，博訪義理，謫問名賢，虞度殷興亡之故于天。所以承天永命者，自不敢怠矣。然上天之事，無聲無臭，不可度也。惟儀刑文王，即所以法天，萬邦自起而信之矣。

文王，商西伯，追稱王也。陳錫，布德施惠也。哉、載通，始也。侯，語辭。本，嫡子。支，庶子。本爲天子，支爲諸侯。士，臣庶也。厥猶，其謀也。皇，美也。王國，文王之國。楨，幹也，築牆者植兩木夾板曰幹，一曰翰，三名一物也。穆穆，深遠也。假，極也，大也，歎辭。楚語「駭則稱假假」是也。麗，附也。十萬曰億。不億，不止億，言無算也。服，事也。膚，美也。敏，便疾也。祼，灌鬯也。祭祀之始，以圭瓚酌鬯酒獻尸；尸受，灌于地以求神也；既祼，然後迎牲。將，奉也。冔，殷冠，夏曰收，周曰冕。先代之後仍舊服，示不臣，且明戒也。白黑雜繡曰黼。藎，進也，忠愛進進不已也。喪師，失衆也。駿，大也。遏，絶也，自用之意。宣昭，布明也。義問，以義理相詢問也。虞，度也。儀刑，法也。

《文王》七章，章八句。○先儒謂文王末年受命稱王，與謂周公殺管叔同謬。今觀《大雅》諸詩，頌文德無以復加，敬止緝熙，小心翼翼，不已不回，純之至也，能人所不能，故孔子稱其三分有二，以服事殷，與泰伯三讓，同歸至德。苟文王先稱王，則武王何以獨未盡善也？故曰：文王之德之純。周公謂「文王我師」；孔子謂「文王没，文在兹」，删《書》首《堯》《舜》，而删《詩》首《文王》；孟子謂「舜、文先後同揆」。觀《詩》《書》垂訓，聖人之意，微乎遠矣。

236 大明

明明在下，赫赫在上。天難忱沈斯，不易維王。天位殷適的，使不挾四方。

摯至仲氏任，自彼殷商，來嫁于周，曰嬪貧于京叶姜。乃及王季，維德之行叶杭。大任〔一〕有身叶商，生此文王。

維此文王，小心翼翼亦。昭事上帝，聿懷多福叶必。厥德不回，以受方國叶亦。

〔一〕大任，原爲太任，據本篇注釋及《毛詩正義》改。下同。

天監在下，有命既集。文王初載宰，天作之合叶翕。在洽之陽，在渭之涘叶使。文王嘉止，大邦有子。大邦有子，俔欠天之妹。文定厥祥，親迎于渭。造舟爲梁，不顯其光。有命自天，命此文王，于周于京叶姜。纘女維莘叶相，長子維行叶杭，篤生武王。保右命爾，燮伐大商。殷商之旅，其會如林。矢于牧野，維予侯興。上帝臨女汝，無貳爾心。牧野洋洋，檀車煌煌，駟騵彭彭邦。維師尚父，時維鷹揚，涼亮彼武王。肆伐大商，會朝清明叶芒。

古序曰：《大明》，文王有明德，故天復命武王也。

按，此詩二章、三章，言文王有明德而天命之；四章以後，言武王有明德而天復命之。父子相繼，二聖濟美，功高德顯，故曰大明。《序》於文王言明德，不言天命；於武王言天命，不言明德，互見也。蓋周之命，文王以至德凝結之，而武王纘承之。文王宜王而不王，天與固讓，所以爲至德。而天眷愈篤，施及武王，豈能終辭？此周有天下非驟致，而《序》言精確矣。

一章。天人相與之際，甚可畏也。在下者君德有善惡，明明不可掩。在上者天命有去就，赫赫可畏。天意難信，王業艱難，可不慎乎！紂所居天位也，又殷適嗣也，乃使之不得挾有四方，謂天可信，而王不難乎。

二章。我周受天之命，始于文王。文王父王季，而母大任也。昔摯國有仲女姓任者，當殷商時來嫁我周，作嬪婦于周京。與我王季爲德之配，是爲大任，有妊而生我文王焉。

三章。維此文王，小心慎密，翼翼恭敬，昭事上帝，遂來多福。惟其德不回邪，是以受享四方之國。此文王明明在下，而天命赫赫者也。

四章。我武王受命非偶也。天視在下，命集于周。當文王初年，天爲作配，在洽水之北，渭水之涯，文王嘉禮初舉。大邦莘國有女適應其求，容非天意乎。

五章。大邦有女，其德譬天之妹。以禮文納幣，定其吉祥。文王親迎于渭水之涘。造舟爲浮梁，以通往來。大昏之禮，不其光顯乎。

六章。天命文王于周之京，纘繼世德。維此莘國以其長女，行歸于周，而篤生我武王。保安之，佑助之，錫命之，以燮和人心，而伐大商，孰非天意邪。

七章。武王之伐商也，殷商之衆，其多如林，陳于牧野，莫有鬭志，維望我師來而興起，告武王曰：「今日之事，上帝降臨，殷人見休臣附，爾勿疑我而有二心也。」

八章。牧野之地，洋洋然寬廣。檀木之車，煌煌然鮮明。駟馬皆赤身白腹之騵，彭彭然彊壯。時太公望爲太師，號尚父，奮其武勇，如鷹飛揚，涼佐武王，以肆伐大商。甲子昧爽，會戰之朝旦，天氣清明，氛祲盡銷。此武王有明明之德，而天有赫赫之命也。仲，中女也。嬪，婦也。行，配也。載，年也。身、妊通，孕也，言身中有身也。治、渭，二水名。嘉，嘉禮也。大邦，指莘國，商諸侯，姒姓。大姒之母家也。俔，猶譬也。妹，少女，《易·兑》少女曰歸妹。文，禮也。祥，吉也。昏有六禮，納采、問名、納吉、納幣、請期、親迎。此既卜吉，以納幣之禮定之，亦謂納徵也。造舟爲梁，今之浮橋。造，至也，併舟相連至岸也，《爾雅》曰「天子造舟」。纘女，猶言嗣徽音也。長子，即大姒，莘國之長女也。行，來嫁也，猶女子有行之行。燮，和也，順天應人曰和。如林，言多也。矢，陳也。牧野，地名，在朝歌南七十里。侯，望也。興，起也，慶幸之意。臨，降視也。貳，猶疑也。無貳爾心，謂爾心無疑我也，商師無鬬志，恐武王不信己，援天自誓也。洋洋，廣也。赤馬白腹曰騵。周尚赤，殷尚白。赤上白下，周勝殷之象，周人因以爲一代之制，凡戎事皆乘騵也。師尚父，太公也，姓姜，名望，官太師，號尚父。鷹揚，奮勇如鷹之飛揚。涼，作亮，佐也。肆，大也。會朝，會戰之旦，武王十一年，甲子昧爽也。清明，無風霾雲翳，言天心順也。

《大明》八章，四章章六句，四章章八句。

237 緜

緜緜瓜瓞垤，民之初生，自土沮疽漆。古公亶毯父甫，陶復陶穴叶隙，未有家室。

古公亶父，來朝走馬叶母。率西水滸，至于岐下叶虎。爰及姜女，聿來胥宇。

周原膴膴武，堇謹荼如飴移。爰始爰謀叶媒，爰契器我龜。曰止曰時，築室于兹。

迺慰迺止，迺左迺右叶以。迺疆迺理，迺宣迺畝叶米。自西徂東，周爰執事叶史。

乃召司空，乃召司徒，俾立室家叶公。其繩則直，縮版以載叶集，作廟翼翼。

捄俱之陾陾仍，度拓之薨薨叶昏，築之登登，削屢馮馮平。百堵皆興，鼛高鼓弗勝叶升。

迺立皋門，皋門有伉叶康。迺立應門，應門將將鏘。迺立冢土，戎醜攸行叶杭。

肆不殄厥慍，亦不隕尹厥問。柞棫拔叶佩矣，行道兑對矣。混夷駾退矣，維其喙會矣。

虞芮蕤，去聲質厥成，文王蹶貴厥生。予曰有疏附叶甫，予曰有先線後上聲，予曰有奔奏叶走，予曰有禦侮。

古序曰：《緜》，文王之興，本由大王也。

此詩詠大王始遷岐山，人心歸附，肇基王迹，而文王因之，以受天命也。

一章。我周王業成于文王，肇于大王，先世從來遠矣。緜緜然蔓引之瓜，今碩然瓜已。而其近本初生，則瓞瓝博耳。有瓞然後有瓜。今雖有天下，而民生始自豳土沮漆。古先公亶父居之，民間土室如陶竈，上爲覆蓋，下爲穴居。因戎俗之陋，未有宫室。天造草昧，如瓜之始瓞耳。

二章。古公亶父以戎俗不可苟安，敏急圖事。來朝疾走其馬，循西戎漆沮水滸，東至岐山之下。與其太妃姜女，遂來相視居宇焉。

三章。岐山之南，地有周原，膴膴然肥美。堇荼生此，其甘如餳，地美可知。於是始謀遷居，以契火灼龜占之，其繇胄曰止也，曰是也。神謀既同，乃于周原築室焉。

四章。迺慰安從遷之衆，止定其居。迺有止于左者，迺有止于右者，而公宫居中。迺疆其大界，迺理其溝塍，迺徧治其野，迺分授其田。於是西豳漆沮之衆，皆東往岐山，偏執其經營之事矣

五章。民事既定，乃召司空，營建國邑。乃召司徒，董率徒役，使之建立室家。先以繩直其位，乃束版載土，以築垣牆。將營宫室，宗廟爲先，作廟翼翼整齊也。

六章。其縮版以築，取土盛于器，陾陾然多也。投土于版，薨薨然聲衆也。築以杵，

登登然聲相應也。築成卸版，再三削治，馮馮然堅平也。五版方丈爲堵，百堵同時併起。鼛鼓所以樂工，工樂鼓不能止也。

七章。迺立朝外之郭門曰臯門，明遠在外，伉然而高大。迺立朝門之應門，居中應治，將然而嚴正。迺立大社之冢土。凡動大衆，告此而後行，非復昔日之荒陋矣。

八章。古公避昆夷遷國，而内不忘備。雖不殄忘其慍怒，而亦不隕絶其聘問。外和而内戒，王者馭戎之道也。由是國勢漸昌，土地開闢。柞棫之木，拔然上竦，無復荒蕪矣。行道之路，兑然開通，無復險阻矣。昆夷畏之而駾然逃竄，維有張喙喘息，豈復如向之憑陵乎！

九章。比及文王爲西伯，而周道大興。虞芮二國，以争田之訟，質正求平。文王以無言之化，蹶然感動，而其良心自生，變懻忮而爲禮讓，天下由此向風。文王盛德所致，人知之矣。然其所以化成天下者，予謂有率下親上，爲之疏附者焉。予謂有相導前後，爲之先後者焉。予謂有喻德宣譽，爲之奔奏者焉。予謂有武臣折衝，爲之禦侮者焉。雖本文王之聖，亦必資賢臣之助，而况爲後王者乎！

大曰瓜，小曰瓞。瓜之近本初生者常小，至末而後大。沮、漆，豳地二水名。古公，猶言先公。陶，窑竈也。復、覆通，蓋也。穿地爲窟，上覆蓋以居也。胥宇，相視居宇也。

廣平曰原。周，地名。堇，荁屬，根似芋。荼，甜菜。飴，餳也。契，削楚使鋭，以末然火灼龜，《周禮》「華民云焌契」是也。縮版，束版築牆也。載，自下升上，相承載也。捄，盛土於器也。度，投土於版也。削屢，牆成削治重複也。二尺爲版，五版爲堵，堵方一丈。鼛鼓，長鼓也。城之中門曰臯門，朝門曰應門，内有路門。天子之宫，多庫門、雉門焉。冢土，大社也。戎醜，大衆也。肆，猶言故今也。殄，忘也。慍，怒也，惡惡之意。隕，絶也。小聘曰問。柞，櫟也，棫柞屬，叢生。拔，上長也。兑，通也。駾，奔突也。喙，喘息也。虞、芮，二國名。質，就正也。成，平也。争田訟於西伯，求平也。蹶，動也。生，良心自生也，言二國入周，感化相讓也。

《緜》九章，章六句。

238 棫樸

芃芃朋棫樸，薪之槱酉之。濟濟上聲辟必王，左右趣叶楚之。

濟濟辟王，左右奉璋。奉璋峩峩，髦士攸宜叶俄。

淠譬彼涇舟，烝徒楫叶緝之。周王于邁，六師及之。

倬彼雲漢，爲章于天叶廳。周王壽考，遐不作人。

追堆琢其章，金玉其相。勉勉我王，綱紀四方。

古序曰：《棫樸》，文王能官人也。

朱子改爲：「詠歌文王之德」，非也。《記》曰：「人官有能，物曲有利。」養之能盡其材，故取之能備其官；官之能當其人，故用之能得其力。能官人而治道畢矣。文王聖德，在位五十年，培植薰育久，兔罝野人，皆爲干城，用不乏人。而文王亹亹純一，區別程量，總攬羣英，綱紀不倦，如六轡御馬，無不調其適而盡其材，故曰能官人也。國之大事，惟祀與戎。薪槱，祭祀之材也。《禮》：煙祀天帝，柴祀日月星辰，槱燎祀羣神。《月令》「季冬，取秩薪柴，供郊廟百神之薪燎」是也。周人尚臭，燔柴，禮之大者，故以比育材。祭始迎尸入，王以圭瓚酌鬱鬯祼尸，諸臣酌璋瓚助之。故次章言祭祀，三章言軍旅，二者以人心爲本。恒情協共，莫如同舟，涇舟以比共濟。天文莫大于雲漢，物華莫美于金玉，人工莫精于追琢，皆以比聖德，經緯人文也。

一章。芃芃茂盛之棫，叢生樸樕，析以爲薪，積以爲槱，供百祀之焚燎，用得其材也。濟濟然多士之辟王，羣材彙烝，或左或右，用無不宜。如百體奉心志，環向而趣附也。

二章。濟濟辟王，祭祀一舉，諸臣或左或右，奉璋以助祼獻。凡此奉璋者，峩峩英偉，皆俊少之髦士，于禮度攸宜也。此辟王祭祀得人也。

三章。淠然順流涇水之舟，衆徒共楫之，人力齊則舟行疾。周王以西伯奉命徂征，六師趨附，將卒一心，如恐不及。此行師得人也。

四章。倬然昭明之雲漢，爲章于天，亘古如斯。周王壽考在位，丕顯之謨，教育熏陶，若此其遐遠也。孰肯自甘暴棄而不振作者乎！

五章。追雕琢磨以成章，金玉交錯以成相。辟王砥礪羣英，名器光寵，何以異此！聖心純一，勉勉不倦，總攬一世之英賢，程材器使，大綱小紀，無不在聯屬中矣。

棫，柞屬，宜薪。樸，叢生貌。槱，積薪乾以待用也。辟，君也。辟王，文王也。璋，璋瓚也。瓚，祼器。以黄金爲勺，圭爲柄曰圭瓚，以璋爲柄曰璋瓚。璋，半圭也。圭、璋，皆玉爲之。峩峩，偉貌。涇，水名。六師，即六軍。天子六軍，萬二千五百人爲軍，二千五百人爲師。作人，興起人心也。追，雕也。金曰追，玉曰琢。相，金玉并相也。勉勉，不倦也。綱紀，網羅聯屬也。張之爲綱，理之爲紀。

《棫樸》五章，章四句。

239 旱麓

瞻彼旱麓六，榛争楛虎濟濟上聲。豈弟君子，干禄豈凱弟體。

瑟彼玉瓚昝，黄流在中。豈弟君子，福禄攸降叶工。

鳶沿飛戾天叶汀，魚躍于淵叶因。豈弟君子，遐不作人。

清酒既載叶集，騂牡既備叶必。以享以祀，以介景福叶弼。

瑟彼柞棫，民所燎料矣。豈弟君子，神所勞去聲矣。

莫莫葛藟累，施異于條枚。豈弟君子，求福不回。

古序曰：《旱麓》，受祖也。毛公曰：周之先祖，世脩后稷、公劉之業。大王、王季申以百福干禄焉。

朱子改爲：「詠歌文王之德」，非也。孔子曰：「無憂者，其唯文王乎！」文王以聖德承祖考綦隆之業，可以王而不王，小心柔恭，養和平之福，以啓後人，故曰「豈弟君子」「干禄豈弟」，詩人可謂善頌。而古序曰「受祖」，其義深切矣。毛公發明其義。箋疏誤以詩中君子即太王、王季，朱子因詆《序》説爲謬，皆未深究其旨耳。《文王》以下諸詩，雖皆詠文德，而事各不同。首篇言代商之事，故《序》曰作周；次篇言文武之生，故《序》曰文王有德，復命武王；三篇言遷岐，故《序》曰興由大王；四篇言左右諸臣，故《序》曰能官人；五篇言祀神干禄降福，故《序》曰受祖。毛氏以受祖義未明，歷數祖德，而於太王、王季，借詩中福禄語，以推重其功德，見文王凝承祖父者厚，非以此詩爲詠太王、王季作也。

箋疏之誤，併以累《序》，故讀《詩》難，讀《序》不易。《詩》言志，《序》即志也。不達受祖之義，泛觀福禄，有何義理？何以見周家之盛？何以知文業所由隆？如謂詠文德，則自《文王》以下八篇，一序足矣，其免于鶻突乎？以旱麓、榛楛比者，子孫承先，猶物承天，旱則草木望澤，而生于山足者，得潤厚，故爲君子干禄之比。榛可以供籩，楛可以爲矢，文武之材，以比聖德。周自王季，當商帝乙之世，受命爲西伯，賜圭瓚秬鬯，故次章有圭瓚黄流之比。鳶飛魚躍，自然無心，比文王至德無憂。承前裕後，仁敬孝慈，培養一代元命，所謂干禄豈弟者，正此也。「清酒」以下三章，孝祀先公先王而獲福。清酒騂牡，祭祀之物；柞棫，薪槱之用；葛藟條枚，比福禄固結，皆所謂受祖也。而《序》獨舉后稷、公劉、大王、王季者，后稷周之始，公劉豳之始，大王岐之始，王季則其父也。文王之世，宜以是爲四親焉。《序》舉其功德最著者耳。

一章。天旱草木萎。瞻彼山足，有榛與楛，其生濟濟。蓋山高基厚，故麓承其潤。子孫藉先澤，何異此？豈弟無憂之君子，仁孝承先，不勞經營，而垂拱似續。其受禄于祖考也，豈弟焉耳。

二章。秬鬯圭瓚，先世之故物也。圭瓚瑟然堅密，玉爲柄而金爲勺。秬鬯之酒，黄然流注于中。有寶器則有嘉味，盛德蒙福，理亦同然。故豈弟承先之君子，祖考芘之而福禄攸降，豈有意于求福乎。

三章。鳶之飛也戾極于天，莫自知其飛也。魚之躍也深入于淵，莫自知其躍也。有天淵之高深，故有自得之魚鳥。有久遠之世澤，故有熙皞之民風。豈弟無爲之君子，從容鼓舞，人心欣欣向化，久道而不知，豈不作人之遠乎。

四章。清潔之酒既載，騂色之牡既備，以享祀于祖考。君子豈弟之德，感格有素，以此祭祀，因介而得大福也。

五章。瑟然茂密之柞棫，民資以爲薪槱，用其材也。君子有豈弟仁孝之德，爲先祖所慰勞，歆其德也。

六章。莫莫然茂盛之葛與藟，延施于條枚之上，此葛藟自然之性也。豈弟仁孝之君子，爲先祖所眷芘，求福何待回邪乎。

麓，山足也。榛，栗屬。楛，荆屬。黄流，鬯酒也。酌以金勺，色黄而流動也。鳶，鴟類，得風則翱翔高飛。鳶魚飛躍，自然不用力也。騂，赤色。

《旱麓》六章，章四句。

毛詩原解卷二十五終

毛詩原解卷二十六

240 思齊

思齊齋大任，文王之母。思媚周姜，京室之婦甫。大姒嗣徽音，則百斯男叶林。

惠于宗公，神罔時怨，神罔時恫通。刑于寡妻，至于兄弟，以御于家邦琫，平聲。

雝雝在宫，肅肅在廟叶繆，上聲。不顯亦臨，無射亦保叶剖。肆戎疾不殄，烈假不瑕叶吼。

不聞亦式識，不諫亦入叶熱。肆成人有德，小子有造叶宅。古之人無斁，譽髦斯士叶色。

古序曰：《思齊》，文王所以聖也。

朱子改爲：「歌文王之德」，而以首章詠母妻，爲文王所以聖，非也。夫母聖妻賢，聖人之遇，而其所以聖，姑不在此。無射者，乃其所以聖也。無射則純，純不已，文王之所以爲文也。蓋人心之德主于敬而達于和。敬則禮恒恭，和則仁恒愛。仁禮存心，致愛致敬，純一不已者，聖人所以脩齊治平，消憂弭患，而存神過化之道也。《二南》之化，始于宫幃，孚于祖考，達于家邦。故首章言母妻之賢，和敬藹于閨門，而培植者深也。二章言宗公之惠，和敬孚于鬼神，而感通者遠也。三章言德純雝肅，遭大難而不變。四章言功妙神化，開來學而作人。此孰非造端于齊媚之徽音，而醞釀于雝肅之無射者。故論文德之純，莫如《思齊》，此《序》謂之所以聖也。孟子云：「君子以仁存心，以禮存心」，「有終身之憂，而無一朝之患」，法天下，傳後世者，此之謂也。

一章。思惟齊敬之大任，乃文王之母，能愛媚其姑大姜，爲京室之孝婦。此文王懿恭徽柔之性，成于所生也。至于大姒，又能繼齊媚之美聲，不妒忌而子孫衆多。妻賢母聖，和敬之風洋溢于閨門。《二南》之化，所託始矣。

二章。致敬于廟，上順宗廟先公之心，而罔有怨恨，罔有憂恫，敬之至也。致和于家，而儀刑嫡妻，親睦九族，調御家邦，而有夏咸和，仁之至也。

三章。家庭主和，故在宫雝雝而巽順。行禮主敬，故在廟肅肅而嚴恪。此和敬之心，雖不顯之處，人所不見，而常若有臨。人情倦怠，乃思保持。聖心無倦，而常若自保，故大難雖不殄絶，而德之光大，亦不玷缺。蓋仁禮存心，無入而不自得也。

四章。德盛化神，本乎天性。非待前聞古訓，而式無不合；非待忠言直諫，而善無不入。故豈弟作人，壯者成而有德，少者學而有造。今雖文王往矣，雝肅之精神如在，無有厭斁于人心。士類聞風興起，而成其名譽，爲俊髦之士也。

思，語辭。齊，敬也。大任，王季之配，摯仲氏任也。媚，愛也。周姜，太王之妃，大任之姑也。母成子，故言敬。婦孝姑，故言媚。大姒，文王妃，大任之婦也。徽音，美聲也。百男，大姒生十子，恩逮衆妾又生子，極言多也。惠，順也。宗公，宗廟先公。時，是也。恫，痛也。刑，法也。嫡妻無二，故稱寡。兄弟，同姓及異姓有服者之通稱。御，如御馬之御。調和，順適也。不顯，隱微也。臨，視也。無射，不倦也。保，持守也。肆，遂也。戎疾，大患也，如因羑里、事昆夷之類。烈假，光大也。瑕，缺也。式，法也。古之人，指文王，自後世而言也。無斁，猶無射，《周頌·清廟篇》云「無射於人斯」，言文王之德，久而人不能忘也。孟子云「待文王而後興者，凡民也。豪傑之士，雖無文王，猶興」，即「譽髦斯士」也。譽，聲聞也。髦，俊少也。

《思齊》四章，章六句。○《朱傳》作五章，二章章六句，三章章四句，今從鄭。

241 皇矣

皇矣上帝，臨下有赫叶霍。監觀四方，求民之莫。維此二國，其政不獲。維彼四國，爰究爰度拓。上帝耆其之，憎其式廓叶各。乃眷西顧，此維與宅叶託。

作之屏丙之，其菑其翳意。脩之平之，其灌其栵例。啓之辟闢之，其檉稱其椐具。攘之剔之，其檿掩其柘叶柱。帝遷明德，串貫夷載路。天立厥配，受命既固。

帝省其山，柞棫斯拔佩，松柏斯兑。帝作邦作對，自太伯王季。維此王季，因心則友叶乂。則友其兄叶香，則篤其慶羌，載錫之光。受禄無喪叶桑，奄有四方。

維此王季，帝度拓其心，貊麥其德音。其德克明，克明克類，克長克君。王此大邦，克順克比。比于文王，其德靡悔。既受帝祉，施異于孫子。

帝謂文王，無然畔援叶玩，無然歆羡，誕先登于岸。密人不恭，敢距大邦叶琫，平聲，侵阮徂共公。王赫斯怒叶吕，爰整其旅，以按徂旅。以篤于〔一〕周祜户，以對于天下叶虎。

依其在京叶姜，侵自阮疆。陟我高岡，無矢我陵，我陵我阿。無飲我泉，我泉我池叶佗。度拓其鮮原，居岐之陽，在渭之將。萬邦之方，下民之王。

帝謂文王，予懷明德，不大聲以色，不長夏以革。不識不知，順帝之則。帝謂文王，詢爾仇方，同爾弟兄。以爾鉤援叶揚，與爾臨衝，以伐崇墉。

臨衝閑閑叶賢，崇墉言言。執訊連連，攸馘虢安安叶焉。是類是禡叶母，是致是附叶甫，四方以無侮。臨衝茀茀叶筆，崇墉仡仡乞。是伐是肆，是絶是忽叶翕，四方以無拂叶逼。

古序曰：《皇矣》，美周也。毛公曰：天監代殷，莫若周，周世世脩德，莫若文王。

〔一〕「于」字原闕，據《毛詩正義》補。

一章。大矣上帝，臨下之威，赫然可畏。察視四方，求民安定而已。此夏商二國，其政失道。于彼四方之國，究度安民之君，而上帝猶未忍遽絶此二國也。待之耆久，而憎其長惡不悛。乃始睠然西顧，以此岐山之地，與周爲王者之宅也。

二章。岐山林莽崎嶇，太王初墾，其拔作之、屏除之者，乃瘣木立死之菑，與傾倒遮蔽之翳也。其脩理平治者，乃叢生爲灌之栵也。其拓啓開闢者，乃河柳之檉，與腫節之椐也。其攘剔繁冗使長者，則飼蠶之檿桑與柘也。惟上帝遷明德之君，故荒蕪串習，始爲平夷之路。天又立太姜，贊助其胥宇，而周之受命時已堅固矣。

三章。上帝省觀岐山，柞棫拔然上竦，松柏兑然開通，焕乎一都會矣。上帝以此作王者之邦，又作配此邦之君，自太伯、王季時，天意已屬文王，故太伯讓而王季立。天性友愛，則能友愛其兄，則能脩德以篤周家之福慶，益顯其兄之能讓，而錫以光榮。受天禄不失，至子孫而奄有天下也。

四章。王季處父子兄弟，辭受之際，心迹至難明也。上帝若有尺寸，使量度其心，而慮無不當。又爲清貊其德音，而人無非議。故其德是非不爽而克明，分别善惡而克類。道德足以先人而克長，政教足以臨民而克君。既受讓以王此大邦，循理安民而克順，慈和愛人而克比。比及文王之世，其德猶在人心，無有遺憾。所以既受上帝之福，延及孫子也。

五章。上帝謂文王若曰：「天下之禍，皆起于貪欲。惟爾無畔此援彼之心，無内歆外羨之心，雖處風波危險，獨能脱然先登于岸，可以濟危，亦可以拯人之危也。」帝命之如此。是以密人不恭，敢逆大國，不奉方伯之約，侵阮國至于共地。文王乃赫怒整旅，以按止密人往共之衆，以扶弱鋤彊，厚周家之福，答天下仰望之心也。

六章。文王依然在周京，所遣救阮之兵既遏密人，遂自阮疆出侵密。王師據險，陟高岡而望敵人。無有敢陳師于我之陵者，陵即我之阿矣。無有敢飲水于我之泉者，泉即我之池矣。密人既平，歸附日衆。乃度新原于岐山之南，渭水之側，作豐邑以爲萬邦之方向，下民之歸往也。

七章。上帝謂文王若曰：「予懷爾之明德，人多脩聲色，惟爾純德穆穆，不張聲名以形迹。人争長諸夏，躁擾變更。惟爾總領諸侯，不求雄長諸夏，以生變革。不識不知，順天理自然之法則。爾何私何怨于人哉！」上帝又謂文王若曰：「詢訪爾寇讐之方，同爾兄弟之國。以爾攻城之鉤援，與爾臨衝之車，以攻伐崇國之城。爾喜怒奉天理，豈可避讐而縱有罪邪！」

八章。文王之伐崇，始未忍急攻也。臨衝之車，閑閑徐緩。彼崇墉言言高大，我師有執敵之生口訊問者，連連相續不輕執也。有殺其不降，馘耳以獻功者，安安從容不輕馘也。是類焉告其罪于天，是禡焉暴其惡于神。將以致其來附，而四方聞之，不敢玩侮矣。及崇人怙終不服，臨衝茀茀奮怒，崇墉仡仡堅守，乃擊伐之。縱兵肆之，斬絶其宗嗣，忽滅其國土。四方聞之，誅當其罪，無有違拂也。

莫，定也。二國，夏、商也。耆，遲久意，猶老人曰耆，師久曰老也。武王伐商，遲至十一年，《周頌》云「耆定爾功」；成王誅紂子，遲至五年，《書》云「天惟五年，須假之子孫作民主」，即此意也。憎，惡也。式，用也。廓，大也，言用意爲惡愈大也。眷，與睠同，回顧也。作屏、脩平、啓辟，皆芟除也。攘剔，則培植之也。作，拔起也。菑木，病死者也。翳，死而遮蔽他木者也。脩平，脩治使地平坦也。灌，叢生也。栵，栭栗，槲屬，好叢生。檉，河柳，俗名水楊，椐腫節可作杖。攘剔，穿剔其繁冗也。檿，山桑，與柘皆可飼蠶，及爲弓幹也。串，貫通，習也。夷，平也。載，始也。路，大道也。厥配，太姜也。太姜有異識，故《緜》亦曰「爰及姜女，聿來胥宇」也。作邦，作王國也。對，當也，配也，指文王因心自然也。善兄弟曰友。錫，予也。錫光，猶增輝也。蓋王季以弟得國，疑於不友，然其天性友愛，不在形迹，能脩德以篤周祜，於太伯之讓益增光矣。奄，覆也，全有之也。貊，清静也。貊德音，人無非議也。帝謂，天命也。畔，去此也。援，扳彼也。内動曰歆，外慕曰美。誕，語辭。登岸，脱險也，獨造其極之意。密、阮，二國名，密在今陝西寧州，阮在涇州。大邦，周也。共，阮國地名。徂，往也。按，遏也。對，答也。依，安也。京，岐周也。侵，代也。侵自阮疆，密人入阮，周師拒之于阮，遂自阮往伐密也。岡陵、泉池，皆密地。我者，蕩平奄有之意。矢，陳也。大陵曰阿。度，謀也。鮮，新善也。將，側也。岐南渭側，即豐也，豐在岐東南三百里，自岐往遷也。方，向也。懷，眷念也。聲，虚名也。色，文飾也。長夏，爲方伯長諸夏也。革，躁急變更也，如病革、鳥革之革，亟也。帝則，天理自然之則。仇方，有仇之國。怨耦曰仇，指崇，紂黨也。崇侯虎譖文王於紂，囚之羑里。文王伐之，疑於私怨，故託天命以明聖人之無私也。兄弟，與國也。鉤援，雲梯也，所以攻城。臨衝，車名，臨敵衝陣之車。崇墉，崇國之城。言言，高大也。執訊，生擒敵人訊問者也。馘，割耳也，不服者殺而割其左耳。凡聽嚮任左，罪其不聽也。類，祭告天也。禡，祭始造兵蚩尤也，三苗之黨，不祥之器，故祭曰禡，罵也。

《皇矣》八章，章十二句。

242　靈臺

經始靈臺叶提，經之營之。庶民攻之，不日成之。經始勿亟，庶民子來叶力。

王在靈囿郁，麀憂鹿攸伏。麀鹿濯濯，白鳥翯翯霍。王在靈沼叶灼，於烏牣刃魚躍。

虡巨業維樅匆，賁焚鼓維鏞容。於烏論平聲鼓鍾，於樂辟必廱。

於論鼓鍾，於樂辟廱。鼉駝鼓逢逢朋，矇瞍奏公。

古序曰：《靈臺》，民始附也。毛公曰：文王受命，而民樂其有靈德，以及鳥獸昆蟲焉。

朱子改爲：「民樂文王之詩」，非也。周自后稷、公劉、太王、王季，世世積德，千有餘年。而文王勤勞，日昃不暇食，至是始有園囿、臺池、鐘鼓，而後民歡樂之。創業若此其囏，而得民若此其未易也。詩人作是詩，以見文王造周功成。蓋民樂而後君樂，民樂君之樂而後見民樂，文王所以稍釋如傷之憂也。雖民心歸周，非自今始，而文王求寧，今始觀成，故《序》曰「民始附」。善乎，知文王也。如徒以園囿、鐘鼓耳，文王豈荒樂者哉？凡古序皆寓法戒，明聖人删定之旨。朱子謂文王作靈臺時，民歸周已久，亦高叟之言《詩》矣。

一章。文王之臺，靈異之臺也。始經度之，營謀之。王心方遲回，而衆民已攻作，時未幾而功告成矣。經營之始，王戒民勿亟。庶民如子供父役，悦而忘勞也。

二章。臺下有囿，亦靈異之囿也。王在靈囿，無論羣黎得所。牝鹿亦馴伏，濯濯然肥澤。白鳥集而翯翯然潔白。囿中有沼，亦靈異之沼也。王在靈沼，於哉魚滿而自躍。

凡此品物之得所，孰非王心之豫樂乎！

三章。王時遊于辟廱，有鐘鼓之樂。植木爲虡，横板爲業。業上畫采爲牙，其狀樅然。懸大鼓之賁，大鍾之鏞。於哉，倫序可聽，此鼓鍾也。於哉，人文可樂，此辟廱也。

四[一]章。於倫哉鼓鍾，於樂哉辟廱。潛聽鼉鼓，逢逢然和鳴。矇瞍方奏樂事，王之樂未終也。

經，度也。營，謀也。直理曰經，周旋曰營。靈，神異也，希貴之辭。攻，作也。不日，不多日也。麀，牝鹿也。牡曰麚加。攸伏[二]，得所不驚動也。濯濯，肥澤也。翯翯，潔白也。牣，滿也。虡，植木也。業，横板也。樅，業上畫如齒牙狀，樅樅然也。賁，大鼓。鏞，大鍾。論，作倫，聲有條理也。辟廱，天子之學宫。辟、璧通，水環繞如璧也。廱、壅通，壅水成澤，象教化洋溢也。鼉鼓，鼉皮冒鼓，鼉形似蜥蜴而長丈餘。矇瞍，樂師也。幼而無見曰矇，老而無見曰瞍；或曰：有眸子謂矇，無眸子謂瞍。公，事也，作樂之事也。

《靈臺》四章，二章章六句，二章章四句。○按，舊本作五章章四句，今從朱。

[一] 四，原作「五」，據經文改。
[二] 伏，原作「服」，據經文改。

243 下武

下武維周，世有哲王。三后在天，王配于京叶姜。

王配于京，世德作求。永言配命，成王之孚叶浮。

成王之孚，下土之式職。永言孝思，孝思維則叶即。

媚兹一人，應侯順德。永言孝思，昭哉嗣服叶白。

昭兹來許，繩其祖武。於烏萬斯年，受天之祜户。

受天之祜，四方來賀。於烏萬斯年，不遐有佐！

古序曰：《下武》，繼文也。毛公曰：武王有聖德，復受天命，能昭先人之功焉。

朱子改爲：「美武王能纘大王、王季、文王之緒，而有天下」，非也。按，此詩稱武王之有天下，以文德，不以武功，故篇中不及伐商，而但言其仁信孝順，反覆揄揚。故《序》曰「繼文」，言繼先王文德也。後篇曰「繼伐」，言繼文王武功也。又前篇文王之雅畢，此篇始武王，故曰繼文。古序極精密，朱子以篇中有「成王」字，疑是康王以後詩，固矣。

一章。我周以武定功，然非尚武也。武莫如周，而下武者亦維周。自先代世有哲王，太王、王季、文王三后，皆忠厚積德，其神在天。而武王脩德，無忝三后，克對于鎬京也。

二章。武王所以配三后于鎬京者，唯於先世文德，作而求之也。其脩身立政，常合天理。天下心悦誠服，非但一人一家信之，能成王者之大信也。

三章。武王能成王者之信，下土之人誰不取法！所以然者，惟其能孝思三后，久而不忘。故孝思之誠，爲法于天下，豈徒武功云乎。

四章。天下信之式之，則媚愛之矣。所以媚愛此一人，應而不違者，無他，惟以武王有孝先之順德耳。則是武王能長言孝思，昭哉其嗣先王之服矣。

五章。昭明之業，在于今日者，光被于來世，足以上繼三后之迹。於哉萬年之久，大命永集，受天之福矣。

六章。受天之福，則人心歸之，四方諸侯莫不來賀。於哉萬年之久，不遠獲屏翰之佐乎。

下武，猶言左武，不尚武也，遏劉之意。配，對也。媚，愛也。一人，指武王。侯，維也。服，事也。來，方來也。許，猶所也。繩，繼也。祖，三后也。武，迹也。於，嘆美辭。

《下武》六章，章四句。

244 文王有聲

文王有聲，遹聿駿有聲。遹求厥寧，遹觀厥成。文王烝哉。

文王受命，有此武功。既伐于崇，作邑于豐。文王烝哉。

築城伊淢洫，作豐伊匹。匪棘其欲，遹追來孝叶畜。王后烝哉。

王公伊濯，維豐之垣。四方攸同，王后維翰叶賢。王后烝哉。

豐水東注，維禹之績。四方攸同，皇王維辟必。皇王烝哉。

鎬京辟廱，自西自東，自南自北，無思不服叶迫。皇王烝哉。

考卜維王，宅是鎬京叶姜。維龜正叶貞之，武王成之。武王烝哉。

豐水有芑，武王豈不仕史？詒厥孫謀，以燕翼子。武王烝哉。

古序曰：《文王有聲》，繼伐也。毛公曰：武王能廣文王之聲，卒其伐功也。

朱子改爲：「詠文王遷豐，武王遷鎬之事」，非也。本誦文、武伐崇、革商之功，不獨爲遷國而已。蓋周道親親，禮先繼述，其事莫大于文、武。文王繼先，而武王繼文。詩首尾四章稱文、武者，文始之，武終之也。中四章稱王后、皇王者，諸侯而爲天子也。文王伐崇作豐而王業始；武王伐商作鎬而王業成。文王求寧觀成，以始武也；武王燕子詒孫，以終文也，故曰繼伐。

一章。文王有聲聞，以其能遹述先德，而駿大之，所以有聲也。述之以承前，而求其安寧。述之以啓後，而觀其成功。前有可法，後有可傳。文王其君也哉。

二章。文王無心立功，惟受天命，有此武功。既伐崇國以討罪，又作豐邑以安民，皆非得已也。文王誠君也哉。

三章。其築豐也，掘淢中之土而因以爲城。其作城也，適與制合而不侈大。非急于從己之欲，以廣其都邑。乃述追先人之事，而致來世之孝耳。文王誠君也哉。

四章。文王之事，濯然明白，無有曖昧。其築豐也，維卑小之垣。四方人心自爾攸同，倚仗以爲楨幹。文王其君也哉。

五章。及我武王繼之，乃作鎬於豐之東。豐水自西，東流入渭注河，此昔大禹平治之績也。四方于此攸同，奉皇王以爲君。一統之業，自是始定。武王其君也哉。

六章。鎬京既建，乃作辟廱。興學校，偃武功，以崇文教。東西南北，無不心服。武王其君也哉。

七章。維王宅鎬，稽疑于卜。龜兆貞吉，王功乃成。所以定丕基，遺後人者，非苟焉而已也。武王其君也哉。

八章。豐水之涯，有白粟之芑生焉。人材長養，猶之嘉穀，武王豈不論才論官而仕之。百年之計，在於樹人。將以遺孫謀而燕安羽翼其子也，得賢裕後。武王其君也哉。

聲，令聞也。遹，述也。駿，大也。烝，君也。減，與洫通，溝也，謂城濠。匹，合也，謂大小合制，《周禮》「匠人營國，方九里」，《左傳》鄭祭仲云「先王之制，大都不過三國之一」，皆所謂匹也。棘、急通。來，嗣也。來孝，後人繼先之孝。王后，指文王，追稱之辭。王公，王事也。濯，明白也。牆卑曰垣。豐水，在豐、鎬之間，東北流入渭注于河。豐邑在豐水之西，鎬京在豐水之東，自鎬視豐，水西來，故曰東注。考卜，稽之卜也。正，貞也。卜吉曰貞，凶曰悔。成之，言伐商定天下，爲王京也。《周書·大誥》曰「寧王遺我大寶龜，紹天明」，又曰「我有大事休，朕卜并吉」，即此類。芑，白粱粟也。仕，仕以官也。燕翼，安輔也。

《文王有聲》八章，章五句。○自此以上十篇，皆文、武之詩。朱子因詩中多稱文、武，疑《譜》不足據。夫文、武之《雅》，豈即作于文、武之時。後人追贊祖德，故皆稱謚也。

毛詩原解卷二十六終

毛詩原解卷二十七

生民之什

自此至《板》，凡十篇。内《卷阿》以上八篇，成王時詩。《民勞》以下終《蕩之什》，皆「變雅」也。

245 生民

厥初生民，時維姜嫄叶云。生民如何？克禋克祀叶史，以弗無子。履帝武敏叶米，歆〔一〕攸介攸止。載震載夙叶夕，載生載育叶亦，時維后稷。

〔一〕「履帝武敏，歆攸介攸止」，朱子《詩集傳》同，而《毛詩正義》作「履帝武敏歆，攸介攸止」。《毛傳》云：「敏，疾也，從於帝而見于天，將事齊敏也。歆，饗。介，大也。」鄭玄注云：「敏，拇也。介，左右也。」此二説，朱子取鄭氏，且立新説云：「敏，拇。歆動也，猶驚異也。介大也。……姜嫄出祀郊禖，見大人跡而履其拇，遂歆歆然如有人道之感。於是即其所大所止之處，而震動有娠，乃周人所由以生之始也。」郝氏取朱子之説，并有新解。

誕彌厥月，先生如達塔。不坼策不副叶迫，無菑無害叶曷，以赫厥靈。上帝不寧，不康禋祀叶史，居然生子。

誕寘至之隘巷，牛羊腓肥字之。誕寘之平林，會伐平林。誕寘之寒冰，鳥覆去聲翼異之。鳥乃去矣，后稷呱孤，叶故矣。實覃實訏叶去聲，厥聲載路。

誕實匍匐，克岐其克嶷亦，以就口食。蓺之荏菽，荏菽旆旆。禾役穟穟。麻麥幪幪猛，瓜瓞唪唪蚌，上聲。

誕后稷之穡，有相去聲之道倒。茀厥豐草，種之黄茂叶卯。實方實苞，實種實褎叶保，實發實秀，實堅實好，實穎實栗，即有邰家室。

誕降嘉種，維秬維秠，維穈門維芑起。恒亘之秬秠，是穫是畝叶美。恒之穈芑，是任是負叶丕，以歸肇祀叶史。

誕我祀如何？或舂或揄由，或簸或蹂。釋之叟叟搜，烝之浮浮。載謀載惟，取蕭祭脂。取羝以軷叶培，載燔載烈，以興嗣歲叶雪。

卬昂盛成于豆，于豆于登，其香始升。上帝居歆，胡臭亶時叶始。后稷肇祀叶史，庶無罪悔，以迄于今與歆叶。

古序曰：《生民》，尊祖也。毛公曰：后稷生于姜嫄，文、武之功起於后稷，故推以配天焉。

此詩周公相成王制禮樂，推后稷配天，叙其功德之隆，見配饗之宜，非祭祀之樂歌。樂歌則《周頌・思文》也。

一章。我周民始生，實維姜嫄。姜嫄生周民如何？昔爲高辛帝之妃，禋祀高禖，以祓除無子。于時上帝降跡，姜嫄履其拇，歆然感動于郊間所止之處，載震有身，載夙及期，載生而産，載育而養。是我祖后稷所由出也。

二章。姜嫄感帝武之祥，彌滿十月，首生后稷。其易如達，不坼裂，不破副，無菑病，無戕害，以顯其靈異。上帝豈不安寧，豈不康享前日之禋祀，使無人道而徒然生是子也。

三章。無人道生子，駭以爲不祥，乃棄寘隘巷之中。牛羊過者，以足拊字之，不踐踏也。怪而移之平茂之林，會有人來伐平林者。乃棄之寒冰之上，有鳥以羽蓋而護之。於是始知其爲異兒也，將往收之，鳥乃飛去。后稷呱然而泣，其聲覃長訏大。載滿道路，經歷多難，而神氣不損。所謂天授也。

四章。方其爲孩提，手足匍匐並行。稍長嶷然能行立。既免乳，就口自食。遂爲種植之事，種大豆之荏菽，則旆旆然枝旟揚起；種禾，則行列穟穟然多穗；種麻麥，則幪幪然茂密；種瓜瓞，則唪唪然多實。蓋幼而天性生知矣。

五章。及其壯也，堯命爲稷，有輔相造化之道。教民耕稼，先茀除豐茂之草，後擇種之色黄而茂生者種之，實方而齊畝。實苞而茂密，實種而初播，實褎而遂長，實發而生莖，實秀而吐穗，實堅而粒漸滿，實好而無災害，實穎而穗垂，實栗而不秕。教民有功，堯乃即姜嫄母家之邰國，封稷以爲家室焉。

六章。稷既封邰，乃啓廟祀。誕降嘉種，耕助以供御廩。有黑黍之秬，中有一稃二米之秠，有赤粱粟之穈，有白粱粟之芑。徧種秬秠，既成而穫。計之以畝，徧種穈芑。既成而肩任背負，以歸爲粢盛酒醴。周之廟祀，自此始矣。

七章。有邰肇祀，其禮如何？嘉種既歸，納于臼以舂。既舂矣，揄米出臼，簸揚其糠。又蹂禾取穀繼之，米成而淅以水，其聲叟叟。烝以釜甑，其氣浮浮，爲粢盛酒醴者備矣。其將祭也，載謀而禮無不議，載惟而慮無不周，敬之至也。取蕭脂焚之，升臭以祭宗廟；取牡羊以軷，祭行道之神，内外之祀皆舉矣。取肉著火而燔之，炙于火而烈之，薦獻之物備矣。俻今年之祀，所以興起來年，嗣續于不替也。

八章。即今王業維新，南郊之祀，尊稷以配天。盛菹醢于木豆，盛大羹于瓦登，大饗貴質也。馨香之氣方升，上帝即安饗之。是何芳臭之薦，誠得其時乎。所以致居歆者，不在芳臭也。蓋自我后稷封邰始祀，有相之功，克配彼天，庶無罪過悔恨，以至今日矣。

居歆之速，豈偶然哉。

時，是也。姜姓，嫄名，帝嚳高辛氏之妃，有邰氏女。弗，言祓也，除不祥曰祓，祓無子求有子也。古者春分玄鳥至，天子率後宫郊祀高禖，祈嗣也。帝，天帝也。武，足跡也。敏作拇，大指也。歆，動也。介，間也。止，立也。震、娠通，有身而震動也。夙、宿通，息也，静以待十月之期也。誕，發語辭。彌，滿也，滿十月也。先生，初生也。達，通也；或作羍，羊子易生也。坼，裂也。副、劈通，破也。居然，徒然也，無人道而徒生也。寘，與置同。腓，肘也。字，愛也。覆翼，以羽翼覆蓋之也。林茂則平。姜嫄以春分孕，彌月生，正寒冰之時也。呱，兒啼聲。覃，長也。訏，大也。匍匐，手足並行也。岐嶷，始行立之貌。就口食，自取食就口，不須乳哺也。蓺荏菽以下四種，皆兒嬉之事。蓺，種也。荏菽，大豆，一名戎菽。禾役，禾之行列。穟，穗也。唪唪，小瓜貌。相，助也，言贊化育也。茀，去也。豐草，茂草也。黄茂，嘉穀也。黄，土色，《洪範》云「土爰稼穡」，五穀色多黄。茂，易生也。方，齊等也。種，播種也。褎、褎通，長也。穎，穗末垂也。栗，粒飽滿也。邰，姜嫄母家。降嘉種樹，蓺以供祭祀也。秬，黑黍。秠即黑黍一稃二米者也。穈，赤粱粟。芑，白粱粟。黍以爲酒醴，粟以爲粢盛。恒，與亘同，竟也，謂偏種也，《考工記》弓人云「恒角而達」，與此恒同。揄，取米出臼也。蹂，踐禾取穀也。釋，水洮米也。謀，卜日之類；

惟，擇士之類，言謀慮思惟，無所不戒備也。羝，牡羊。祭行神曰軷。遠行跋山，封土爲神主象山，祭畢以車轢其上而過，示無險難也。嗣歲，繼今以後之歲。卬，我也。木曰豆，以盛葅醢。瓦曰登，以盛大羹。胡，何也。臭，香也。亶，信也。時，善也。迄，至也。

按，姜嫄感帝武之祥而生稷，其事近誕。故《毛傳》謂帝爲帝嚳，姜嫄從帝嚳郊祀，履嚳之武而將事齊敏，遂歆然有身。此説雖似，然詩叙無父被棄之事甚明，稷所以得名棄者以此。詩不頌帝嚳，而推本姜嫄，正明其無父耳。如以帝爲嚳，則《魯頌·閟宫》亦云「上帝是依」，豈亦嚳乎？事之有無雖不可知，而詩本神其事，難別作解也。

《生民》八章，四章章十句，四章章八句。○舊本第三章八句，第四章十句，《朱傳》改第三章十句，第四章八句，今從之。

246 行葦

敦團彼行葦，牛羊勿踐履。方苞方體，維葉泥泥叶禰。戚戚兄弟，莫遠具爾。或肆之筵，或授之几叶以。肆筵設席，授几有緝御叶語。或獻或酢作，洗爵奠斝假，叶角。醓毯醢以薦叶爵，或燔或炙叶灼。嘉殽脾皮臄覺，或歌或咢惡。

敦弓既堅叶斤，四鍭既鈞。舍上聲矢既均，序賓以賢叶勤。

敦弓既句姤，既挾夾四鍭。四鍭如樹叶黍，序賓以不侮。

曾孫維主，酒醴維醹。酌以大斗，以祈黄耇。

黄耇台背，以引以翼。壽考維祺，以介景福叶必。

古序曰：《行葦》，忠厚也。毛公曰：周家忠厚，仁及草木，故能内睦九族，外尊事黄耇，養老乞言，以成其福禄焉。

朱子改爲：「祭畢而燕父兄耆老之詩」，謂《序》不知比興之體，與全詩本義，但見「勿踐行葦」，便謂「仁及草木」；但見「慼慼兄弟」，便謂睦九族；但見「黄耇」，便謂養老；但見「祈黄耇」，便謂乞言；但見「介爾景福」，便謂成福禄，隨文生意，無復倫理。此説非也。蓋古序惟首一句，而毛公撿括詩中語，發明首句忠厚之意。詩雖不主仁及草木，而以行葦比，則草木也。雖未嘗專爲養老乞言，而已有優高年、領教誨之意，推廣而言，未爲不可。《六經》唯《詩》言可旁通，性情之旨，悠緩含蓄，與他文字根株不移者殊科。毛氏深得解，而古序簡約。周道親親，故但曰忠厚。如《朱傳》燕父兄耆老，詩中已具，成贅語矣。其以行葦比者，古路在井間，旁近溝洫，多生蘆葦，牛羊往來踐踏，故以爲比。朱子誤以爲無義之興，非序之咎。

一章。敦然聚生道旁之蘆葦，勿使牛羊踐踏，則並苞而成叢，並體而成莖。新生之葉，泥泥然柔澤矣。兄弟本同一氣，慼慼親愛，莫遠具近，則同氣相依，自不至間隔矣。

二章。兄弟既集，或陳之筵以坐，或授之几以依。既肆筵於地，又加席於筵。既授之几，又續之侍御。所以安其體，供其使令者，無弗備也。

三章。登筵之後，主人酌酒獻賓。賓卒爵，更酢主人。主人卒飲，又洗爵酬賓。賓受而不飲，奠其斝焉。其薦有多汁之醓，有肉醬之醢。或以肉傅火而燔，或以肝近火而炙。其美餚有胃屬之脾，口肉之臄。其樂或比琴瑟而歌，或徒擊鼓而咢也。

四章。燕必有射。雕畫之弓既勁，射必四矢。四矢之鍭既調，四矢皆舍，彼我均中。則次序衆賓，以中多者爲賢，而飲其不賢也。

五章。敦弓既句而引滿，四矢既挾而盡發，皆如手樹侯中，彼此巧力相當。則序次衆賓，以不陵侮者爲賢，而飲不賢也。

六章。射禮既畢，即席終燕。主燕者，本宗之曾孫也。其酒醴味厚而醹，用長柄之大斗挹酒，以酌兄弟中之黄耇。於是語，於是道古，而求其教誨也。

七章。黄髮耇傴者，其背鮐駝〔一〕。年高而德劭，告曾孫以善道。引導輔翼，使曾孫

〔一〕「耇者，其背鮐駝」，早期印本爲「老，背有鮐文」。

壽考吉祥，助之以大福也。

敦，團聚也。行，路也。葦，蘆也。方，齊也。體，幹也。泥泥，新葉柔潤也。肆，陳也。鋪襯曰筵，藉之曰席。筵迫地，席加於筵上也。几，所以憑。緝，不絶也。御，侍也，謂更僕也。斝，爵類。奠，置也。醓，醓汁也。醢，肉醬也。脾，肚屬。臄，口上肉也。口下曰函。歌比於琴瑟。咢，徒擊鼓也。敦、追通，雕也。天子之弓雕畫。鍭，矢之有鏃者。鈞、均通，調也。矢前有鏃重，三分其矢，一在前，二在後，乃均調也。既鈞，兩人皆中也。賢，勝也。句，與彀通。引，滿也。兩物夾一曰挾。矢上弦，夾于大二指間，謂之挾。《禮》：每射四矢，措三矢於帶間，挾一矢以發，又挾，至四矢皆挾，則盡發矣。如樹，如以手植侯中，言巧也。不侮，謂不倨傲也。曾孫，宗子之稱，成王也。醹，厚也。大斗，大杓也，柄長三尺，所以挹酒。祈，求教也。《燕禮》於旅酬時乃相語，《樂記》云「於是語，於是道古」，求教誨於老人也。台，作鮐，《莊子》有「哀駘駝」，老人痀僂之狀，或曰：背有紋如鮐魚也。

《行葦》七章，二章章六句，五章章四句。○按《鄭箋》作八章章四句，《朱傳》作四章章八句，今從毛。

247 既醉

既醉以酒，既飽以德。君子萬年，介爾景福叶北。

既醉以酒，爾殽既將。君子萬年，介爾昭明叶芒。

昭明有融，高朗令終。令終有俶叔，公尸嘉告叶谷。

其告維何？籩豆靜嘉叶戈。朋友攸攝，攝以威儀叶俄。

威儀孔時叶始，君子有孝子。孝子不匱，永錫爾類。

其類維何？室家之壼悃。君子萬年，永錫祚胤叶引。

其胤維何？天被爾禄。君子萬年，景命有僕。

其僕維何？釐離爾女士。釐爾女士，從以孫子。

古序曰：《既醉》，太平也。毛公曰：醉酒飽德，人有士君子之行焉。

朱子改爲：「父兄答《行葦》」，非也。成王之世，周道纂隆，朝野安寧。祭祀以時，燕饗以禮。君臣相悦，臣子願君昭明其德，景福萬年，室家咸宜，胤祚永昌，所以爲太平，祝頌而寓箴規也。然詩實因祭祀燕飲作，而《序》不及，何也？「正大雅」與「正小雅」異。「正小雅」記先王善政，「正大雅」表先王君德。故《小雅》序事，《大雅》序義。詩言醉飽，即燕飲，言尸告，即祭祀。故《序》不復贅，但約其義。而毛公以明良相悦，濟濟多士，釋太平之義，亦不及祭祀獲福者，詩志不主祭祀也。朱子謂爲孟子斷章所誤，過矣。蓋忠厚莫先于親親，故有《行葦》；太平莫樂于燕飲，故有《既醉》；守成莫重于宗廟，故有《鳧鷖》。《序》各有攸當也。

一章。君子燕飲，既醉我以酒，其恩誼篤厚。又飽我以德，朝廷清穆，天下和平，今固有景福矣。願君子萬年，助爾光大之福，如一日焉。

二章。既醉以酒，爾餚既進。天下無事，君臣和樂，非脩德莫享此。願君子萬年，介爾昭明之德，以永此福也。

三章。君子德之昭明，必進于有融。欲浄理還，勿遺瑕纇可也。高明必期于善終，日新不已，勿或昏怠可也。冲人嗣服，清明未染，所謂善終者，已有其始。祖考居歆，公尸以吉祥告，令終可知矣。

四章。告以吉祥維何？君子奉祭，籩豆之物，清浄嘉美。王之臣鄰爲朋友者，助攝祀事，皆有嚴恪之威儀，是君臣同德也。

五章。朋友威儀既甚宜，君子又有仁孝之子助獻。孝子繼君子之誠意不竭。父子君臣，同心感格，故永錫爾以衆善之類也。

六章。錫類維何？室家宮壼之中，和氣孕毓之地。君子萬年，永錫爾福禄與子孫，祚胤兩全也。

七章。其胤維何？有子孫無福禄，其胤不全。錫爾以胤，必被爾以福禄，使君子萬年，大命于子孫僕屬。是錫爾以胤之類也。

八章。命僕維何？有福禄無子孫，其祚不全。錫爾以祚，必先予爾以女之若士者，使孫子隨之。是錫爾以祚之類也。如是，則太平之福，萬年令終矣。

介，助也。景，光大也。昭明，明德也。融，明無雜也。高朗，猶高明也。俶，始也。公尸，尸之尊稱。嘉告，以吉祥告，即嘏辭也。静嘉，清潔而美也。朋友，指賓客助祭者。攝，助也。孝子，君嗣也。《禮》特牲饋食「獻尸畢將旅酬，主人嗣子入舉奠」是也。不匱，不窮也。類，善也。壼，與閫通，宫中之巷也。祚，福也。胤，子孫也。僕，附屬也。釐，予也。女士，女賢如士者。從，隨也。

《既醉》八章，章四句。

248 鳧鷖

鳧扶鷖衣在涇，公尸來燕來寧。爾酒既清，爾殽既馨。公尸燕飲，福禄來成。

鳧鷖在沙叶梭，公尸來燕來宜叶俄。爾酒既多，爾殽既嘉叶戈。公尸燕飲，福禄來爲叶訛。

鳧鷖在渚，公尸來燕來處。爾酒既湑，爾殽伊脯。公尸燕飲，福禄來下叶虎。

鳧鷖在潨叢，公尸來燕來宗。既燕于宗，福禄攸降叶工。公尸燕飲，福禄來崇。

鳧鷖在亹門，公尸來止熏熏。旨酒欣欣，燔炙芬芬。公尸燕飲，無有後艱叶勤。

古序曰：《鳧鷖》，守成也。毛公曰：大平之君子，能持盈守成，神祇祖考安樂之也。

朱子改爲：「祭之明日，繹而賓尸之樂」，非也。祭而賓尸，常禮。詩既言燕尸矣，故《序》不復贅，但表其守成以志周道之盛。王者所承事，莫大于神祇祖考。天下有道，九廟安妥，百神效靈，公尸醉飽，則孝子之守成可知矣。鳧鷖性謹愿，江湖泳游，有安樂之象。鳧鷖之言負扆，在涇之言在京，以比守成。鳧善没，鷖善浮，有變化出没之象，以比鬼神。天曰神，地曰祇。公尸者，神祇祖考之所依。公尸安，即神祇祖考安；神祇祖考安，即持盈守成之效矣。内外非一祭，祭非一尸。首章鳧鷖在涇，動而浮，象天神之尸也。天主氣，故曰清、曰馨。天生故曰成。二章在沙，静而宿，象地祇之尸也。地主形，故曰多、曰嘉。地作故曰爲。三章在渚，渚小丘，象山川社稷之尸也。主蓄儲，故曰湑脯。禮卑天地，故曰下。四章在潨，衆也，像羣主九廟之尸也，故曰宗。烝嘗備禮，故不言酒殽。上祀禮尊，故曰崇。五章在亹門也，凡繹皆于門，每歲春夏，門户有專祭，是五祀之尸也。小祀尚飲食，故曰欣、曰芬。禮尤卑，故曰後。不言福禄，天子之福禄，非戶竈門行所得司也，無艱而已。歷舉公尸，見百神懷柔。《序》所以謂之「神祇祖考安樂」，此也。鄭説彷彿而未盡，《朱傳》則憒憒耳矣。

一章。鳧鷖在涇，浮而動者，陽之靈。公尸率神而從天，猶此也。今者來燕，不既安寧乎。爾酒清餚馨，與公尸燕飲，神其以福禄來成就爾矣。

二章。鳧鷖在沙，沈而静者，陰之靈。公尸居鬼而從地，猶此也。今者來燕，不既得宜乎。爾酒多餚嘉，以與公尸燕飲，其以福禄助爾矣。

三章。鳧鷖在渚，飲啄得所。山川諸材，社稷養民，公尸象之，猶此也。今者來燕，不亦安處乎。爾酒既湑，爾餚既脯，以與公尸燕飲，則福禄下積，國家受賜矣。

四章。鳧鷖在衆水之會，則羣集矣。九世之廟，公尸聚而來燕，其禮不既尊乎。向者薦獻，既燕于宗廟而降福；今繹行燕飲，福禄之來，益增崇矣。

五章。鳧鷖在兩岸之門，得所止矣。五祀有門户之祭，而繹行于門外，亦猶是也。公尸來止，熏熏和樂。旨酒欣美，燔炙芬香。公尸燕飲，百神咸悦，永無後艱矣。

鳧，野鴨。鷖，鷗也，一名水鴞。涇，水名。公尸，尸之尊稱。來燕，來作賓于廟門外也。爾，皆指王。宜，安也。湑，泲酒去糟也。潀，衆水會也。來宗，尊也。于宗，廟也。

燕于宗，祭受薦獻也。亹、門通，水流峽中，兩岸如門也。

《鳧鷖》五章，章六句。

249 假樂

假嘉樂洛君子叶則，顯顯令德。宜民宜人，受禄于天叶廳。保右命叶明之，自天申之。

干禄百福叶必，子孫千億。穆穆皇皇，宜君宜王。不愆不忘，率由舊章。

威儀抑抑，德音秩秩。無怨無惡去聲，率由羣匹。受福無疆，四方之綱。

之綱之紀，燕及朋友叶以。百辟卿士，媚于天子。不解懈于位叶涖，民之攸塈戲。

古序曰：《假樂》，嘉成王也。

朱子改爲：「公尸答《鳧鷖》」，非也。詩本美成王，而《序》不言美者，美刺，詩之變也。至德無稱，故「正風雅」無美刺。《序》言嘉，取篇首嘉樂以括全詩之義，猶「漢廣」言德廣，「蕩蕩上帝」言天下蕩蕩，斷章取義也。

一章。嘉哉，可樂之君子，有顯顯昭明之美德，能宜在下之民而百姓安，宜在位之人而百官悦。以是受福禄于天，保安之，右助之，錫命之。反覆重申之無已也。

二章。君子有令德以干天禄而得百福。子孫之多，至于千億，莫不穆穆然敬，皇皇然美。宜其爲君，宜其爲王。不愆過，不遺忘，以率由祖考之舊法，是君子令德宜子孫也。

三章。君子之威儀，抑抑然慎密。德音秩秩然有常。能無私怨，無作惡，虚心以率從羣賢。故受福無疆，爲四方所繫屬也。

四章。總攬百度，綱焉而政無不張，紀焉而事無不理。明主勵精于上，故寮寀無事，臣鄰從容。外而百辟，内而卿士，欣逢盛世，媚愛明主，陳力效忠，不敢懈惰。民亦賴以休息矣。

假，升也，通作嘉，尚也，美辭。《禮記·中庸篇》引此詩，作「嘉樂」是也。穆穆，敬也。皇皇，美也。宜君，支庶也。宜王，嫡嗣也。率由羣匹，信從善類也。燕，安也。塈，與墍通，息也。

《假樂》四章，章六句。〇此詩或分六章，章四句，因舊解「穆穆皇皇」「抑抑秩秩」等語，或作子孫，或作成王，不類，故疑分章之誤。謂「不愆不忘，率由舊章」，「無怨無惡，率由羣匹」兩對語似皆指成王。今按，宜君，明是子孫之爲支庶者；不愆忘、率舊章，正是子孫事。仍舊四章爲是。《朱註》併「威儀抑抑」二章，俱作「稱願嫡嗣」解，則牽强矣。

毛詩原解卷二十七終

毛詩原解卷二十八

250 公劉

篤公劉，匪居匪康。迺埸亦迺疆，迺積迺倉。迺裹糇糧，于橐于囊。思輯用光。弓矢斯張，干戈戚揚，爰方啓行叶杭。

篤公劉，于胥斯原。既庶既繁，既順迺宣，而無永嘆叶灘。陟則在巘偃，叶言，復降在原。何以舟叶招之？維玉及瑶，鞞丙琫卜，上聲容刀。

篤公劉，逝彼百泉，瞻彼溥原。迺陟南岡，乃覯于京叶姜。京師之野叶汝，于時處處，于時廬旅，于時言言，于時語語。

篤公劉，于京斯依，蹌蹌濟濟上聲，俾筵俾几。既登乃依叶以，乃造其曹。執豕于牢，酌之用匏。食嗣之飲叶印之，君之宗叶贈之。

篤公劉，既溥既長。既景乃〔一〕岡，相其陰陽，觀其流泉。其軍三單丹，叶蟬，度其隰原，

〔一〕乃，宋本《毛詩詁訓傳》同，《毛詩正義》作迺。

徹田爲糧。度其夕陽，豳居允荒。

篤公劉，于豳斯館貫。涉渭爲亂，取厲取鍛段。止基迺理，爰衆爰有叶以。夾其皇澗，溯其過戈澗。止旅迺密，芮蒳，去聲鞫之即。

古序曰：《公劉》，召康公戒成王也。毛公曰：成王將涖政，戒以民事，美公劉之厚於民，而獻是詩也。

周自后稷，當唐虞時，受封于邰。至夏中衰，棄稷不務。后稷之孫不窋拙，失其世官，竄于西戎。不窋之孫公劉，復脩世業，始營豳居，是周之始造也。召公歌其事，示嗣王，使勿忘先業，猶周公之詠《七月》也。

一章。立國之道，淳固則可久，恌薄則易壞。篤實哉我祖公劉之爲君，當草昧之初，匪敢居處，匪敢安康，乃埸疆以治其田，乃積倉以儲其粟。乃裹其乾糇米糧，于小橐大囊。思安輯其民，光顯其國，乃張弓矢干盾，戈戟戚斧揚鉞。始自邰啓行，遷于豳焉。

二章。篤實哉公劉，往相此豳之原，從者繁庶，皆情順喜遷。布散宣居，無有不樂而永嘆者。既陟山頂之巘以望形勢，復下廣平之原以察邑居。身所舟帶何物？維玉與瑶。佩刀有鞞，鞞上飾琫，而刀有威武之容也。

三章。篤實哉公劉，將營度邑居，往彼百泉察衆水所聚，以瞻廣原。升南山之岡，以觀高丘之京。即此京丘衆聚之野，作民居以處其處，作客舍以廬其旅。將施教令而言其言，將議政事而語其語也。

四章。篤實哉公劉，宫室既成，乃于京師依然安居。羣臣蹌蹌濟濟，使肆之筵，使設之几。既登其筵，乃依其几。乃造牧羣，執豕于牢。餚用特牲，從其儉也。酌用匏器，尚其質也。食之以饌，飲之以酒。異姓則爲之君，同姓則爲之宗，情洽而分辨也。

五章。篤實哉公劉，營建既畢，則壤定賦。是時豳地既廣且長，乃揆日影以辨東西南北，升高岡以相陰陽向背，觀流泉以察水利灌溉。使民家出一人以供征役，足大國三軍之數。量度下隰與高原之田，多寡肥瘠，什一而徹。又度梁山以西夕陽之地廣之，豳居信乎其荒大矣。

六章。篤實哉公劉，國邑既成，新附者多，乃于豳作館以居之。使人涉渭爲横渡之舟，以通往來。取石爲礪，取鐵爲鍛，以供營造。既定其止居之基，乃疆理其新授之田。相續而來者，愈多愈有。或夾皇澗兩岸，或溯過澗上流。止居之衆日密，至有就芮水之外而居者矣。

篤，厚也。馬不進曰篤，勞頓遲重之意。場，田塍也。小曰橐，大曰囊。戚，斧也。揚，鉞也。方，始也。啓行，開道也。軍前曰啓。于胥，往相也。斯原，指豳地也。廣平曰原。宣，徧也。永嘆，長嘆也。巘，山頂也。舟，帶也。瑶，美玉也。鞞、鞛同，刀鞘也。琫，鞘上飾。容刀，武容之刀，《禮》曰「戎容暨暨」，或曰飾也，或曰藏也。百泉，衆流也。溥原，廣原。京，高丘也。師，衆也。處，居民也。廬，寄居也。旅，賓旅也。言，教令也。語，謀議也。依，安也。造，適也。曹，羣也。牢，養豕處。饗以大牢而用豕，新國殺禮也。宗，尊也。景，考日景也。曠野之地，視日景乃知方向也。岡，登山岡也。陰陽，地寒煖也。三，三軍也。單，盡也。每家出一人，家家盡出賦，役均也，猶《周頌》言「單厥心」，《禮·郊特牲》言「社事單出里」，《大傳》言「戚單于下」，《祭義》言「歲既單」，皆盡也。隰，下濕也。山之西曰夕陽，豳在梁山西。荒，大也。館，客舍也。亂，舟之絶流横渡者，《禹貢》曰「亂于河」是也。厲，砥石也。鍛，治鐵也。止基，止居之基。理，授田也。皇、過，二澗名。旅，客也，新遷曰旅。芮，水名，《禹貢》作汭。水内曰汭，水外曰鞫。即，就也。

《公劉》六章，章十句。

251 泂酌

泂迥酌彼行潦老，叶吕，挹揖彼注兹叶紫，可以餴分饎熾，叶恥。豈弟君子與兹叶，民之父母叶米。

洞酌彼行潦，挹彼注兹，可以濯罍雷。豈弟君子，民之攸歸叶葵。

洞酌彼行潦，挹彼注兹，可以濯溉叶既。豈弟君子，民之攸塈戲。

古序曰：《洞酌》，召康公戒成王也。毛公曰：言皇天親有德、饗有道也。

朱子謂《序》語意疎，非也。朱以「洞酌」三句爲無義之興，而毛以爲黍稷非馨之比。蓋餴饎濯溉，祭祀之事，孟子云「雖有惡人，齊戒沐浴，可以事上帝」，況有道德如豈弟君子者乎？故以行潦比。皇天親有德、饗有道，所謂明德惟馨也。

一章。道間之積水，非甚明潔也。遠取而酌之彼器，以待澄清，然後挹取而注之此器，亦可灌沃餴米，爲酒食以供神明。人能洒濯自新，則精誠可格天。而況豈弟樂易之君子，實爲民父母。明德之薦，不馨于黍稷乎？

二章。遠酌行潦，挹彼注此，猶可濯祭器之罍。況豈弟君子，爲人心所歸，不可以格鬼神乎？

三章。遠酌行潦，挹彼注兹，猶可濯溉。而況豈弟君子，民所安息，不可以孚祖考乎？

洞，遠也。行潦，道傍積水也。餴，米蒸一熟也。饎，酒食也。罍，祭器也。溉，洗也。

《洞酌》三章，章五句。

252 卷阿

有卷拳者阿，飄風自南叶林。豈弟君子，來游來歌與阿叶，以矢其音。

伴奂爾游矣，優游爾休矣。豈弟君子，俾爾彌爾性，似先公酋囚矣。

爾土宇昄板章，亦孔之厚叶虎矣。豈弟君子，俾爾彌爾性，百神爾主矣。

爾受命長矣，茀禄爾康矣。豈弟君子，俾爾彌爾性，純嘏假爾常矣。

有馮平有翼亦，有孝有德，以引以翼。豈弟君子，四方爲則。

顒顒容卬卬昂，如圭如璋，令聞問令望叶亡。豈弟君子，四方爲綱。

鳳凰于飛，翽翽諱其羽，亦集爰止。藹藹王多吉士史，維君子使，媚于天子。

鳳凰于飛，翽翽其羽，亦傅于天叶廳。藹藹王多吉人，維君子命，媚于庶人。

鳳凰鳴矣，于彼高岡。梧桐生矣，于彼朝昭陽。菶菶卜，上聲萋萋，雝雝喈喈叶雞。

君子之車，既庶且多。君子之馬，既閑且馳叶駝。矢詩不多，維以遂歌。

古序曰：《卷阿》，召康公戒成王也。毛公曰：言求賢用吉士也。

朱子改爲：「召康公從成王遊于卷阿，因王歌而和之」，非也。毛云求賢者，擇相也；用吉士者，審庶官也。人主擇相，相擇庶官，則羣賢輔，而天下治。召公教王求豈弟君子，以用吉士，媚天子而愛庶民，猶《秦誓》之「求休休一个臣」也。德莫大于豈弟，指周公之爲冢宰，以流言避位，而成王疑忌師保，召公不懌，故作此詩諷王。末章及車馬，欲王迎周公復相位，以安庶官耳。及公歸，亦作《君奭》，師保同心，吐握下士，周道以隆。所謂「豈弟君子，俾爾彌性」者，此也。《朱傳》以君子爲成王，誤矣。南風卷阿，比人主温恭好賢。檐下曰阿，鄭以爲山阿，而朱子因謂王與召公遊卷阿之上，尤誤矣。《考工記》云「四阿重屋」，《士昏禮》亦云「當阿東南」。秦有阿房，亦謂深宫曲房也。後世詩有「熏風自南來，殿角生微涼」〔一〕之句即用《卷阿》「飄風南來」之意。

一章。有卷然曲之檐阿，則迴旋之飄風自南來。堂高檐曲，故熏風迴旋以入。人主屈己虚懷，則善言樂告，亦猶此。大賢負易簡之德，豈弟之君子也，庶其觀光而來遊乎？喜起而來歌乎？君臣相悦，意氣交暢，有懷必吐，以陳其德音矣。

二章。方今運際昇平，伴涣哉爾之游閒也。萬幾清宴，優游哉爾之休息也。必有豈

〔一〕李昂《夏日聯句》：「人皆苦炎熱，我愛夏日長。熏風自南來，殿閣生微涼。」（《全唐詩》卷四）

弟之君子，乃能薰陶輔養，使爾彌其德性，進脩罔懈，繼續先公艱難之業，永有終矣。

三章。爾今土宇，内夏外夷，昄大章明，無虤虓之患，何孔厚也。必有豈弟之君子，輔養君德，使爾彌益其德性，永爲内外百神之主矣。

四章。爾承受累世之命，其來長矣。無締造之勞，福禄爾集，亦既康矣。必得豈弟君子，使爾彌久其德性，則純全之福，可常享矣。

五章。賢材無盡，有可憑以爲依者，有可翼以爲輔者。有孝行者，有道德者，以引爲先後，以翼爲左右。有豈弟君子以端百揆，則衆正向風，四方自爲之則矣。

六章。其容貌顒顒然莊嚴，卬卬然高朗。其德行純粹，如圭璋之貞潔。聞之則有美聲，望之則有善儀。如此者，真豈弟之君子也。碩德重望，不爲四方之綱領乎。

七章。鳳凰文明之瑞，翽翽然飛集于所止。羣賢猶鳳凰也，馮翼孝德，藹藹王多善士。但得豈弟君子，休休有容，惟其所使，皆媚愛乎天子矣。

八章。鳳凰于飛，翽翽其羽，翔千仞而上，亦傅于天矣。羣材靈鳳也，藹藹王多善人。但得豈弟君子，惟其所命而媚愛庶民矣。

九章。鳳凰之鳴，不于卑陋，必于高岡明顯之地。梧桐之生，不于幽谷，必于朝陽向明之方。二物相須也。梧桐菶菶萋萋而茂盛，則鳳凰雝雝喈喈而來鳴。賢才之擇主，亦若此矣。

十章。今君子之車，既衆且多矣。君子之馬，既閑且馳矣。有此車馬，不用以徵聘錫予，不爲長物乎。陳詩不多，維以此事，遂作歌耳。非敢自以爲來游之歌也。

卷，曲也。曲阿，猶言曲榭迴廊也。飄風，回風也。自南，和氣也。君子，指大賢。矢，陳也。伴奂，安舒也。彌，增益也。性，德性。似，嗣也。先公，指太王以上，王業所自起也。酋，終也，久也。昄，大也。章，明也。茀禄，即福禄。馮、憑通。顒顒，莊敬貌。卬卬，高朗貌。翽翽，羽聲。藹藹，衆盛貌。梧桐，一木。山東曰朝陽。菶菶萋萋，茂盛貌。

《卷阿》十章，六章章五句，四章章六句。〇按，自此以上十八篇，文、武、成三王之詩，古序次第井然，義理明切，有何牽强附會？而《朱傳》一切改作，誠所未喻。

253 民勞

民亦勞止，汔隙可小康。惠此中國，以綏四方。無縱詭隨，以謹無良。式遏寇虐，憯不畏明叶芒。柔遠能邇，以定我王。

民亦勞止，汔可小休。惠此中國，以爲民逑。無縱詭隨，以謹惛怓奴。式遏寇虐，無俾民憂。無棄爾勞，以爲王休。

民亦勞止，汔可小息。惠此京師，以綏四國叶亦。無縱詭隨，以謹罔極。式遏寇虐，無俾作慝。敬慎威儀，以近有德。

民亦勞止，汔可小愒器。惠此中國，俾民憂泄異。無縱詭隨，以謹醜厲。式遏寇虐，無俾正敗叶備。戎雖小子，而式弘大叶帝。

民亦勞止，汔可小安。惠此中國，國無有殘。無縱詭隨，以謹繾綣叶權。式遏寇虐，無俾正反叶煩。王欲玉女，是用大諫叶平聲。

古序曰：《民勞》，召穆公刺厲王也。

朱子改爲「同列相戒」，非也。古人戒君，不敢直斥，至呼蓋臣僕夫，豈可拘篇中稱爾戎小子，便謂戒同列乎？

一章。國以民爲本。今民亦疲勞矣，庶幾可小安乎？京師，四方根本，愛此京師之民，以安四方可也。民之不安，由于小人。無縱詭隨順之輩，使讒諂不行，以防無良之人，遏止寇虐之慘然。不畏天命者，則可柔撫遠方。順習畿甸，而安定我王矣。

二章。民亦勞止，汔可小休乎？愛此中國，以爲民聚。勿縱容詭隨，以防其讙嘩。用遏寇虐，無使民憂。庶不毀爾前功，爲王治平之美矣。

三章。民亦勞止，庶可止息乎？惠此京師，使四國即安。無縱詭隨，以防其不測。式遏寇虐，無使爲隱慝。能敬慎威儀，親近有德，則邪慝自遠矣。

四章。民亦勞止，庶少愒息乎？惠此中國，使民憂患泄除。無縱詭隨，以防醜惡之輩。式遏寇虐，無使正道敗壞。汝雖小子，關係弘大，不可不謹也。

五章。民亦勞止，庶可小安。惠此中國，使無殘傷。無縱詭隨，以防固結之姦。式遏寇虐，無使正道反常。王欲愛汝，是用大諫正于汝也。

汔，庶幾也。中國，京師也。詭隨，詭詐順隨也。寇虐，賊害也。憯、慘通，殘忍也。明，明命也。柔，安也。能，習也。遠則柔以安之，近則能以習之。逑，聚也，猶好逑之逑。惛怓，猶讙嘩亂聽也。罔極，不測也。愒，息也。泄，去也。正敗，正道敗壞也。戎，汝也。繾綣，小人固結也。正反，正道反覆也。玉女，寶愛汝也。

《民勞》五章，章十句。

254 板

上帝板板，下民卒癉亶。出話不然，爲猶不遠。靡聖管管，不實於亶。猶之未遠，是用大諫叶簡。

天之方難叶念，無然憲憲叶獻。天之方蹶貴，無然泄泄異。辭之輯矣，民之洽叶翕矣。辭之懌矣，民之莫叶陌矣。

我雖異事，及爾同僚。我即爾謀，聽我囂囂梟。我言維服，勿以爲笑叶平聲。先民有言，詢于芻初蕘饒。

天之方虐，無然謔謔學。老夫灌灌，小子蹻蹻覺。匪我言耄冒，叶末，爾用憂謔。多將熇熇霍，不可救藥。

天之方懠躋，無爲夸毗皮。威儀卒迷，善人載尸。民之方殿屎希，則莫我敢葵。喪亂蔑資，曾莫惠我師。

天之牖酉民，如壎萓如篪池，如璋如圭，如取如攜奚。攜無曰益，牖民孔易叶亦。民之多辟，無自立辟。

价人維藩凡，大師維垣。大邦維屏，大宗維翰叶閑。懷德維寧，宗子維城。無俾城壞叶會，無獨斯畏。

敬天之怒，無敢戲豫。敬天之渝，無敢馳驅。昊天曰明叶芒，及爾出王。昊天曰旦，及爾游衍叶晏。

古序曰：《板》，凡伯刺厲王也。

朱子據詩中稱爾我，改爲同列相戒之辭，非也。說見《民勞》。

一章。上帝板板然無所變通，令下民盡病矣。其出令不合理，其謀政不久遠。謂天下無復有聖人，管管然小有所見而自用，假爲忠信，而不實之于亶。汝謀慮未遠，是用大諫于汝也。

二章。天方艱難，無若是憲憲然喜而不懼也。天方動蹶，無若是泄泄然放而不收也。王者出令，遠近承式。爾惟辭之輯而不乖乎天理，則脗合羣心而民洽矣。辭之懌而不傷于暴戾，則不拂衆志而民安矣。

三章。我與爾職雖各異，然同爲王臣。我就爾忠言相謀，爾聽我囂囂不受。汝雖不受，而我言終可佩服，勿以爲笑也。先民有云：「問于芻蕘」，況寮友乎？

四章。天方爲虐，將有喪亡之禍。汝無謔謔然戲侮。老夫灌灌然效其誠款，小子蹻蹻然恃其驕慢。豈我昏耄妄言？實爾以憂爲戲耳。惡盈禍烈，如火熇熇，將無可救之藥矣。

五章。天方威怒，爾無爲夸張以自獎諛，勿爲護毗以求親媚，勿使威儀顛倒迷亂，勿使善人如尸，不得有爲。民方愁苦呻吟，莫敢揆度其故。喪亂無所資生，曾無有惠愛我衆民者矣。

六章。民之戴君如天。天生民與以良知，猶牆塞開牖，明來暗去。以人因天，如吹壎而篪和，必協也。如璋比而成圭，必合也。如物在而取，如取物而攜，必得也。其攜也，非曰本無而益之，因其固有耳。牖民不甚易乎。今民多邪辟，豈無良心，惟上無以牖之。爾慎無自立邪辟，導之可也。

七章。國以善人爲藩籬，衆民爲垣墻，大邦爲屏蔽，巨室爲翰榦。君脩德懷之，則無不安寧。同姓宗族之子爲城守，有德則同姓相輔，無德則親戚離叛。慎勿使親戚叛而城壞獨居，斯可畏矣。

八章。人主雖尊，莫尊于天。敬天之怒，無敢戲豫躭樂也。敬天之變，無敢馳驅慢遊也。昊天甚明，凡爾出往，天無不俱。昊天甚旦，凡爾游衍，天無不俱。或善或惡，焉能逃之。

上帝，指王也。板板，剛愎自用之貌。卒癉，盡病也。話，號令也。不然，不是也。靡聖，非聖也。管管，見小自用貌。亶，信也。不實亶，假爲信也。憲憲，猶欣欣。蹶，動也。泄泄，舒散也。辭，命令也。輯，和也。洽，合也。懌，悦也。莫，定也。僚，同官也。服，行也。芻，牧草也。蕘，爨草也。灌灌，猶款款也。蹻蹻，驕貌。熇熇，火盛貌。懠，怒也。夸，張大也。毗，親附也。尸，不動作也。殿屎，呻吟也。葵、揆通，度也。蔑，無也。資，生計也。師，衆民也。牖，窗户，所以通明。壎、篪，解見《小雅·何人斯》之篇。辟，邪僻也。价人，善人也；或曰：大也，大德之人也。大宗，强族也。宗子，同姓也。王，與往通，渝變也。旦，明也。衍，泛游也。

《板》八章，章八句。

毛詩原解卷二十八終

毛詩原解卷二十九

蕩之什

自此至終，凡十一篇

255 蕩

蕩蕩上帝，下民之辟必。疾威上帝，其命多辟僻。天生烝民，其命匪諶忱。靡不有初，鮮克有終叶真。

文王曰咨，咨女汝殷商。曾是彊禦，曾是掊抔克，曾是在位，曾是在服叶北。天降慆叨德，女興是力。

文王曰咨，咨女殷商。而秉義類，彊禦多懟。流言以對，寇攘式内。侯作詛侯祝，靡屆靡究。

文王曰咨，咨女殷商。女炰咆烋孝于中國，斂怨以爲德。不明爾德，時無背無側。爾德不明，以無陪培無卿。

文王曰咨，咨女殷商。天不湎免爾以酒叶泲，不義從式叶矢。既愆爾止，靡明靡晦叶毁。式號式呼叶護，俾晝作夜叶遇。

文王曰咨，咨女殷商。如蜩調如螗，如沸如羹叶岡。小大近喪叶桑，人尚乎由行叶杭。内奰避于中國，覃及鬼方。

文王曰咨，咨女殷商。匪上帝不時，殷不用舊。雖無老成人，尚有典刑。曾是莫聽平聲，大命以傾。

文王曰咨，咨女殷商。人亦有言，顛沛之揭結，枝葉未有害叶紇，本實先撥叶泊。殷鑒不遠，在夏后之世叶涉。

古序曰：《蕩》，召穆公傷周室大壞也。毛公曰：厲王無道，天下蕩蕩，無綱紀文章，故作是詩也。

按，此詩刺周室蕩敗，故古序斷取篇首蕩字爲目，而毛公釋其義云天下蕩蕩者，猶「漢廣」之云德廣所及也。德廣與「漢廣」不相蒙，天下蕩蕩與「蕩蕩上帝」不相蒙，皆説《詩》斷章取義之法。朱子非之，拘也。

一章。蕩蕩廣大之上帝，下民之君也。今上帝疾甚其威，降于下者多邪僻之命。非天命果僻，人自陷溺之耳。蓋天生衆民，其命不可信。降生之初，本無不善。而人暴棄，鮮能善終。命若何可信乎。

二章。昔我文王，嘗嘆殷商曰：「嗟哉，汝殷商之君。曾是彊梁禦善之人，曾是掊擊克伐之人。曾是使之居位，曾是使之服事乎。此皆天降慆慢之德，汝自興起而力用之也。」

三章。文王曰嗟，嗟汝殷商。汝爲人君，當秉持善道可也。彼彊禦多怨之人，爲無根之言以應對，是寇盜攘竊，用以居内，衆怨叢生，詛咒交作，無有届極窮究矣。

四章。文王曰嗟，嗟汝殷商。汝炰烋然矜氣勢以陵暴中國，聚民之怨以爲己德。是非顛倒不明，由爾背後旁側無賢人也。爾德不明，由爾無陪貳大臣，無賢六卿也。

五章。文王曰嗟，嗟汝殷商。天不沈湎爾以酒，使爾不義從法。爾自喪其容止，無明無晦，叫號讙呼，以白晝爲長夜，昏淫甚矣。

六章。文王曰嗟，嗟汝殷商。百度荒亂，上下昏潰。噪如蜩螗，湧如沸羹。大小臣民，死喪將至。尚由此而行，不肯改步。内奰怒于中國，延及鬼方之遠，無人不怨者矣。

七章。文王曰嗟，嗟汝殷商。非天時不善，乃汝不用舊耳。今縱無舊人，尚有舊法。汝惟不聽，所以大命傾覆也。

八章。文王曰嗟，嗟汝殷商。人亦有言：「大樹忽然顛沛，揭露根本，其枝葉未有損傷。惟根本先絶，所以顛沛。」君身本也，天下枝葉也。君先自壞，然後天下從之。昔者夏桀之亡以此。殷商之鑒，近在夏世。今日之鑒，即在殷商之世矣。

辟，君也。多辟，多邪僻也。烝民，衆民也。諶，信也。咨，嗟也。殷商，指紂也。曾，嘗也。彊禦，彊梁禁御也。掊、棓通，棒擊也。克，勝也，指酷吏輩；或云：掊、裒通，聚斂也。慆，慢也。興，進用也。而秉義類，爾執善道也。寇攘，竊奪也。式，用也。式内，居中用事也。侯，維也。作、詛通，盟誓也。祝、咒通，怨罵也。届，極也。究，窮也。炰烋，怒氣也。背側，前後左右也。陪，貳也。天子之陪貳，三公也。湎，醉變色也。從式，從用也。止，容止也。蜩，蟬也。螗，蜩屬。蜩螗、沸羹，皆亂意。奰，張目怒貌。鬼方，遠夷也。典刑，常法也。顛，倒也。沛、仆通，忽頹之貌。揭，根見也。撥，絶也。

《蕩》八章，章八句。

256 抑

抑抑威儀，維德之隅。人亦有言，靡哲不愚。庶人之愚，亦職維疾叶祭。哲人之愚，亦維斯戾。

無競維人，四方其訓之。有覺德行，四國順之。訏謨定命，遠猶辰告叶格。敬慎威儀，維民之則。

其在于今，興迷亂于政叶真。顛覆厥德，荒湛于酒叶醮。女雖湛樂從，弗念厥紹。罔敷求先王，克共拱明刑叶鄭。

肆皇天弗尚叶常，如彼流泉，無淪胥以亡。夙興夜寐，洒埽廷內，維民之章。脩爾車馬，弓矢戎兵叶邦，用戒戎作，用逷蠻方。

質爾人民叶茂，謹爾侯度，用戒不虞叶晤。慎爾出話叶和，敬爾威儀叶俄，無不柔嘉叶戈。白圭之玷點，尚可磨也。斯言之玷，不可爲叶訛也。

無易由言，無曰苟叶舉矣。莫捫朕舌，言不可逝叶始矣。無言不讎，無德不報叶裒。惠于朋友叶以，庶民小子叶泲。子孫繩繩，萬民靡不承。

視爾友君子，輯柔爾顏叶言，不遐有愆。相在爾室，尚不愧于屋漏。無曰不顯，莫予云覯。神之格叶各思，不可度叶拓思，矧可射叶碩思。

辟必爾爲德，俾臧俾嘉叶戈。淑慎爾止，不愆于儀叶俄。不僭不賊，鮮不爲則。投我以桃，報之以李。彼童而角，實虹小子。

荏飪染柔木，言緍民之絲。温温恭人，維德之基。其維哲人，告之話言，順德之行。其維愚人，覆謂我僭叶侵，民各有心。

於烏乎呼小子，未知臧否鄙。匪手攜奚之，言示之事上聲。匪面命之，言提其耳。借曰未知，亦既抱子。民之靡盈，誰夙知而莫暮成。

昊天孔昭叶照，我生靡樂叶鬧。視爾夢夢，我心慘慘叶造。誨爾諄諄，聽我藐藐叶貌。匪用爲教，覆用爲虐叶要。借曰未知，亦聿既耄冒。

於乎小子，告爾舊止，聽用我謀，庶無大悔。天方艱難，曰喪厥國。取譬不遠，昊天不忒。回遹其德，俾民大棘。

古序曰：《抑》，衛武公刺厲王。毛公曰：亦以自警也。

朱子改爲武公自警而作，非也。詩中「侯度」「小子」等語，皆自責以告王。昔商紂荒于酒，微子曰：「我沈酗于酒。」孝子諭親，必先自責。忠臣誨君，引爲己過。詩言温厚，故導君惟以自警。幽王距厲王所百年矣。武公爲幽王卿士，追惟往事，以明鑒戒，故曰告爾舊止，曰言示之事，曰取譬不遠，蓋指流彘之事也。《國語》云：「武公年九十有五，猶箴儆于國。」此詩作于晚年，故曰亦聿既耄。或疑其在于今非追刺語。夫追刺而言今，猶叙他人事而稱我云爾，何害其爲追言也。

一章。抑抑然慎密之威儀，乃心德之廉隅。外之廉隅齊整，則其內方正可知。豈有外貌邪慢，而內存貞德者？人亦有言：「君子容貌若愚，未有哲人不愚者。」此言不可訓也。夫田野庶民，不學而麤鄙若愚。氣質之偏，爲疾宜也。學士大夫，脩身爲本，亦麤鄙無異庶民，則乖其常矣。

二章。天下莫彊于人，不可以威服。維有德，則四方訓而從之。蓋德人所同有，明白坦直，覺然共由，四國自順之矣。政令者，國之經。訏大其謨，勿見小利；堅定其命，無事紛更；遠其謀猶，務圖久安；辰其告戒，務中時宜。至于威儀，脩身之本，敬而慎之，則表極端而民以爲則矣。

三章。其在于今，尚迷亂于政，國不治矣。顛覆其德，身不脩矣，惟荒湛于酒而已。女雖湛樂是從，獨不念所承繼者，先人之緒乎？不肯廣求先王之道，拱奉其明法也。

四章。故今皇天弗好尚汝所爲，如彼下流之泉，早隄防之，無使淪没相率以亡可也。爲今之計，當早起夜臥，洒埽宫庭之内。凡朝家之事，孜孜不懈，以爲民表。又脩爾車馬與弓矢戎兵，戒備戎作，以逷蠻方，遠慮豫防，庶免淪亡耳。

五章。質爾之臣與爾之民，勿習浮靡。謹爾諸侯所守之度，勿壞王章。如是則可以備不虞之變。慎爾出言，敬爾威儀，必求和柔嘉美。白玉爲圭，有缺尚可磨鑢。言語一缺，不可復補，焉得不謹也。

六章。無輕易自由其言，無曰苟且言之耳。無人爲我執持其舌者，豈可任意，使之逝而不追乎。未有言出人不讐怨，未有施德人不厚報者。苟能有德有言，惠順于羣臣朋友，及庶民小子，則子孫繩繩繼述，萬民承聽矣。

七章。視爾羣居友君子，和柔爾顔色相接。心猶自儆，曰：「其未遠于愆乎。」及視爾在室，未見君子，亦有此心否？室有屋漏，尚不愧屋漏可也。勿曰此不顯之地，人莫予見。天下或有人不見之地，無有鬼神不體之處。鬼神無形，其來不測。雖敬猶恐其至也，况可厭怠不敬乎。

八章。天下法爾以爲德，爾當使之臧善，使之嘉美。善慎爾之容止，不愆于威儀，不僭差，不賊害，則鮮有不爲人法者。如人贈我以桃，必報以李，自然之應。若身不善而責民善，猶童羊而責以角，惑亂小子耳。有是理乎？

九章。荏染和柔之木，乃可以緡絲爲弦而成弓。如温温謙恭之人，乃能虚己受善而立德，何也？哲人告以話言，則順其德而行。彼愚人反謂我言不信，智愚相越之遠如此，温恭所以爲德之基也。

十章。於乎小子，涉世尚淺，未知好醜。非但手攜汝也，且示爾往日已驗之事。非但面命爾也，且提其耳而丁寧之。借曰未有知識，亦既年長抱子，爲人父矣。惟其志氣盈滿，不肯受善，所以無成。儻人不自盈滿，豈有早知，又晚成者乎？

十一章。天道甚明，人生何樂。視爾夢夢不悟，我心慘慘自憂。誨爾諄諄至詳，聽我藐藐無有，不以爲教而反以爲害。借曰爾未有知，年亦遂已耄矣。

十二章。於乎小子，告爾既往。前事之失，後事之師。聽用我謀，庶免大悔。天方艱難，將喪厥國。取譬不遠，昔者之事。天道禍淫，不差忒也。邪僻其德，使民至于大急，自取之耳。

隅，棱角也。覺，明直也。訏，大也。辰，時也。興迷亂，尚昏亂也。敷求，廣求也。共、拱同，執也。明刑，明法也。肆，遂也。弗尚，厭棄也。章，表也。逷，遠也。質，淳朴也。人民，臣民也。侯度，諸侯所守之法度。由言，任意言也。苟，聊且也。朕，我也。捫，持也。逝，猶放也。讐，怨也。惠，順也。庶民小子，猶言國人子弟也。輯柔，和柔也。不遐，猶近也，庶幾之意。屋漏，室西北隅，通明處也。辟，法也。無角曰童。既云童又云角，潰亂之語。虹者，不正之氣，須臾散滅，故潰亂曰虹也。舊，往事也。取譬不遠，指厲王流彘之事也。

《抑》十二章，三章章八句，九章章十句。

257 桑柔

菀彼桑柔，其下侯旬，捋采其劉與柔叶。**瘼此下民，不殄心憂**與劉叶。**倉兄**怳通，音恍**填**顛兮，倬彼昊天叶汀，寧不我矜。

四牡騤騤葵，旟旐有翩叶秉。亂生不夷與葵叶，靡國不泯。民靡有黎與夷叶，具禍以燼叶井。於乎有哀叶衣，國步斯頻叶品。

國步蔑資，天不我將叶獎。靡所止疑，云徂何往？君子實維，秉心無競叶講。誰生厲階叶雞？至今爲梗叶岡，上聲。

憂心慇慇，念我土宇。我生不辰，逢天僤亶怒叶吕。自西徂東叶丁，靡所定處。多我覯痻民，孔棘我圉語。

爲謀爲毖叶必，亂況斯削。告爾憂恤，誨爾序爵。誰能執熱叶屑，逝不以濯？其何能淑叶攝，載胥及溺叶署。

如彼遡素風叶分，亦孔之僾愛。民有肅心，荓平云不逮。好去聲是稼穡，力民代食。稼穡維寶，代食維好上聲。

天降喪亂叶勒，滅我立王。降此蟊賊，稼穡卒痒。哀恫中國叶葉，具贅卒荒。靡有旅力叶列，以念穹蒼。

維此惠君，民人所瞻叶張。秉心宣猶，考慎其相。維彼不順，自獨俾臧，自有肺腸，俾民卒狂。

瞻彼中林，甡甡莘其鹿。朋友已譖叶侵，不胥以穀。人亦有言叶千，進退維谷。

維此聖人，瞻言百里。維彼愚人，覆狂以喜。匪言不能，胡斯畏忌叶已？

維此良人，弗求弗迪。維彼忍心，是顧是復。民之貪亂，寧爲荼毒。

大風有隧歲，有空大谷。維此良人，作爲式穀。維彼不順，征以中垢叶旭。

大風有隧，貪人敗類。聽言則對，誦言如醉。匪用其良，覆俾我悖。

嗟爾朋友，予豈不知而作。如彼飛蟲，時亦弋獲。既之陰去聲女，反予來赫。

民之罔極，職涼善背叶北。爲民不利，如云不克。民之回遹，職競用力。

民之未戾與詈叶，職盜爲寇叶科。涼曰不可叶平聲，覆背善詈叶利。雖曰匪予叶遇，既作爾歌與可叶。

古序曰：《桑柔》，芮伯刺厲王也。

一章。菀然茂盛之桑，始生葉柔。其蔭旬徧，可以休息。惟捋採殘劉，病此下民不得受芘矣。王政殘虐，天下彫敝，何以異此。是以心憂不絶，倉卒怳惚而顛危。倬然大明之昊天，寧不我哀矜乎？

二章。方今征役煩興，四牡騤騤不息，旟旐翩翩飛揚，亂日生而不平。無國不滅，無有黎民不遭禍爲灰燼者矣。於乎，惟有哀傷耳。國運頻促，何能久乎？

三章。國運無依，天不我助。欲止無所向，欲行無所往。世路梗塞如此。君子存心，自無有争。不知誰生禍階，至今爲梗塞乎？

四章。憂心慇慇，念我土宇，昔昄章而今侵削矣。我生不時，逢天厚怒。自西京至中原，無有安居之所。我之見病已多矣，我之邊圉甚急矣。

五章。王不用賢，以兵戢亂。是爲謀爲慎而亂反滋，國反削也。今告爾以可憂之事，誨爾以當序之爵。賢人已亂，猶水止熱，誰能執熱，不以水濯手。王欲已亂，不用賢人，其何能善？有相及于陷溺而已。

六章。王不用賢，故賢不樂爲用。如彼逆風而行，甚僾唈而不得舒。民有欲進之心，常恐以仕招禍，曰吾願不及此矣。甘心稼穡，竭力民事，以代禄食。稼穡雖勞無禍，今之寶也。代食雖貧自得，以爲好也。

七章。天降喪亂，滅我所立之王。降此蟊賊，稼穡盡病。哀恫哉中國，俱危盡空。無有衆人同心協力，仰念穹蒼以回天變者也。

八章。維此順理之君，民人瞻仰。内秉善心，外宣嘉謀，考擇其輔相。維彼不順理之君，以獨見爲善，自有肺腸而不通衆志。上驕下慢，使民盡至于狂亂而已。

九章。視彼林中，鹿甡甡然爲羣。僚友相譏，不以善道相與，曾鹿之不如矣。人亦有言，進退如臨于谷，今日之謂也。

十章。維此聖哲之人，所見而言者，照徹百里之外。王不能用。維彼愚闇之人，反惑以爲喜。邪正之辨，我非不能言也。言則招禍，如此畏忌何哉。

十一章。維此善人，王不求訪，不迪行。維彼殘忍之人，顧念重復。用舍顛倒，民心不服。所以喜其亂亡，而安爲荼毒也。

十二章。狂風之來，必有隧道，多出于空虛之谷。君不信仁賢，小人乘虛而入，亦猶此也。維善人作法于善，本無可指。彼不順之人，欲攻善人，必以隱慝。蓋其立朝大節，皎然明白，惟污以曖昧之事，使君子無由自明。是則小人所以空虛人國家者矣。

十三章。大風之行有道，貪人敗壞善類，猶風也。欲人聽從己言，則以辭色接對。若人指陳時事誦説，則瞀然不顧如醉者矣。既不信善人，又欲人附己，是彼悖亂而復使我爲悖亂也。貪人之行，其道如此。

十四章。嗟爾朋友，予豈無見爲此言。如彼飛鳥，仰天而射，時亦見獲。吾言豈無一中乎？本欲微婉勸諭，惟恐顯揚汝惡，而汝反無顧忌，加赫怒于我也。

十五章。民之禍亂不測者，專由小人陽爲直諒，而巧于欺背。爲民不利之事，如恐不勝。故今民爲邪僻，專爭不遺餘力。徂詐相尚，激成禍亂，所以罔極也。

十六章。民之未定，專由盜臣爲寇害耳。其佯爲信也，亦曰惡不可爲。及其反背也，工爲詈罵。變詐如此，雖自文曰匪予，然我已作爾歌矣。情狀暴露，烏得而揜之。

旬，徧也。捋采，取葉也。劉、留通，殘也，葉希踈之貌。詳見《王風・丘中有麻》。瘼，病也。倉，倉卒。兄、怳同，昏也。填、顛通，危也。夷，平也。泯，滅也。黎，黔首也。靡有黎，言彫耗也。頻，促也。蔑資，無依也。將，扶也。疑，疑立也，立不正向曰疑，《鄉飲酒禮》「賓疑立西階上」是也。徂，往也。無競，無争也。梗，塞也。僤怒，厚怒也。覯痻，見病也。棘，急也。圉，邊也。毖，慎也。况，滋也。序爵，論官也。遡，向也。僾，氣悶不得息也。肅，進也，猶主人肅客入之肅。荓、抨通，使也，即莫予荓蜂之荓。云，自言也。不逮，猶云免我也。卒痒，盡病也。贅、綴通，危意也。荒，空虚也。旅力，衆力也。穹蒼，天形穹窿，色蒼然也。惠，順也。猶，謀也。考，察也。慎，審也。相，輔也。甡甡，衆多並行也。朋友，羣臣也。已、以通。胥，相也。穀，善也。谷，窮也，遇坑谷則窮也。瞻言，有見而言也。百里，遠也。胡，何也。迪，行也。貪亂，利于爲亂也。荼，苦也。毒，螫蟲也。大風，狂風也。隧，道也。式，法也。穀，善也。征，攻逐也。中垢，隱惡也，謂誣以曖昧不明之事。敗類，害善類也。聽言，欲人聽己之言。對，答也。誦言，人述事之言。如醉，不聽之狀。悖，背理也。蟲，動物之總名。飛蟲，羽蟲也。烏屬弋，以絲繫矢射也。陰，覆蓋也。赫，盛怒也。罔極，禍亂不測也。職，專主也。涼、諒通，信也。善背，猶言易反覆，所謂不實于亶也。不利，害民也。競，争也。用力，不遺餘力，言無所不至也。戾，定也。善詈，工爲毀罵也。

《桑柔》十六章，八章章八句，八章章六句。

258 雲漢

倬彼雲漢，昭回于天叶汀。王曰於烏乎呼，何辜今之人。天降喪亂，饑饉荐臻。靡神不舉，靡愛斯牲。圭璧既卒，寧莫我聽平聲。

旱既大泰甚，蘊隆蟲蟲。不殄禋因祀，自郊徂宮。上下奠瘞意，靡神不宗。后稷不克，上帝不臨叶濃。耗斁妒下土，寧丁我躬。

旱既大甚，則不可推退，平聲。兢兢業業，如霆如雷。周餘黎民，靡有孑遺叶危。昊天上帝，則不我遺。胡不相畏？先祖于摧。

旱既大甚，則不可沮祖。赫赫炎炎，云我無所。大命近止，靡瞻靡顧叶古。羣公先正，則不我助叶楚。父母先祖，胡寧忍予叶語。

旱既大甚，滌滌笛山川叶春。旱魃跋爲虐，如惔談如焚。我心憚暑，憂心如熏。羣公先正，則不我聞。昊天上帝，寧俾我遯叶豚。旱既大甚，黽勉畏去。胡寧瘨顛我以旱？憯慘不知其故。祈年孔夙，方社不莫暮。昊天上帝，則不我虞叶娛。敬恭明神，宜無悔怒。旱既大甚，散無友紀。鞫哉庶正，疚哉冢宰叶洓。趣楚馬師氏，膳夫左右叶以。靡人不周，無不能止。瞻卬仰昊天，云如何里。瞻卬昊天，有嘒惠其星。大夫君子，昭假無贏。大命近止，無棄爾成。何求爲我，以戾庶正叶貞。瞻卬昊天，曷惠其寧。

古序曰：《雲漢》，仍叔美宣王也。毛公曰：宣王承厲王之烈，内有撥亂之志，遇烖而懼，側身脩行，欲銷去之。天下喜於王化復行，百姓見憂，故作是詩也。

朱子改謂述王仰訴于天之辭，非也。蓋據「王曰」二字以爲述耳。《詩》美刺多託言，豈必夜半宫中，王果仰天作此等語乎？

一章。倬然大明之雲漢，昭明回旋于天。夜晴則天河明，此旱徵也。吾王仰天嘆曰：「於乎，今人何罪？天降喪亂，饑饉重至也。今我無神不祭，犧牲不愛，以玉幣禮神，圭璧且盡矣。而何其不我聽邪？」

二章。天久不雨，旱既大甚。暑氣藴積隆盛，蟲蟲然熏蒸。禱祀不絶，從郊至廟。

上天下地，奠其品，瘞其物。無神不尊事矣。莫親于后稷，降臨而力不能救；莫尊于上帝，能救而不降臨。與其耗敗下土，寧災禍當我一人之身耳。

三章。旱既大甚，災由人致，何可推諉。兢兢業業，如霆雷作于上，不勝危懼也。周昔中衰，餘民幾何。今凶年死亡，一民無遺矣。天將并我不遺，何得不相畏乎。祖宗之業，行自我而摧滅矣。

四章。旱既大甚，不敢謂人力無何，沮止不救也。赫赫炎炎，無容身之所。死亡將至，無所瞻仰。惟昔有德之羣公，與爲官正者，皆雩祀所及也。既不見助，父母先祖，情至相關，何寧忍予乎。

五章。旱既大甚，滌滌如洗。山無木，川無水。旱鬼爲厲，如火惔焚。我心畏暑，憂如熏炙。羣公先正，視若罔聞耳。昊天上帝，何不使我逃避而去，别求賢者以安民也。

六章。旱既大甚，我欲遯去。天怒民怨，黽勉不敢，何乃病我以旱，慘哉莫知其故。祈年之祭，則甚早矣；方社之祭，亦不遲矣。昊天上帝，曾不虞度，以我敬恭明神，亦可以無恨怒矣。

七章。旱既大甚，臣鄰涣散，無復綱紀。庶官之長，鞫哉窮矣。冢宰疚哉病矣。掌馬政之趣馬，守王門之師氏，掌飲食之膳夫，與近侍之左右，無一人不周徧祈救，無力不竭，而不能止此災。瞻仰昊天，使我何所俚賴乎。

八章。瞻仰昊天，有嘒然之星方，未有雨徵也。大夫君子，昭格于天者無餘力矣。天苟不雨，死亡將至。爾無棄前功，更求昭格可也。此非爲予一人，爲定衆正也。民生不遂，衆正不安。瞻仰昊天，何不惠我以安寧乎。

雲漢，天河也。水氣之精爲漢。昭，明也。回，轉也。薦，重也。臻，至也。圭璧，所以禮神也。卒，盡也。蘊，積也。隆，盛也。蟲蟲，熏也。宫，宗廟也，上祭天也，下祭地也。瘞，埋祭物于土也。宗，尊也。克，能也。臨，降臨也。斁，敗也。丁，當也。推，諉也。兢兢，懼也。業業，危也。霆，疾雷也。孑，獨也。遺，賸也。摧，滅也。沮，止也。赫赫，旱氣。炎炎，熱氣。先正，先世爲百辟卿士有益于民者。《禮》，仲夏則雩祀之。滌滌山川，山童川竭也。魃，旱鬼也。惔，熱中也。憚，畏也。黽勉，忍耐意。畏去，不敢去也。瘨，病也。祈年，孟冬天子祈年于天宗，孟春上辛郊祀上帝祈穀也。方，祭四方。社，祭后土。虡，度也。友紀，百官之政紀也。鞫，窮也。毛氏曰：「凶年穀不登，趣馬不秣。師氏弛兵，膳夫徹膳，左右布而不脩，大夫不食粱，士飲酒不樂。」周，徧也，謂人人祈禱賑救也。里、俚同，聊賴也。嘒，明貌。赢，餘也。戾，定也。庶正，庶官，即大夫君子也。寧，安也。

《雲漢》八章，章十句。

毛詩原解卷二十九終

毛詩原解卷三十

259 崧高

崧松高維嶽，駿極于天叶汀。維嶽降神，生甫及申。維申及甫，維周之翰叶仙。四國于蕃，四方于宣。

亹亹申伯，王纘之事。于邑于謝，南國是式試。王命召伯叶剥，定申伯之宅叶託。登是南邦叶卜，平聲，世執其功。

王命申伯，式是南邦叶卜，平聲。因是謝人，以作爾庸。王命召伯，徹申伯土田叶廳。王命傅御，遷其私人。

申伯之功，召伯是營。有俶其城，寢廟既成，既成藐藐麥。王錫申伯，四牡蹻蹻覺，鉤膺濯濯。

王遣申伯，路車乘馬叶母。我圖爾居，莫如南土。錫爾介圭，以作爾寶叶剖。往近王舅，南土是保叶補。

申伯信邁，王餞于郿眉。申伯還南，謝于誠歸。王命召伯，徹申伯土疆。以峙止其粻張，式遄傳其行叶杭。

申伯番番叶潘，既入于謝叶洗，徒御嘽嘽叶灘。周邦咸喜，戎有良翰叶寒。不顯申伯，王之元舅叶已，文武是憲叶閑。

申伯之德，柔惠且直。揉此萬邦，聞問于四國叶亦。吉甫作誦，其詩孔碩，其風肆好，以贈申伯叶剥。

古序曰：《崧高》，尹吉甫美宣王也。毛公曰：天下復平，能建國親諸侯，褒賞申伯焉。

朱子改爲：「申伯出封于謝，尹吉甫送之而作。」此事已詳篇中，故《序》不復贅。吉甫對揚于朝，而國史録之，聖人存之，以表親親崇賢、封建復古之治耳。人臣立功紀勳，著于《小雅》；人主治定功成，見于《大雅》。《詩》至《大雅》，作者之志愈遠，而序者之義愈精。故《雲漢》不爲救旱，以明格天之德；《崧高》不爲贈行，以明親賢之禮；《烝民》不爲贈山甫，以表使能之功；「梁山」不爲美韓侯，以紀馭福之柄。《江漢》以下，皆可知也。

一章。明主中興，天生賢輔，非偶爾。崧然高大，維此四嶽，高極于天。山高者其神靈，昔嘗降靈生甫侯，今生申伯。維此申伯，與昔甫侯，世掌四嶽。入相天子，爲周之幹。

四國有患，于以蕃蔽。四方德教，于以宣布。厥功懋矣，豈人力哉。

二章。申伯亹亹然德行不倦。先世封申，今王使之繼先業，以元舅入相。褒賞其功，因謝邑近申，加封爲牧伯，使南國諸侯取法焉。命司空召伯，定其邑居，成是南邦之功，使申伯子孫世守之也。

三章。王命申伯，爲法于南邦。因謝民以作興爾蕃宣之功。乃命召伯，井牧其田，税以徹法。乃命申伯傅相，及治事之官，遷申伯家屬，前使就國也。

四章。申伯謝邑之功，皆召伯所經營。始作城郭，以安其民。又作寢廟，藐藐深邃，以妥其先靈。謝功既成，申伯將行。王錫以四馬，蹻蹻然强壯。馬頷下有金鉤，當胸懸樊纓，濯濯然鮮明也。

五章。王遣申伯，賜路車四馬。告之曰：「我謀爾居，莫如南土。錫爾以大圭，作爾分封之寶。舅氏往即爾封，南土善地，當保守之也。」

六章。申伯行邁，信有期矣。西由岐周，受命于祖廟。而王餞飲于郿，申伯乃南望謝邑成行，其將送何慇勤也。王先命召伯徹其土疆，因以所税，積其餘糧，使舍館有資，行李速達，所以慰藉其行者，又何周悉也。

七章。申伯番番然老成。既入謝邑，徒行者，乘御者，嘽嘽衆盛。周南諸侯，喜而相謂曰：「汝今有良翰矣，豈不顯哉。」申伯以元舅之親，出領州牧。文德武功，非諸侯所取法者乎。

八章。申伯之德，柔順正直。輔相王室，揉服萬邦，聲譽聞于四國。吉甫作歌，其詩所言甚大，其風動人極美。以贈申伯，明建國親侯，中興之盛典也。

崧，高貌。嶽，嶽山，東岱、南衡、西華、北恒。唐虞時，有姜姓爲四岳之官，封于吕；或曰：即伯夷也。其苗裔在周爲齊、許、申、甫，故推本嶽神降生以美之。亹亹，勉强貌，申本侯爵，今加封爲侯伯也。纘，繼也，繼四嶽之後也。中國，即今南陽府。謝，在中東北百里，即今唐縣。召伯召虎爲司空，掌營國邑。登，成也，成營建之功也。作，興也。庸，功也，尊顯其功勳也。傅，相也，古者諸侯皆有傅相。御，治事之官。私，家臣也。遷，自京師徙至謝也。俶，始作也。寢，廟後之寢室也。藐藐，深邃也。蹻蹻，壯貌。鉤，膺，馬當胸也。樊纓九就，懸當馬胸，故曰膺。濯濯，鮮明也。圭，諸侯之封圭，長短各以馬頷下有金鉤，以懸樊纓、金輅之飾，賜上公同姓者也。申伯以元舅爲侯伯，故得賜之。命數，上公九寸，侯伯七寸，子男五寸；或云：子男璧也。介，大也，貴重之稱。瑞玉曰寶。近，就也；或云：語辭，與「彼其之子」之其通。信邁，果行也。郿，地名，在鎬京西，岐豐東，非自鎬適申之路。時王在岐，命申伯于文祖廟，故餞于郿也。誠歸，始成行也。

峙，聚也。遄，速也。番番，猶皤皤，髮白貌，《書·泰誓》云「番番良士」，謂老成人也；舊訓武勇，按下文以仡仡勇夫爲所不欲，則番番非武勇也。周邦，周諸侯之國，指申伯所領南國諸侯也。戎，汝也，南邦之人自相謂也。柔惠，和順也。揉，馴擾也，寬猛適中之意。工歌曰誦。碩，大也，所言皆王朝封建，式百辟之事，故曰大也。肆，猶極也。贈，送也。

《崧高》八章，章八句。○按，申伯以王元舅褒封晋，錫可謂厚矣。未幾以幽后見黜，率犬戎殺幽王而滅宗周，申爲戎首焉。然則宣王之褒賞元舅，與後世主寵任外戚，移祚篡國者，何以異乎？故天子有道，則萬國親；無道，則親戚叛。《易》曰「匪寇婚媾」，反覆手之間而已。父子相繼，宣興幽滅，可不畏哉。故《國風》存《揚之水》，《大雅》録《崧高》，聖人有微意焉。誦者見其美而忘其規，泥其辭而不逆其志，烏可與言《詩》矣。

260 烝民

天生烝民，有物有則。民之秉彝夷，好是懿德。天監有周，昭假格于下叶户，保兹天子，生仲山甫。

仲山甫之德，柔嘉維則。令儀令色，小心翼翼。古訓是式，威儀是力。天子是若，明命使賦叶縛。

王命仲山甫，式是百辟必。纘戎祖考，王躬是保。出納王命，王之喉舌。賦政于外，四方爰發。

肅肅王命，仲山甫將之。邦國若否，仲山甫明叶芒之。既明且哲，以保其身。夙夜匪解懈，以事一人。

人亦有言：「柔則茹汝之，剛則吐之。」維仲山甫，柔亦不茹，剛亦不吐。不侮矜鰥寡叶古，不畏彊禦叶語。

人亦有言：「德輶如毛，民鮮上聲克舉之。」我儀圖叶土之，維仲山甫舉之，愛莫助叶楚之。袞職有闕，維仲山甫補之。

仲山甫出祖，四牡業業，征夫捷捷，每懷靡及叶結。四牡彭彭叶邦，八鸞鏘鏘。王命仲山甫，城彼東方。

四牡騤騤，八鸞喈喈叶雞。仲山甫徂齊，式遄其歸。吉甫作誦叶從，穆如清風。仲山甫永懷，以慰其心叶松。

古序曰：《烝民》，尹吉甫美宣王也。毛公曰：任賢使能，周室中興焉。

朱子改謂「宣王命仲山甫築城于齊，尹吉甫作詩送之」，非也。吉甫作詩備獻納，非僚友私情。普天之下，莫非王土。惟王建國，文武之制也。周衰，諸侯强僭，繼世不由天子。裂封啓土，悉自己出。厲王中衰，周人放之于彘。是畿甸諸侯，且不知有天子，而况齊遠在東隅。境内區區之城郭，必以上請，豈非宣王中興之烈，足以震疊之與？夫子删《詩》存《烝民》，《春秋》之義也。故曰：「《詩》亡，《春秋》作。」如朱説，僚友相送，非關獻納，何登于《雅》？王朝命使往來，餞送不少，詩可勝録乎？

一章。天生烝民，有形則有性。性以範形，不可踰越。故人秉常性，則好美德，所以爲萬物之靈也。况天視有周，昭明降格于下，保此中興之天子，生仲山甫，名世之賢佐。其爲物則秉彝，不尤超于衆民乎。

二章。仲山甫之德，柔和嘉美，咸中物則。令儀令色，外一柔嘉也。小心翼翼，内一柔嘉也。古訓是法，學古有獲也。威儀是力，動必以禮也。天子是順，明命使賦，精忠獲上，不辱使命也。儻所謂有物有則者非與？

三章。王命仲山甫曰：「予以汝爲法于諸侯。纘汝祖父舊職，保護王躬。王朝有命，汝出而布之。既布，納而復之，以爲王之喉舌。四方有事，汝其賦布政教于外，使之爰起而應焉。」

四章。肅肅尊嚴之王命，維仲山甫能奉行之。邦國諸侯有賢否，維山甫能明辨之。既能審理，又能知幾，處功名之會，勿亢悔以保其身。又夙興夜寐，無怠荒以奉天子。人臣之節，無毫髮不盡矣。

五章。人亦有言：「柔則吞而茹之，剛則梗而吐之。」維仲山甫，柔亦不茹，剛亦不吐。柔如矜寡，亦不侮也；剛如彊禦，亦不畏也。寬猛相濟，仁義并用，德之全也。

六章。人亦有言：「德本固有，欲之斯至。其輕如毛，無難舉也。」而民有德者少，我儀度圖謀，維仲山甫能舉之。心誠愛之，而思助之，其備道全美，無容助也。衮職有闕，惟仲山甫能補之。能補不足，又何不足，待人補乎？

七章。今仲山甫以敷政之職，王命城齊。出行祖祭，四馬業業不息。從行征夫，捷捷敏疾，人懷不及之慮也。四馬行而彭彭，八鸞鳴而鏘鏘。此行無他，齊國告遷，王命仲山甫往城彼東方耳。

八章。四牡騤騤不息，八鸞喈喈和鳴。仲山甫往齊，勿久于外，式遄其歸可也。吉甫作此工歌，穆然如清微之風。仲山甫遠行，多所懷思。故陳天意王命，盛德大業，以慰安其心耳。

則，法也。物則，如有耳目即有聰明、有五倫即有五常之類。秉，執也。彝、夷通，常也。懿德，美德也。好，悦也，義理悦心也。若，順也。出納，既出而復也。發，起應也。若否，猶言臧否。明，明于理哲，察于幾。輶，輕也。儀，度也。圖，謀也。衮職，君道也。

闕，失也。城東方，築城于齊也，是時齊自薄姑徙于臨菑。古諸侯之居逼隘，則王者爲遷定焉。

《烝民》八章，章八句。○按，詩稱山甫才德位望，爲王保躬補衮之臣，不可一日去王所。而城齊之役，何足以煩之？亦異于《采芑》《六月》之命使矣。詩言「衮職有闕」「式遄其歸」，寓諷規之意云爾。

261 韓奕

奕奕梁山叶千，維禹甸之，有倬其道叶擣。韓侯受命，王親命之：「纘戎祖考，無廢朕命。夙夜匪解懈，虔共爾位叶立。朕命不易，榦不庭方，以佐戎辟必。」

四牡奕奕，孔脩且張。韓侯入覲，以其介圭，入覲于王。王錫韓侯，淑旂綏雖章，簟茀錯衡叶杭，玄衮赤舄，鉤膺鏤漏錫陽，鞹鞃淺幭覓，鞗革金厄。

韓侯出祖，出宿于屠。顯父甫餞之，清酒百壺。其餚維何？炰鱉鮮魚。其蔌速維何？維筍及蒲。其贈維何？乘馬路車。籩豆有且疽，侯氏燕胥須。

韓侯取去聲妻，汾焚王之甥，蹶貴父甫之子叶沸。韓侯迎去聲止，于蹶之里。百兩彭彭叶邦，八鸞鏘鏘，不顯其光。諸娣從之，祁祁如雲。韓侯顧之，爛其盈門。

蹶父孔武，靡國不到。爲韓姞相攸，莫如韓樂叶鬧。孔樂韓土，川澤訏訏叶許，魴鱮叙，上聲甫甫，麀鹿噳噳叶語，有熊有羆悲，有貓有虎。慶既令居，韓姞燕譽叶豫。

溥彼韓城，燕烟師所完。以先祖受命，因時百蠻。王錫韓侯，其追其貊，奄受北國，因以其伯。實墉實壑，實畝實籍。獻其貔皮皮，赤豹黄羆。

古序曰：《韓奕》，尹吉甫美宣王也。毛公曰：能錫命諸侯。

按，古者嗣君在喪稱子。喪畢，以士服見王，王策命，錫車服。歸，始爲諸侯。厲王中衰，諸侯繼世不稟命。宣王中興，韓侯初立來朝，尹吉甫作此詩。故《序》目曰韓奕，言命韓奕奕然也。《序》不本其事者，詩言入覲，王命纘考，則繼世也。言鞹鞃淺幭，則喪畢也。《禮》：喪車，鹿淺幦革飾。詩具，故《序》不贅。序者，志也。志美宣王中興，能錫命諸侯。而朱子謂錫諸侯爲常事，非也。若使天子常能命諸侯，則幽、厲不衰，王跡不熄，而《春秋》不作矣。如天子錫命諸侯爲常事，則《蓼蕭》《湛露》《彤弓》，不足誇盛美矣。又謂春秋戰國，亦有行之者。夫春秋戰國，何嘗知有天子哉？平王命晋文侯，惠王命齊桓公，襄王命晋文公，顯王命秦孝公，此四王者，孱王，非興王也。亂命，非治命也。有所要挾，不得不命，非力能制命也。如宣王之命韓侯，能命亦能討，能予亦能奪，然後謂之王。有南征北伐、平淮會洛之功，然後有封申、錫韓之命。治亂邪正，何可相比乎？然美中興而並及娶妻，何也？王室乂安，邦國和平，康侯晉錫歸國，嘉禮時舉，猶《二南》之《桃夭》《芣苢》，太平之象可徵。天子有道，則諸侯秉禮。親喪畢入覲，歸而後議婚。道揆法守，秩然可觀。與春秋諸侯，在喪親迎者，得失相違遠矣。所以美之。

一章。奕奕然高大之梁山，韓國之鎮，昔禹所甸治也。今王嗣禹功而中興，梁山道路，頓覺開展，倬然大明矣。韓侯由此來朝，王親命曰：「汝其繼汝祖父于家，勿廢朕命于國。夙夜匪懈，敬恭爾位。凡朕所命，慎勿變易。攘逆除亂，牧伯之職。苟有不來庭之方，宜榦正以佐汝君也。」

二章。韓侯入覲，乘奕奕之四馬，甚脩長肥張：，執分封之大圭，合瑞于王。王所錫予，有交龍之善旂，羽毛綏垂以爲章。有車，以竹簟爲蔽，畫錯文于衡。有服，以玄帛畫龍爲衮，及赤色之舄。有馬，飾頷下以金鉤，懸樊纓于膺，飾馬額以鏤金之鍚。大喪初除，乘藻車。用去毛之鞹，鞔軾中之鞃。用無毛之淺皮，覆軾上爲幭，用革爲馬轡首之鞗。用金爲小環，而搤厄束其革也。

三章。韓侯既覲將行，爲祖道之祭，出宿于屠。王使公卿餞送，清酒百壺。餚有炰鱉鮮魚，菜有筍蒲。贈行有四馬與路車，籩豆且然盛列，與韓侯相燕飲也。

四章。韓侯歸國，大喪既除，嘉禮載舉。娶厲王之甥，乃卿士蹶父之女。親迎于蹶父之邑，其車百兩彭彭衆盛，四馬八鸞鏘鏘和鳴。禮儀不其光顯乎。諸娣從嫁者，祁祁徐靚，如雲之多。韓侯視之，爛然滿門庭也。

五章。蹶父爲王卿士，材力甚壯。經營四方，無國不到。因爲其女韓姞相出嫁之所，惟韓甚爲樂土。川澤之大訏訏，魴鱮之大甫甫，麀鹿之衆噳噳，有熊羆貓虎皆山澤之産。蹶父喜此善居，而韓姞今歸，燕安譽樂矣。

六章。溥哉，韓國之城。先王分封，命召康公率燕國之衆，脩築完固舊矣。今王以韓先祖受命，世爲牧伯，因其國近百蠻，命韓侯以追人貊人，奄受北方之國而爲之伯。教以脩其城，深其池，治其田畝，清其税籍。各以地所有，或貔皮，或赤豹黄羆之皮，以時入貢。此皆牧伯之事也。

奕奕，大也。梁山，韓地山。甸，治也。倬，明也。道，路也。韓先世，武王之子封韓，後爲晋所滅。《左傳》「邘晋應韓，武之穆也。」受命，繼立禀王命也。榦，正也。不庭方，四方之國不來王庭者也。戎，汝也。辟，君也。孔，甚也。脩，長也。張，肥大也。淑旂，旂之善者。綏，垂貌，以鳥羽或旄牛尾，注于旂竿之首爲表章也。刻金曰鏤。錫，馬額飾也。眉上曰揚。金色光圓如日，故曰鍚也。鞹，軾中也。淺、帴通，皮之無毛者。幭、幦同，覆也，以皮覆軾上手憑處。《周禮》喪車有五，藻車用鹿淺幦。革飾，喪初除，不用盛飾也。金厄，以金爲小環，陸續束之。厄、搤通，束也。屠，近西京地名。顯父，猶言顯者，公卿貴臣也。餞，王命餞行也。蔌，菜也；筍，竹萌；蒲，蒲蒻，皆以爲菹也。贈，王命贈行也。卿大夫車無路名。且，甚多之辭。侯氏，諸侯在王所之稱。胥，相也。汾王，厲王也。厲王流于彘，死汾水上。姊妹之子曰甥。蹶父，周卿士，姞姓。妻之女弟曰娣。諸侯娶一國之女，同姓二國媵之。所娶者爲嫡，二國爲媵。嫡有娣有侄，媵亦有娣有侄。一娶九女也，故曰諸娣。祁祁，徐，靓净也。如雲，多而美也。武，壯也。靡國不到，奉使也。韓姞，韓侯妻，蹶父之女也。訏訏、甫甫，皆大也。噳噳，衆也。貓，似虎而小。燕，安也。譽、豫通，樂也。燕，召康公封國也。追、貊，北方夷狄國名。奄，覆也，全有曰奄。伯，一州之長，牧伯也。墉，城也。壑，池也，所部諸國城池也。畝，田畝。籍，版籍，所部諸國田賦也。獻，諸國所當貢之物。貔，豹屬。

《韓奕》六章，章十二句。

毛詩原解卷三十終

毛詩原解卷三十一

262 江漢

江漢浮浮，武夫滔滔叶偷。匪安匪遊，淮夷來求。既出我車，既設我旟。匪安匪舒，淮夷來鋪。

江漢湯湯，武夫洸洸光。經營四方，告成于王。四方既平，王國庶定叶平聲。時靡有争，王心載寧。

江漢之滸，王命召虎。式辟四方，徹我疆土。匪疚匪棘，王國來極。于疆于理，至于南海叶毀。

王命召虎，來旬來宣。文武受命，召公維翰叶仙。無曰予小子，召公是似叶史。肇敏戎公，用錫爾祉。

釐離爾圭瓚，秬鬯一卣酉，叶因。告于文人，錫山土田叶汀。于周受命，自召祖命。虎拜稽啓首，天子萬年叶林。

虎拜稽首，對揚王休叶朽，作召公考叶口。天子萬壽叶守。明明天子，令聞問不已。矢其文德，洽此四國。

古序曰：《江漢》，尹吉甫美宣王也。毛公曰：能興衰撥亂，命召公平淮夷。

按，周京偏在西隅，去東南遠，故淮夷最難服。成王初立，周公東征，三年滅國五十，而後徐、淮定。伯禽封魯，亦爲東土重也。厲王中衰，四夷交侵。至宣王北逐玁狁，南平荆蠻，而淮夷猶未附。初命召虎經營，再勤六師親討，必東土寧而後西京安。此《江漢》《常武》，所以爲宣王之終事，繫《大雅》之末簡，聖人删《詩》次第可見，而周之興衰，始終由東征，其故亦可考而知也。

一章。江漢二水，浮浮合流。武夫滔滔東下，肅將天威，不敢安處，不敢慢遊。淮夷不附，是以來求也。既至淮浦，出我戎車，張我旂旟。聲罪致討，不敢安寧，不敢舒緩。惟淮夷不附，來鋪陳以伐之也。

二章。江漢之流湯湯，武夫之勇洸洸。淮夷亂我四方，王師經營，不戰而服，遂告成功于王。淮夷服則四方平，四方平則畿甸安。時無復有争戰之警，而王心則寧矣。

三章。召虎既成功于江漢之滸，王命召虎，就彼開墾疆土，以徹法平其賦税。戎事甫定，即行疆理。匪病民，匪急功也。率土歸王，使一體成賦，來取則于中邦耳。乃往正其疆界條理，至南海而止也。

四章。武功既成，疆理既定。王乃命召虎曰：「南民不沾王化，爾來兹徧布政教，厥功大矣。昔我文武受命，汝祖康公，實維翰榦。今汝無曰爲予小子之故，惟爲爾祖康公是似續耳。爾既開大其功，我用錫爾以福祉矣」。

五章。賜爾以圭柄之瓚，秬鬯之酒，盛以一卣，使歸祀其先祖。又告于岐周文王之廟，錫爾山川土田，以廣其封邑。爾祖康公，昔自岐周受命于文祖。今使爾重光世德，祖孫濟美。虎拜稽首，惟祝天子萬壽也。

六章。虎拜稽首，對王颺言休美曰：「虎以孫繼祖，作召公之成，皆天子之賜。臣無能報答，願天子萬壽，盛德日新，令譽無窮。陳文德以洽四方，勿徒矜武功而已。」

江、漢，解見《周南·漢廣篇》。二水居東南上游，伐淮舟師，順流而東也。鋪，陳兵也。洸洸，武貌。經營，猶言料理。告成，奏捷也。來極，猶言歸極，則壤視中國也。旬，徧也。宣，布也。召公，召穆公虎祖，康公奭也。肇，開也。敏，大也。予小子，王自稱。公，功也。釐，賜也。九命賜圭瓚秬鬯。秬，黑黍。釀酒和香草煮之曰鬯，言香氣充鬯也。卣，中尊也。文人，文德之人，即文王也。古者爵人必于宗廟，示不敢專也。文王廟在岐周。于周，往岐周也。稽首，首至地也。對，對王前也，因王命而答之。揚，大言也，與《書·皋陶》「稽首颺言」之颺同。休，美也。作，爲也。考，成也，爲祖召公成終也。前作後繼，則作者有成矣。矢，陳也。文德，文教也。作召以下，皆對揚之語。

《江漢》六章，章八句。

263 常武

赫赫明明，王命卿士叶所，南仲大祖，大師[一]皇父甫。整我六師，以脩我戎叶汝。既敬既戒叶急，惠此南國叶亦。

王謂尹氏，命程伯休父，左右陳行杭，戒我師旅。率彼淮浦，省醒此徐土。不留不處上聲，三事就緒上聲。

赫赫業業叶樂，有嚴天子。王舒保作，匪紹匪遊。徐方繹騷叶索，震驚徐方叶分，如雷如霆，徐方震驚。

王奮厥武，如震如怒叶魯。進厥虎臣，闞坎如虓哮虎。鋪敦淮濆焚，仍執醜虜。截彼淮浦，王師之所。

王旅嘽嘽叶憚，如飛如翰去聲。如江如漢，如山之苞叶抔，如川之流，緜緜翼翼，不測不克

[一]「大祖」「大師」，原爲「太祖」「太師」，據《毛詩詁訓傳》《毛詩正義》改。

叶亟，濯征徐國叶亦。

王猶允塞，徐方既來叶力。徐方既同，天子之功。四方既平，徐方來庭。徐方不回，王曰還歸叶葵。

古序曰：《常武》，召穆公美宣王也。毛公曰：有常德以立武事，因以爲戒然。

朱子改爲：「宣王自將，以伐淮北之夷，詩人美之」，非也。按，宣王自將，詩既言之矣。淮北淮南，後人臆説耳。前篇由江漢進師爲南，此篇由淮浦達徐爲北，師行便利不同，總之淮土。前篇召虎經營，疆理功成，可謂有丈人之貞。未幾淮夷復叛，宣王欲一大創之，故不復用虎，而命皇父程伯，六師親征，懲前之不武也。蓋周京僻在西隅，東距淮海遼遠，終周之世，叛附無常。召公謂「惟德可懷遠」，天子躬擐甲胄，遠問荒裔，不可爲常。故詩美其事，以《常武》命篇。《虞人之箴》曰：「武不可重，用不恢于夏家」，《常武》之謂也。故二篇末，致諷規之辭。卒也，西周之禍，不在淮夷，近在西戎。乃見詩人獻替之忠。《江漢》後，繼以《常武》，乃知聖人删定之意。斯善言《詩》也。豈徒取南北爲目已乎？

一章。赫赫明明，天子親命大將，實維王之卿士。昔者南仲乃太祖，而卿士其孫也。官爲太師，字稱皇父。王命之曰：「爾整齊我六師，脩我兵戎。敬哉勿忽，戒哉勿蹂。淮夷侵陵，今將親征，惠此南國也。」

二章。既命大將，乃擇偏裨。王謂内史尹吉甫曰：「爾以策書，命程國之伯名休父者，爲司馬。訓飭紀律，使左右陳列。申約誓以戒師衆，率循淮水之涯，省視徐土。此行不久留，不停處，不妨三農，使各就業也。」

三章。王師啓行，赫赫光顯，業業震動。六飛親駕，尊嚴哉天子。舒徐保安而行，不張皇，亦不紹緩慢遊。徐方聞風，絡繹騷擾。震驚天威，如雷霆交作，不勝其震驚矣。

四章。既至徐方，王奮威武，如雷震怒。進其虎臣，闞然奮揚。虓猛如虎，厚積其陣于淮水之涯，不勞力而就執衆虜。截然淮浦，皆王師之所，敢有負固盤據者乎？

五章。王師嘽嘽然衆盛，如鳥飛翰，奮揚之速也；如江漢之水，浩淼無際也；如山之苞，静不可撼也；如川之流，來不可禦也。緜緜然密，不可衝而絶也；翼翼然整，不可驚而亂也。神謀不測，不可知也。萬全不克，不可勝也。以此濯然洗征徐國，宜其一戰而定也。

六章。兵貴謀而賤戰，治貴德而賤功。王師固威武，王猷本信實。所以徐方既來耳，來則同爲王民王土。是天子之功也，諸臣何力之與有。惟王廟謨萬全，宇内回心，四方盡平。彼徐方小醜，自來在王庭，無復反側，兵可長不用矣，於是王乃曰：「予其班師還歸矣。」

卿士，皇父之專官。太師，三公，皇父之兼官。南仲，文王時大將，征玁狁、西戎者也。尹氏，尹吉甫，官內史，掌策命。程伯爵，休父其名也。三事，三農，耕耘穫三時也；或曰：原隰平地也；或曰：上中下農也。緒，事端也。就緒，不中輟也，即耕不變，耘不止之意。業業，震動貌。舒，徐也。保，安也。作，行也。紹，緩也。遊，慢遊也。繹，連絡也。騷，躁擾也。闞，奮怒也。虓，虎怒貌。鋪敦，陳師厚積也。濆，涯也。仍執，就執之，言易也。虜，囚也。嘽嘽，衆盛也。飛，鳥飛也。翰，飛之疾也。如江漢，言衆也。濯，掃蕩滌除之意。

《常武》六章，章八句。

264 瞻卬

瞻卬仰昊天，則不我惠。孔填顛不寧，降此大厲。邦靡有定，士民其瘵債。蟊賊蟊疾，靡有夷屆。罪罟不收，靡有夷瘳抽。

人有土田，女汝反有之。人有民人，女覆奪之。此宜無罪，女反收叶守之。彼宜有罪，女覆説脱之。哲夫成城，哲婦傾城。

懿厥哲婦，爲梟爲鴟。婦有長舌，維厲之階叶進。亂匪降自天叶汀，生自婦人。匪教匪誨，時維婦寺。

鞫菊人忮至忒，譖僭始竟背叶北。豈曰不極，伊胡爲慝？如賈古三倍，君子是識。婦無公事，休其蠶織。

天何以刺叶砌，何神不富叶費。舍爾介狄，維予胥忌。不弔不祥，威儀不類。人之云亡，邦國殄瘁。

天之降罔，維其優矣。人之云亡，心之憂矣。天之降罔，維其幾矣。人之云亡，心之悲矣。

觱必沸弗檻敢泉，維其深矣。心之憂矣，寧自今矣。不自我先，不自我後叶虎。藐藐昊天，無不克鞏叶古。無忝皇祖，式救爾後叶虎。

古序曰：《瞻卬》，凡伯刺幽王大壞也。

朱子改爲：「刺幽王嬖褒姒，任奄人，以致亂之詩。」按，褒姒、奄人，據篇中婦、寺爲言，《序》標其志而已。

一章。瞻仰昊天，不愛惠民，甚顛危而不安。降此大惡，使邦國摇抓，人民瘵病。小人在位，如害苗之蟊，爲民賊疾，無有平止。以刑罪爲網罟，張布不收，無有平愈也。

二章。小人恃寵專恣，人有土田以養廉，汝反貪而有之。人有民人以待治，汝復强而奪之，所以爲蟊賊也。此宜無罪，反收納于刑；彼宜有罪，反僥倖得免，所以爲罪罟也。其致此者，由婦人耳。男子有智，則能保障邦國；婦人多智，干預外政，則破國傾城矣。

三章。哲婦雖懿美，其凶爲梟，其妖爲鴟，其長舌巧佞，爲禍之階。亂非天降，起于婦人。王不親君子，誰與教誨。左右前後，維婦人與寺人耳，其能免傾城之禍乎？

四章。婦寺窮人以忮忒，譖人于始，而終背其實，豈不極惡。彼方怡然自得，不以爲慝也。王勿使預公事，猶可。今王信之，如賈人三倍之利，賤丈夫所爲，君子心識之。婦人無外事，今乃休其蠶織，干預朝政，其忮忒可勝言乎？

五章。天何爲責王，神何爲不福王乎？王可自省矣。是必有夷狄大患。王舍此不忌，反忌予之忠言。不憂其不祥，威儀又不善，賢人相率亡去，邦國不殄絶瘁病乎？

六章。天降禍網，惟其優而多矣。賢人引去，我心懼而憂矣。天之降網，惟其幾而危矣。人之云亡，我心哀而悲矣。

七章。觱沸上湧，正出之泉，其發源深矣。我心之憂，非自今日然耳。生當此時，人力無如何。惟高遠之昊天，雖壞亂亦能鞏固。苟王能改悔，脩德任賢，無忝皇祖。則天意猶可回，用以救爾之將來也。

填、顛通，危也。瘵，病也。蟊，害苗之蟲。夷，平也。届，極也。瘳，愈也。梟，惡鳥，食母者也。鴟，妖鳥，鵂鶹也。婦寺，婦人與寺人也。鞫，窮也。忮，害也。忒，變詐也。竟背，終不驗也。極，惡極也。慝，惡也。刺，譴也。富，福也。介，大也。狄，夷狄也。不類，不善也。亡，散亡也。罔、網同，厄難也。優，多也。幾，危也。觱沸，泉湧貌。鞏，固也。

《瞻卬》七章，三章章十句，四章章八句。〇按《毛傳》二章十句，朱子以「哲夫」二句屬三章，今從毛。

265　召旻

旻天疾威，天篤降喪叶桑。瘨顛我饑饉，民卒流亡。我居圉語卒荒。

天降罪罟，蟊賊内訌紅。昏椓卓靡共恭，潰潰回遹，實靖夷我邦叶卜，平聲。

皋皋訿訿，曾不知其玷點。兢兢業業，孔填顛不寧，我位孔貶。

如彼歲旱，草不潰茂叶上聲，如彼棲西苴叶上聲。我相象此邦，無不潰止。

維昔之富不如時，維今之疚不如兹。彼疏斯粺叶備，胡不自替？職兄況斯引叶裔。

池之竭矣，不云自頻叶卜，平聲。泉之竭矣，不云自中。溥斯害矣，職兄斯弘，不烖我躬。昔先王受命叶蒙，有如召公。日辟國百里，今也日蹙國百里。於乎哀叶以哉，維今之人，不尚有舊叶已。

古序曰：《召旻》，凡伯刺幽王大壞也。毛公曰：旻，閔也，閔天下無如召公之臣也。

朱子改爲：「刺幽王任用小人以致饑饉侵削」，此詩中所已言。《序》云大壞，見天下事不復可爲，而宗周遂滅耳。《小雅》終《苕之華》《何草不黄》，《大雅》終《瞻卬》《召旻》，皆悲惋淒切，所謂亡國之音也。昔周道興而《召南》作，今周將亡，故詩人思召伯，因以《召旻》命篇。毛公曰「旻，閔也，閔天下無如召公之臣」，言皆昏椓臯訿之輩，辭約而意該矣。朱子詆爲不成文理，過也。

一章。旻天乎，何急爲暴虐也。是以天心不佑，厚降喪亂，病我以饑饉。小民盡至流移中國之邊圉，盡至荒虚。皆小人致之也。

二章。天降刑罪，罔陷天下。小人爲蟊賊，居中訌亂。皆司閽刑餘之人，靡有靖恭之節，潰潰然邪僻而已。乃使之安靖我邦，所以招亂耳。

三章。臯臯然頑慢，訿訿然謗毁。若此輩者，王曾不覺其玷缺。兢兢業業，甚危而不敢安寧，如我輩者，位反貶削。其顛倒如此。

四章。今天下如歲旱，百草枯槁，不得遂暢，如棲木之腐草，無復生意。我視此邦，無有不潰亂者矣。

五章。昔日天下豐富，不如今時之貧。今日百姓疾病，未有如此之甚者。以小人用事，無君子故也。彼小人如疏糲之米，斯君子如精細之粺。胡不自廢替以避君子乎？乃專主滋甚，爲害日引長而無已也。

六章。池水由外灌而滿，今其竭也。不曰由涯之不入乎？泉水從中達外，今其竭也。不曰由中之不出乎？國之將亡，中外耗竭，本由小人。今爲害已溥，而猶專滋弘大，不思國既亡矣。烖害不自及其身乎？

七章。昔我先王受命，有如召公奭，日開國百里，人心歸附，日甚一日。今也人心離散，日蹙一日，亦可哀矣。嗚呼，今之人，豈不尚有耆舊？雖有而亦終不能用矣。

旻天，託天呼王也。疾，急也。暴，虐也。喪，亂亡也。瘨，病也。訌，潰也。昏，作閽，司宮門者，奄人也。椓，斷也，刑餘之人也。共、恭同。靡共，不恭敬也。潰，潰亂意。靖，安也。夷，平也。皋皋，緩慢不供職也。訿訿，謗毁也。潰茂，遂長也。棲苴，浪草棲木上者也。疏，糲米也。粺，細米也。粟一石，得糲米六斗。糲十，得粺九。鑿八，侍御七也。替，廢也。職，專也。兄、況通，滋也。頻、濱通，水涯也。

《召旻》七章，四章章五句，三章章七句。

毛詩原解卷三十一大雅終

毛詩原解卷三十二

周　頌

頌者，天子宗廟之樂歌。古文頌與容通。王者太平功成，美其盛德形容，以告于神明，其辭從容悠遠，故曰容。如《清廟》等篇，亟誦則乏響，以其言太永而聲遠也。故曰「《清廟》之樂，一唱三歎有餘音」者，此也。凡《頌》皆樂歌，如《訪落》《敬之》等篇，或不爲祭祀作，而皆以絃頌告於廟，故同爲《頌》。

清廟之什

自此至《思文》，凡十篇。

266 清廟

於烏穆清廟，肅雝顯相。濟濟多士，秉文之德。對越在天，駿奔走在廟。不顯不承，無射亦於人斯。

古序曰：《清廟》，祀文王也。毛公曰：周公既成洛邑，朝諸侯，率以祀[一]文王焉。

按，成王初立二年，周公以流言避居東；三年至五年，公奉王東征；六年，營洛；七年，王朝于洛。此詩即《洛誥》所云「王在新邑，烝祭歲」之樂歌也。

一章。於哉，穆然幽深清静之廟。祀事肇舉，羣后咸集，皆肅肅而敬，雍雍而和，光助予一人也。濟濟然執事之多士，皆秉執文王之德，相與對接發揚其在天之神，駿疾奔走其在廟之主。今日人心，猶昔左右辟王之人心。豈不光顯，豈不欽承。久而彌新，無有厭射于人乎。

對，接也。越，發揚在上之意；或曰：於也。駿，疾也。顯，光也。承，奉也。射，厭也。

《清廟》一章，八句。○此篇即《樂記》所謂「《清廟》之歌」，有辭而無韻，不貴聲也。懸一鍾，尚拊膈，朱絃而通越。一唱而三歎有餘音者，此之謂也。

267 維天之命

維天之命，於烏穆不已。於烏乎呼不顯，文王之德之純。假格以溢我，我其收之。駿惠

[一] 祀，原爲事，據《毛詩正義》《毛詩詁訓傳》改。

我文王，曾孫篤之。

古序曰：《維天之命》，太平告文王也。

太平，治功成也。頌，告成功者也。成王、周公之世，天下和平，制禮作樂，皆文德所貽，故以告廟。不言治功，而言天命文德者，治具鋪張，非太平也，故曰爲政以德。王者之民皡皡，上下與天地同流。政不本于德，皆驩虞小補。道不通于命，非王民之皡皡。太平無象，故以天命於穆，文德不顯，形容其至。天無言而萬物生，聖人無爲而萬民化，此以爲太平也。

一章。天之造化發育，莫非命也。於乎穆然深遠，運行而不息者，天也。於乎淵微不顯，文王之德，純然精一不雜者，聖人也。天道聖德，同體並運，所以致太平也。文王以聖德格天，在帝左右。其餘澤波及我後人，我當收之，不敢失墜。大順我文王之德，而因以格天。豈惟今日？繼此爲曾孫者，傳世愈遠，培植愈厚，則文祖常格，而天命可長保矣。

假，與格通，合虛曰假。饒衍曰溢。駿惠，大順也，即儀刑文王，萬邦作孚之意。

《維天之命》一章，八句。

268 維清

維清句。緝熙文王之典叶丁。肇禋因，迄用有成。維周之禎。

古序曰：《維清》，奏象舞也。

按，樂有歌有舞，歌以爲聲，舞以爲容。聲容備謂之奏，容所以象也。有戰伐之功，則舞以象之，如文王戡黎、伐崇、遏密，《大雅》云「文王受命，有此武功」，故象以舞，而此其歌也。《序》不言文王，何也？詩言文王之典矣。不言祭文王，何也？凡《頌》皆祭也。朱子改爲祭文王之詩，複説也，古序不作此等語。

一章。周道所以清明者，惟其能繼續熙明文王之典常也。有二新命，肇開一代之禋祀，迄于後人用之。纘集大統，竟底有成，豈非周之禎祥也哉。

清，世清明也。緝，續也。熙，明也，廣也。文王之典，造周之法也，治岐之政，《二南》之化，皆是也。肇，開也。禋，祀也。迄，及也。用，繼述也。有成，成王也。禎，祥也。

《維清》一章，五句。〇按《清廟》以下三詩，玄遠冲淡，皆所謂《大雅》之音，文王之至德也，故以首《頌》。

269 烈文

烈文辟必公，錫兹祉福。惠我無疆叶工，子孫保叶扑之。無封靡于爾邦，維王其崇叶藏之。念兹戎功，繼序其皇之。無競維人，四方其訓叶兄之。不顯維德，百辟其刑叶香之，於乎前王不忘。

古序曰：《烈文》，成王即政，諸侯助祭也。

按，成王七年，周公留洛，王始親攬大政，諸侯來朝，王率之以祭于祖考。此祭而獻諸侯之詩。此諸侯，猶多盟津之諸侯，故嘉迺功，戒勿忘先王，美箴之意備矣。

一章。武烈文德之辟公，夾輔先王，克定大業。今日祉福，皆辟公錫之。惠我無疆，子孫世保之也。爾有邦而不自封殖侈靡，率附我先王。我先王既尊崇汝矣，予亦念此大功，繼世而嘉美之也。我先王謂莫强于人，不可力服，惟脩德，則四方訓服，莫顯于德。惟有德，則百辟式刑。能訓能刑，吾爲子孫，與爾爲臣，均蒙其芘也。於乎先王，不可忘哉。

烈文，猶言功德也。辟公，諸侯也。封，專利也。靡，奢僭也。崇，尊也。繼序，嗣立也。皇，美也。訓，順也。刑，法也。

《烈文》一章，十三句。

270 天作

天作高山，大王荒之。彼作矣，文王康之，彼徂叶入聲矣句。岐有夷之行叶杭，子孫保之。

古序曰：《天作》，祀先王、先公也。

按此爲四時之祭。時祭，則四親與太祖，而祧廟不與。成王之世，時祭當自太王以下，上及后稷。先公，指后稷。先王，指太王以下也。然詩止頌太王、文王，不及后稷、王季者，時祭之樂，非一章。此舉王跡所自起，功德最著者，歌于太王、文王廟者耳。朱子但謂祀太王不兼文王，以其閒遺王季也。然詩并頌二王，安得獨爲祀太王？既祀太王、文王，又安得遺后稷與王季？《序》説是也。

一章。我周王業，肇自太王，成于文王。天作岐山，以開王跡。太王始荒治之，彼民不憚遷徙而營作矣。文王嗣興，惠鮮懷保，從而安康之，彼民日趨赴而往徂矣。是以岐山爲萬邦歸往，有平夷之道路，無復向之險阻。子孫宜世世保守，慰二王在天之靈可也。

荒，治也。治荒曰荒，猶治亂曰亂也。徂，往也。

《天作》一章，七句。○舊注「徂矣」爲句，朱以徂作阻，連岐字爲句，今從舊。

271 昊天有成命

昊天有成命叶芒，**二后受之成王不敢康，夙夜基命宥密。於**烏**緝熙**叶吸，**單厥心**叶相，**肆其靖**叶將**之。**

古序曰：《昊天有成命》，郊祀天地也。

朱子改爲「祀成王之詩」，非也。古者冬至，合祀天地于郊。此詩頌昊天而不及地，如人稱父而不及母，統于尊也。故曰郊社之禮，所以事上帝。樂非一章，此其刪存之一耳。昊天難名，即文、武受命以頌天，故《大雅·文王》之篇云「上天之載，無聲無臭。儀刑文王，萬邦作孚」。言天必言聖，聖同天也。成王云者，猶《大雅·下武》云「成王之孚」，《書·酒誥》云「成王畏相」，皆成就之義，非成王誦也。「不敢康」「基命」「單心」，皆頌文、武功德。宥而寬者天之德，密而深者地之德，《中庸》云「溥博如天，淵泉如淵」，二后所以德配天地也。朱子改爲祀成王，則詩當作于康王後。郊廟之歌，周公所定一代憲章。後王詩，焉得列《天作》《我將》之間？《周頌》三十一篇，無康王以後詩。泥文生解，引《國語》爲徵。按，《國語》解成字之德，無以辨其必爲王誦也。其云「德讓信寬固和」，皆所以基命，成其爲王者也。若皆謂美王誦，則二后不過應受，而成王功德遠過祖考。豈詩人立言之意？周家基命由二后，蘇轍〔一〕謂「成王非基命之主」，是矣。又據《商頌》祀武丁，謂《周頌》亦當有康王以後詩。夫《商頌》，古樂僅存，無容再删。周公所定，内外百祀之樂，夫子删存止三十一篇，焉得更有後人制作雜其中？有之，亦當附《小毖》《載芟》後，不宜攙入祖考廟樂之前。不然，則《頌》亦錯亂矣，豈但《序》不足信乎？又據《周禮》「圜丘方澤」，謂天地不當合祀。蓋信以《周禮》爲周公之書，承訛久矣。夫廟祀考妣合食，王者父天母地，母不得别父，地不得殊天，陰不得離陽，妻不得違夫，此理甚明。今拘《周禮》，謂天地當分祀，則自不肯以此詩爲郊祀天地之詩。何怪乎！或曰：周郊配稷，詩不及稷，何也？獻祖之樂，與天異，《思文》所以獻稷也。

一章。昊天有已成不毁之命，文、武二后受之，以成一代王業。而不敢即安也，夙夜憂勤，以承藉此命者。其德有焉寬宏，配天之廣；密焉幽静，應地之深。於哉繼續光明，

〔一〕蘇轍，原爲蘇軾。《吕氏家塾讀詩記》引文作「蘇氏」云云。蘇轍《詩集傳》卷十九云：「成王非基命之君，而周之奄有四方，非自成、康始也。」蘇氏兄弟共研經學，其中「五經論」（即《易論》《書論》《詩論》《禮論》和《春秋論》）宋元以來通行本蘇軾集、三蘇集中多有之，故學者如郝敬《毛詩原解》、錢澄之《田間詩學》等亦多以蘇軾云云，實爲蘇轍所作。

單盡其心，故能咸和永清，安靖天下，受命而成其爲王也。敢負天之成命乎！

成命，已成不易之命。二后，文、武也。成王，成就王業也。基，承藉也。宥，寬宏也。密，静深也。單，盡也。肆，遂也。靖，安也，安定天下也。

《昊天有成命》一章，六句。○舊作七句，愚按「二后受之」連下，九字當爲一句，實止六句。

272 我將

我將我享叶香**，維羊維牛，維天其右**叶央**之。儀式刑文王之典**叶當**，日靖四方。伊嘏**假**文王，既右享**叶香**之。我其夙夜，畏天之威，于時保**叶邦**之。**

古序曰：《我將》，祀文王于明堂也。

古天子冬至郊祀天地。一陽初生，氣本無形，故禮不貴物。掃地行事，器用陶匏，牲用犢，配以始祖，古之郊祀也。周公制禮，每歲季秋享帝于明堂。帝者，天之神，生物之主。物至秋而形成，故祭備牲牢，配以父。郊天報始，享帝報成。郊配后稷，始于祖之義也。明堂配文王，成于父之義也。

一章。我所將奉，所獻享，維羊維牛，物至微耳。天其佑助我享之乎？不敢必也。

天之佑享，諒不在物。惟自託于文王，庶可格天。我今儀法之，式用之，刑成之。以我文王之典，日見諸行事。安靖四方，天意安民。而文王之典能安民，是天所福嘏也。福文王，必歆文王所配之祭，佑而享之必矣。然我不敢遂懈也，其夙夜無忘畏天之威，保此佑享之意而已矣。

《我將》一章，十句。

273 時邁

時邁其邦，昊天其子之，實右序有周叶章。薄言震叶止之，莫不震疊。懷柔百神叶傷，及河喬嶽叶葉。允王維后叶赫。明昭有周，式序在位叶立。載戢干戈，載櫜弓矢叶設。我求懿德，肆于時夏叶火，允王保叶跛之。

古序曰：《時邁》，巡守告祭柴望也。

天子五年一巡守，徧歷四方。會諸侯于方嶽之下，燔柴升煙以告天；山川遠者，望而祭之。周公成文、武作禮樂，此爲巡守祭告之歌。戢干戈，櫜弓矢，皆武王事。而《序》不及武王者，後王巡守祭告通用之故。名《肆夏》，取篇末「肆于時夏」語，即《周禮》「鍾師《九夏》」之一也。《禮》：尸出奏《肆夏》，牲出入奏《韶夏》，四方賓來奏《納夏》，皆以鍾。夏，大也，歌之大者。《國[一]語》曰：「金奏《肆夏》《樊》《遏》《渠》，天子所以饗元侯也。」韋昭注云：「《肆夏》，一名《樊[二]》；《韶夏》，一名《遏》；《納夏》，一名《渠》。《周禮》九夏之三也。」《遏》，《執競》也。《渠》，《思文》也。

一章。王者奉天命爲天子，四時巡行邦國，昊天其以之爲子乎。今觀天意，實尊序我周矣。人心久玩，薄加警動，莫不震懼。祭告天地羣神，及所在山川，無不懷柔。人神受職，天意可知。信周王爲天下君也。然何以承天之意乎？明昭哉有周。用慶讓黜陟之典，殿最在位之諸侯。又斂其干戈，韜其弓矢，求懿美之德，陳于中國。信乎王之能保天命矣。

時，四時也。《虞書》曰：「歲二月東巡守，至于岱宗。五月南巡守，至于南嶽。八月西巡守，十一月北巡守」是也。其子之，冀望之辭。右，尊也，尊序之於諸侯上也。震，動也。疊，懼也。懷，來也。柔，安也。河，大河也。喬嶽，高山也。河爲百川之長，嶽爲羣山之宗。式序，考績也。懿德，美德，謂文教也。肆，陳也。夏，中國也。

[一] 國，原作「周」，據《國語集解》改。
[二] 樊，早期印本爲「繁」。

《時邁》一章，十五句。

274 執競

執競武王，無競維烈叶亮。不顯成康，上帝是皇。自彼成康，奄有四方，斤斤其明叶芒。鐘鼓喤喤，磬筦管將將，降福穰穰。降福簡簡，威儀反反。既醉既飽，福禄來反。

古序曰：《執競》，祀武王也。

朱子改爲「祭武王、成王、康王之詩」，非也。頌武王僅二語，而頌成、康過爲鋪張，文義不類。蘇軾〔一〕謂「周奄有天下，不自成康始」，得之矣。祀成、康，則此詩作于康王以後。周之禮樂定自周公。是篇所謂《遏》，即《韶夏》者也。《禮》：牲出入奏《韶夏》，天子以《遏》饗元后。康王以後，昭穆之季，未聞有繼周公作禮樂者。即有新聲，豈可以配《九夏》乎？云成康者，武王成功康定天下，猶《酒誥》言成王，《大誥》言寧王云爾。凡《詩》《書》言武成康寧，多頌武王，而王誦王釗，率祖考爲謚耳。豈凡言成康者，即爲二王？

〔一〕或爲蘇轍。蘇轍《詩集傳》卷十九云：「夫周之興也遠矣，至於武王，成而安之，然後能奄有四方，使其明無所不至。」

王乎？

一章。明主立功，在乎自强。能執持自强不息之心者，惟武王。故功烈之盛，天下莫强焉。豈不顯哉。其能成王業，安定天下，是以上帝立之爲君也。自武王成功安天下，奄有四方，斤斤然昭明之勳，光于四表。今日之祀，鐘鼓喤喤然，磬管鏘鏘然，神降福穰穰然。降福既簡大，孝子威儀愈謹慎。是以神人醉飽，福禄之來，反覆不已也。

皇，君也。彼，指武王。奄有，全有也。斤斤，明之察也。喤喤，和也。將將，集也。穰穰，多也。簡簡，大也。反反，慎重也。反，復也。

《執競》一章，十四句。

275 思文

思文后稷，克配彼天。立我烝民，莫匪爾極。貽我來牟叶謀**，帝命率育**叶由**。無此疆爾界**叶稼**，陳常于時夏。**

古序曰：《思文》，后稷配天也。

詩言配天，德也；《序》言配天，祭也。有是德，故有是祭，此其樂歌也。《周禮》謂之《納夏》，一名《渠》。百穀獨舉來、牟者，來、小麥，牟、大麥也。冬至郊祀，惟二麥生易，所謂復見天地之心者也。乾爲金，麥金王則生，廢則死，歷四時而成，謂之首種，爲百穀繼絶續乏。《春秋》無麥則書，故郊稷特舉之也。

一章。仰思文德之后稷，真能配天。天能生民，不能使民自養。所以粒食我衆民者，莫非爾德之極也。誕降嘉種，貽我以二麥，皆上帝之命。徧養下民者，惟稷代天敷教。民食足而禮義生。無此疆爾界，布陳常道于諸夏。厚生正德，孰匪其功，信乎文德配天也。

文，文德也。綏，治以文。立，作粒，《書》云「烝民乃粒」。率育，徧養也。常，人倫也。時，是也。夏，中國也。

《思文》一章，八句。

毛詩原解卷三十二終

毛詩原解卷三十三

臣工之什

自此至《武》，凡十篇。

276 臣工

嗟嗟臣工，敬爾在公叶孤。王釐離爾成，來咨來茹孺，叶如。嗟嗟保介叶計，維莫之春。亦又何求叶忌，如何新畬叶御。於皇來牟叶芒，將受厥明。明昭上帝，迄用康年叶林。命我衆人叶義，庤止乃錢剪鎛博，叶孛，奄觀銍質艾刈。

古序曰：《臣工》，諸侯助祭，遣於廟也。

朱子改爲戒農官，非也。戒農官何與于《頌》？諸侯守土，民事爲先，故《風》歌《七月》以戒君，《雅》陳《楚茨》以刺時，《商頌》以稼穡免禍謫，《洛誥》以明農叙正父。孟子謂：「三王巡守，諸侯述職。」以田野治爲慶，故于來朝助祭歸，而申飭王章，稼穡其首務也。周先公力農開國，故告于廟，以祖德訓之，所以爲頌。呼保介者，車馬臨行之辭。

介，甲也。勇士衣甲，立車右爲保護。《月令》「參保介之御間」是也。將行呼保介，猶敢告僕夫之意。宗廟之祭以仲春，諸侯朝正來，二月助祭畢，歸及莫春矣，二麥將熟，故即時物告之。

一章。嗟爾從行臣工歸矣，尚敬慎爾之在公乎。王賜爾以舊章，其來咨謀之，來茹度之，勿自用自專，壞成法也。爾保介歸矣，念民事在農，農事在春。今已春莫，他又何求。二歲之新田，三歲之畬田，如何乎無有荒蕪未辟者乎。美哉二麥將熟，秋稼繼之。天賜昭明不爽，迄秋又將豐年矣。早命農夫具銚鋤，芟治田畝。奄忽之間，覿持鎌以刈稻矣。不先事而可望穫乎。

臣工，諸侯之羣臣百工。呼其臣戒之，所以戒諸侯也。公，公家也。釐，賜也。成，成法，凡禮樂制度諸侯當守者皆是。莫春，夏正三月，周正建子，而朝聘祭享，仍用夏時。田二歲曰新田，三歲曰畬。庤，具也。錢，銚也，刀屬。鎛，鋤也。銍，鉤鎌也。艾、刈同。

《臣工》一章，十五句。

277 噫嘻

噫嘻希成王，既昭假格爾叶五。率時農夫，播厥百穀叶古。駿發爾私，終三十里叶吕。亦

服爾耕，十千維耦叶羽。

古序曰：《噫嘻》，春夏祈穀於上帝也。

朱子改爲戒農官之詩，非也。按，《月令》孟春，天子以元日祈穀于上帝。仲夏，大雩帝以祈穀實，此即其樂歌也。《春秋傳》曰「啓蟄而郊，龍見而雩」。啓蟄，仲春建卯之月也。蒼龍之宿，昏見于東方，則孟夏建巳之月也。與《月令》小異，然其爲春夏同也。

一章。噫嘻我周自后稷以來，世勤稼穡，以成王業。爾農夫既昭明感假于天矣，我不敢失墜。率是農夫，播其百穀。疾發其私田，終萬夫三十里之地無曠土也。亦服爾之耕事，萬夫同出，無遺力也。爾惟克勤，其昭假寧有已乎。

噫嘻，歎辭。成王，成就王業也。昭，明也。假，格也。《大雅·烝民》云「天監有周，昭假于下」，與此同。爾謂農夫。時，是也。駿，大也。發，以耜啓土也。私，私田也。不及公田，爲民祈也。三十里，萬夫之田。一夫百畝。廣一步、長百步曰畝，四方長廣皆百步曰百畝。萬夫之田，長廣各百夫也。以一夫百步之長積之，三夫一里，百夫三十三里也。言三十里，舉成數耳。《周禮》：夫間有遂，遂上有徑。十夫有溝，溝上有畛。百夫有洫，洫上有塗。千夫有澮，澮上有道。萬夫有川，川上有路。

《噫嘻》一章，八句。○按，《頌》皆事神之樂，而不言鬼神。子云：「務民之義，敬鬼神而遠之。」子産云：「人道邇，天道遠。」故頌于郊，不言天言聖人，于廟不言鬼，言功德。祈不言福，言人事。此章祈年，與後章報賽，皆言農夫勤動勞苦，而所謂格天事神者在其中。故曰：人者，鬼神之會。祭祀，聖人務所以爲民之義，而天地鬼神弗能違矣。《詩》至《頌》而愈遠，故曰：「興於詩，成於樂。」

278 振鷺

振鷺于飛，于彼西雝。我客戾止，亦有斯容。在彼無惡，在此無斁妒。庶幾夙夜，以永終譽。

古序曰：《振鷺》，二王之後來助祭也。

按，武王克商，封微子于宋；求禹之後，得東樓公，封于杞。武王崩，成王誅武庚黜殷，以微子爲殷後，與夏之後杞皆客焉。二客來助祭，則告于廟。鷺，白鳥也。人臣精白乃心，弗緇其節，似之。鷺善羣。西雝，西京之辟雝。雝，和也，爲無惡斁之比。有斯容，諷其心也。

一章。白鷺振羽而飛，于彼西京之辟雝。我客以精白西歸，羽翼王家，戾止周庭。其儀容脩整似之，而心思皭然可知已。在彼國人情愛戴，無有怨惡者。在王朝猜疑盡釋，無厭斁者。庶幾夙夜敬戒，保此美譽，長永善終矣。

西，西京也。雝，澤也，即辟雝。戾，至也。彼，謂杞宋本國。此，謂周廟也。

《振鷺》一章八句

279 豐年

豐年多黍多稌吐。**亦有高廩**叶魯，**萬億及秭**子。**爲酒爲醴，烝畀祖妣，以洽百禮，降福孔皆**叶己。

古序曰：《豐年》，秋冬報也。

萬物至秋冬，而成且終矣，故祭以報之。秋則享帝于明堂，祭四方。冬則祭八蜡。通用此詩，故槩言報。

一章。黍宜高燥而寒，稌宜下濕而暑。大有之年，高下皆熟。故黍稌多，而百穀可知已。亦有高大之廩，其中積貯之多，萬而億，億而秭。以爲酒醴，進于先祖妣。以備祭祀之百禮，上帝百神降福無不偏也，敢忘報乎。

春種暑熟曰黍。稌，稻也。米曰廩，穀曰倉。數萬至萬曰億，數億至億曰秭，泛言數之多也。醴，酒漿之和滓者。烝，進也。畀，予也，言黍稌之多，可以備祭祀也。

《豐年》一章，七句。

280 有瞽

有瞽有瞽，在周之庭。設業設虡巨，崇牙樹羽。應田縣鼓，鞉桃磬柷祝圉語。既備乃奏叶祖，簫管備舉以上六句，與瞽叶。喤喤厥聲，肅雝和鳴，先祖是聽。我客戾止，永觀厥成以上五句，與庭叶。

古序曰：《有瞽》，始作樂而合乎祖也。

此周公制禮作樂成，大合諸樂奏之，以告于文王之廟，非爲祭祀也。《禮》曰：凡釋奠，必有合也。凡大合樂，必遂養老。此則爲始作樂而已，亦非爲釋奠養老也。

一章。樂工用瞽，以目無見而聽音審也。瞽非一人，皆在周之廟庭，非復夏商之舊矣。於是設懸樂之具，横板以爲業，植木以爲虡。業上畫牙，其狀崇然。虡上樹以鳥羽。小鼓爲應，大鼓爲田，皆懸之。有持柄而摇之鞉，有玉石之磬，有起樂之柷，止樂之圉。諸器既具，瞽工乃奏。及編竹之簫，併兩之管，無不備作。喤喤其聲之盛也，肅焉成文，雝焉協律，諧和齊鳴。先祖之神，降而聽之。我客來周庭者，亦平情釋怨，永觀其終矣。瞽，樂官，無目曰瞽，取聽專也。稱周庭，明非商之舊也。縣鼓，懸其鼓于虡上，周制也。夏后氏足鼓，殷人楹鼓。柷，以木爲之，狀如漆桶中有椎，投于其中而撊洞，上聲之，以起樂也。圉，作敔，亦木爲之，狀如伏虎，背上刻爲三十七鉏鋤，上聲鋙語，以木長尺櫟歷之，以止樂也。簫，編小竹管爲之，大簫二十三管，長尺四寸；小者十六管，長尺二寸；一名籟；一云鳳簫，其管參差，如鳳翼也。管如笛而小，併兩管而吹。我客，二王後。成，樂終也。

《有瞽》一章，十三句。

281 潛

猗衣**與**余**漆沮**疽，**潛有多魚**：**有鱣**蟬**有鮪**委，**鰷鱨鰋**偃**鯉**。**以享以祀**史，**以介景福**叶否。

古序曰：《潛》，季冬薦魚，春獻鮪也。

魚至冬月大寒降，則性定而肥。漁師始漁，先薦寢廟。至春，王鮪來，則薦鮪。此其樂歌也。

一章。美哉，漆沮二水。深潛之處，有多魚：有似鮪而大之鱣，有似鱣而小之鮪，有白色之鰷，有黄色之鱨，有無鱗之鰋，有三十六鱗之鯉。取之以享獻祭祀，以介于祖考，而得大福也。

鱣，色黄，大者重千斤，一名鱘鱑。鮪，色青黑，江東人謂之鱘，大者曰王鮪，小者曰鮛叔鮪。世傳河南鞏縣東北山崖中有穴通江湖，鮪魚春從此來，北入河，西上龍門，入漆沮，故漢張衡賦云「王鮪岫居」也。鰷，一作儵，色白，狹而長。鱨，色黄。鰋，一名鮎，無鱗，多涎。鯉，色赤。餘詳《小雅・魚麗篇》。介，因也，因而得福也。景，光大也。

《潛》一章，六句。

282 雝

有來雝雝，至止肅肅。相象維辟公，天子穆穆。於烏薦廣牡，相予肆祀叶史。假哉皇考，綏予孝子。宣哲維人，文武維后。燕及皇天叶汀，克昌厥後。綏我眉壽叶丑，介以繁祉。既右烈考叶口，亦右文母叶米。

古序曰：《雝》，禘大祖也。

此禘大廟之樂歌。大祖，周始祖。禘行于太祖廟，追祀太祖所自出之帝，而下逮羣廟之主，即所謂大祫也。合饗曰祫。先公先王皆在，詩獨言皇考者，歸功於始禘也。《禮》：不王不禘。周之有禘，自武王始，猶《商頌》五祭皆言湯，以商有天下自湯始也。《序》云大祖者，后稷也。詩云孝子者，成王也。皇考、烈考者，武王也。文母者，邑姜也。

稱天子、辟公、廣牡、相祀者，表大禮也。魯以大夫歌雝，夫子非之。於《春秋》書禘，於《詩》録《雝》，《春秋》之志也。鄭氏以大祖爲文王，朱子因改爲武王祀文王之詩。夫文王穆考世室主稱大祖，則后稷何加焉？武王未受命，雖有王祭，禮樂未興。周公成文、武，乃制禘作雝，故其詩亦頗似武王語。蓋後王禘祭通用也。鄭謂禘與祫殊，禘三年，祫五年，禘大於四時而小於祫，此緯書之説也。夫祭未有大於禘者矣。禘，帝也。三王始祖，皆古帝之苗裔。王者追祭始祖所自出之帝，故曰禘，非審諦昭穆之謂也。子孫祀遠祖，豈宜太疏，莫遠於天而歲再舉。孫祭祖而三年五年，不已疏乎？遠祖格，則羣主咸集，故曰祫。《商頌》「濬哲」亦禘也。偏及羣公先正，即祫也。禘惟合享，故其禮重。魯僭禘，《春秋》《論語》譏之，未言禘上有祫也。或云：時祭亦有禘有祫，諸侯亦有禘有祫。夫禘之爲時祭，以禘舉于春也。祭莫大于春，其次莫大于秋。春爲歲首，秋爲物成。《魯頌・閟宫》曰「春秋匪解」，《郊特牲》曰「春禘秋嘗」，《祭義》曰「君子合諸天道，春禘秋嘗」，子云「明乎郊社之禮，禘嘗之義，治國其如視諸掌」，故禮莫大乎禘嘗也。諸侯之有禘祫，以其亦有始祖，有合食，襲用其名，而禮非諸侯所得盡也。

一章。大禘舉而羣后集，來自彼國，雝雝非勉强。至止周庭，肅肅無惰容。相助我祭祀者，維辟公。主祀者維天子，至敬無文，穆穆如也。於哉辟公，薦廣大之牲，助我陳設。豈予能致此，皆大哉皇考之賜，安我孝子也。皇考宣通明哲，立人之極。文德武功，克君之道。安民之德，上及皇天，故能昌大其後嗣，使冲人歷服，綏以眉壽，坐撫盈成，介以繁祉。今日之祭，既侑食我烈考，亦侑食我文母。追崇罔極，有自來也。匪皇考，烏能及此乎！

相，助祭也。辟公，諸侯也。穆穆，深遠也。廣牡，大牲也。肆，陳也。假，大也，極也。解見《大雅・文王篇》。綏，即燕翼也。予孝子，成王自稱也。宣，通也。哲，察也。燕，安也，安上天求莫之心也。眉壽，眉秀則多壽也。成王幼冲，故詩每言壽者，祝願之辭。繁祉，多福也。右、侑通，勸食也。烈，光也。母有懿范故稱文，猶所謂女士也。

《雝》一章，十六句。

283 載見

載見辟必王，曰求厥章。龍旂陽陽，和鈴央央。鞗革有鶬，休有烈光。率見昭考叶口，以孝以享。以介眉壽叶守，永言保之，思皇多祜叶虎。烈文辟公，綏以多福叶甫，俾緝熙于純嘏叶古。

古序曰：《載見》，諸侯始見乎武王廟也。

按，武王年八十生成王，九十三崩，成王立，年十有三，非甚童穉也。此即其喪畢〔一〕，朝諸侯，率以見于武王廟之樂歌。詩明徵如此。世儒惑于《明堂位》云「周公負扆踐祚，七年而後致政」，併强此詩爲七年後，王親政作。蓋據《洛誥》云「周公誕保文武受命，惟七年」，彼謂成王七年，周公留洛耳，非謂七年前成王未親政也。十三歲天子尸居，而又七年則二十矣，乃始見諸侯乎？初年以流言疑忌叔父，豈幼冲無知者之所爲乎？

一章。諸侯始見辟王，以辟王新立，來稟受王章也。車上建交龍之旂，陽陽鮮明。軾前之和，與旂上之鈴，央央和鳴。馬轡首鞗革，當鸞鑣之間，鶬然有聲。來朝之儀，皆太平物色，豈不休美有烈光乎。率此辟公，見于昭考武王，以致其孝，以行其享。以因享而得眉壽，以長保美哉之多祜。則此多祜，非自致，實爾烈文辟公，助祭感格。安我以多福，使我緝熙于純嘏耳。

載見，始見也。辟王，成王也。章，法度也。旂上曰鈴，在鑣曰鸞，在軾曰和。央央、有鶬，皆聲也。鞗革非鈴而言聲者，鸞鑣之聲也。烈，光之甚也。昭考，武王廟，居左爲昭。

〔一〕「喪畢」，早期印本作「初立」。

《載見》一章，十四句。

284 有客

古序曰：《有客》，微子來見祖廟也。

有客有客，亦白其馬叶米。有萋有且叶疽，上聲，敦堆琢其旅。有客宿宿，有客信信叶洗。言授之縶，以縶其馬叶米。薄言追之，左右綏雖之。既有淫威，降福孔夷。

按，武王誅紂，封微子于宋。成王誅武庚，遂命微子後殷。此其始受命，來見周廟，故舉武庚事以諷之。曰威、曰福，尋常祭享不及此。辭雖頌客，而亦告于廟，故皆爲頌。

一章。有客有客，天子不以臣蓄之。而禮因先代，所乘馬猶之白也。其威儀萋苴然隆盛。其從行之衆，敦琢如金玉。客至此，其宿宿乎，勿遽歸也。其信信乎，勿一宿遂去也。授之縶以縶其馬，馬留客亦留也。去則追餞之，左右無方以安之。既往之事，乃其禍淫之威。今嘉予善人，降福甚平夷，而無所猜忌矣。

客，指微子。白，殷色。萋苴，盛貌。敦，雕也。治金曰雕，治玉曰琢。旅，從行卿大夫也。一宿曰宿，再宿曰信。重言者，非一之意，所以留之也。淫，凶淫，指紂與武庚也。威，謂誅紂、討武庚也。夷，平也。

《有客》一章，十二句。

285 武

於烏**皇武王，無競維烈**叶良。**允文文王，克開厥後**叶虎。**嗣武受之，勝殷遏劉**叶柳，**耆定爾功**叶股。

古序曰：《武》，奏《大武》也。

按，周公象武王之功，爲《大武》之樂。樂成，奏于武王廟。《大武》有舞，詳見《樂記》。此其歌也。頌武而思文者，昭德爲威，所以大武也。

一章。於乎大哉，武王有莫彊之功烈，非徒以武功耳。信哉我文德之文王，能開基貽後。而文教未敷，我武王嗣受之。既勝殷，乃櫜弓戢矢，止其刑殺。久而後定，文教大洽。治平功成，武王之武，何以異于文王之文乎。

皇，大也。遏，止也。劉，殺也。解見《王風・丘中有麻》及《大雅・桑柔篇》。耆，久也。《皇矣》云「上帝耆之」。武王立十一年，而始伐紂；成王立七年，而後黜殷，久而後定也。

《武》一章，七句。

毛詩原解卷三十三終

毛詩原解卷三十四

閔予小子之什

自此至《般》，凡十一篇。

286 閔予小子

閔予小子，遭家不造叶助，嬛嬛煢在疚救。於乎皇考叶姤，永世克孝叶臭。念兹皇祖叶疽，上聲，陟降庭叶聽止。維予小子，夙夜敬止。於乎皇王，繼序思不忘。

古序曰：《閔予小子》，嗣王朝於廟也。

此成王既免喪，而見於先王廟之詩。以下四篇，成王守成之事，而詩多裁自周公。借祖考之靈，光訓嗣王，故告於廟。後世遂以登歌。昭功德，爲憲章，故皆爲《頌》。

一章。悲閔哉小子，遭皇考新喪，王業草創，嬛嬛失怙，在憂病之中。於乎皇考，終身克孝，以思念皇祖。一陟一降，宛然見行事於家庭。今予小子嗣服，懼弗克孝，夙興夜寐，必恭敬止。於乎皇王，予亦欲承繼此序不忘耳。

不造，未就也。嬛嬛，猶煢煢，無依也。庭，宫庭也。皇王，兼指祖考也。

《閔予小子》一章，十一句。

287 訪落

訪予落止，率時昭考。於乎悠哉叶洂，朕未有艾叶澳。將予就叶勦之叶止，繼猶判涣。維予小子，未堪家多難去聲。紹庭上下叶虎，陟降厥家叶罔。休矣皇考叶可，以保明其身叶商。

古序曰：《訪落》，嗣王謀於廟也。

成王既朝於廟，而遂進羣臣以謀之也。餘見前。

一章。作事貴始，予謀於始，率循昭考武王之道。於乎遠哉，聖凡懸隔，朕未能竟也。羣臣扶我遷就，以求繼述，猶判涣不合也。予幼冲無知，國家多難未堪，惟於朝廷紹皇考上下之蹟，於家庭奉皇考陟降之遺，守而無失。休美哉皇考，庶賴以保安明覺我身，不至傾迷而已矣。

訪，謀也。落，始也。草木實落始生，故謂始爲落。艾，終也。艾老則刈，故謂終爲艾。堪，任也。多難，謂天下未平也。上下陟降，猶見於羹牆之意。

《訪落》一章，十二句。

288 敬之

「敬之敬之，天維顯思，命不易哉叶兹。無曰高高在上，陟降厥士，日監在兹。」「維予小子，不聰敬止。日就月將，學有緝熙于光明叶芒。佛弼時仔兹肩叶姜，示我顯德行叶杭。」

古序曰：《敬之》，羣臣進戒嗣王也。

朱子改爲成王述羣臣之戒，非也。蓋羣臣進戒王，而王嘉納之，其辭如此，亦周公之志也。餘見前。

一章。羣臣進戒若曰：「敬之哉，敬之哉，天道甚明。命不易保，無謂高遠在上。人主一陟一降之事，無日不監視于此。奈何不敬。」王若曰：「維予小子不聰，未能敬也，願學焉。日有所成，月有所進，緝續純熙，至于光明。爾諸臣尚輔弼我所克任，示以顯明之德行，庶不迷所從耳。」

厥士，厥事也。將，進也。緝，續也。熙，照也。佛、弼通，《孟子》所謂「法家弼士」也。仔，克也。肩，任也，任在肩。

《敬之》一章，十二句。

289 小毖

予其懲叶綻，**而毖後患。莫予荓**聘**蜂**叶范，**自求辛螫**釋，叶善。**肇允彼桃蟲**叶懺，**拚**盤**飛維鳥。未堪家多難**叶去聲，**予又集于蓼**了。

古序曰：《小毖》，嗣王求助也。

成王既誅管叔、武庚，而訪於羣臣，亦周公之志也。初周公使管叔監殷，管叔以殷叛，成王執管叔誅之。悔其始使，而公亦自悔也，故曰荓蜂求螫。方武王誅紂宥其子，人以爲孤雛耳。未幾挾徐奄諸國叛，周公東征三年而後定，此桃蟲之爲大鳥也。《詩》與《康誥》《召誥》皆裁自周公。而此詩哀死之意微，慮患之計深，不如《常〔一〕棣》《鴟鴞》悲惋者。彼公自言，而此爲王言也。稱小毖，自謙求助之辭。天下之患，未有不狃于小者。餘詳前一章。予自今其懲創往事，而謹毖後患乎。人近蜂則被螫，前日之事，無人使蜂螫我，我自求之。今而後，始信彼桃蟲之微，果能翻飛爲大鳥也。凡事始于微，卒于巨，可不毖哉。予智識短淺，無克家定難之才，又遭遇辛苦之地，諸臣可舍我弗助邪。

〔一〕常，原作「棠」，據經文改。

荓，使也。莫予言，無人使我也。辛螫，辛苦之毒螫也。肇，始也。允，信也。桃蟲，小鳥，鷦鷯也，其雛化爲鵰。鵰，大鳥也。拚，與翻同。集，會遇也。蓼，草名，其味辛苦。

《小毖》一章，八句。

290 載芟

載芟刪載柞叶窄，其耕澤澤。千耦其耘，徂〔一〕隰徂畛真。侯主侯伯，侯亞侯旅，侯彊侯以。有嗿貪，上聲其饁，思媚其婦叶甫，有依其士上聲。有略其耜上聲，俶載南畝叶美。播厥百穀，實函斯活叶忽。驛驛其達叶特，有厭其傑。厭厭其苗，緜緜其麃標。載穫濟濟沸，有實其積叶上聲，萬億及秭子。爲酒爲醴，烝畀祖妣，以洽百禮。有飶其香，邦家之光。有椒其馨，胡考之寧。匪且與兹叶賫有且，匪今斯今，振古如兹。

古序曰：《載芟》，春籍田而祈社稷也。

朱子改爲秋冬報賽之樂歌，非也。《良耜》爲報，此篇爲祈。卒章云「邦家之光」「胡考之寧」「振古如兹」，祈之辭也。與《良耜》卒章殊。此援古以祈之，彼續古以報

〔一〕徂，原爲阻，早期印本同，據下文及《毛詩正義》改，《湖北叢書》本已改訂爲「徂」。

之。籍，借也，借民力治田也；或曰：典籍之田，供宗廟之典籍也。天子千畝，諸侯百畝。《月令》：「孟春，天子以元日祈穀于上帝，乃擇元辰，親載耒耜，帥三公九卿、諸侯大夫，躬耕帝籍。」此其祈穀于社稷之樂歌也。《噫嘻》，祈年于上帝，其辭簡，上帝尊也。此詩，祈年于社稷，其辭詳，社稷親也。《噫嘻》專爲民祈，此則因籍田，併及民耳。

一章。草木不除，則田不治。始芟以除草，始柞以除木。草木去而耕，其土澤然解散。地廣功多，芟柞耘治，千夫合耦。或往下濕之隰，或往溝上之畛。主爲家長者，伯爲長子者，亞爲仲叔者，旅爲家衆者，有自治百畝之外，餘力來助爲彊者，有無常業傭工爲以者，皆徂隰徂畛之衆也。人多飲食嗿然有聲，其婦來餉，其夫媚之，婦亦依士勞之，勤苦相恤也。以略然剡利之耜，始事南畝。既耕乃播，其實含氣而活，驛驛然生長條達。受氣厭足者，傑然特出。久之，厭厭均足，可以耘矣。緜緜穮耘詳密，至秋成載穫之人，濟濟衆多。其實積而萬及億，億及秭。爲酒醴，進祖妣，洽合祭祀之百禮。品物雖多，禮主於酒。飶然其香，以供賓客，是邦家文明之光也。椒然其馨，以養耆老，是胡考所安寧也。收成之繫於國家大矣，非獨此一方有此稼穡之事，非獨今日有此豐年之慶，自古如此。惟神降康，無替引之可也。

載，始也。除草曰芟，除木曰柞。澤澤，猶釋釋，土解散貌，古澤與釋通。耘，即芟柞也。徂，往也。侯，語辭。彊，餘力也。以，傭也。嗿，衆飲食聲。媚依，相慰勞也。略，利也。百穀，高下燥濕非一種也。實，種子也。函，含氣也。活，生也。驛驛，速達貌。達，出土也。厭，足也。傑，先長也。厭厭，齊足也。緜緜〔一〕，詳密也。麃，耘也。耘不詳密，則草漏而反傷苗。濟濟，穫之衆也。飶、椒，皆香也。胡，頷下垂貌，老人之狀。考，老也。且，猶此也，亦甚之之辭。

《載芟》一章，三十一句。

291 良耜

畟畟測良耜叶洗，俶載南畝叶每。播厥百穀，實函斯活叶忽。或來瞻女汝，載筐及筥，其饟伊黍。其笠伊糾叶絞，其鎛斯趙叶爪，以薅蒿荼蓼了。荼蓼朽止，黍稷茂某止。穫之挃挃，積之栗栗。其崇如墉，其比如櫛，以開百室。百室盈止，婦子寧止。殺時犉淳牡，有捄其角叶六。以似以續，續古之人叶肉。

〔一〕緜緜，原爲「綿綿」，早期印本及《湖北叢書》本同，據經文改。

古序曰：《良耜》，秋報社稷也。

前篇祈年，此有年而遂報之。

一章。畟畟然銛利之善耜，春始事南畝，以播百穀。其實含氣而生，至夏而耘。農夫在田，婦子來瞻，載筐筥以盛饟黍。農人首戴笠，而糾以繩。執其鎛鋤，趙然敏疾，以薅陸草之荼，水草之蓼。荼蓼朽，則黍稷茂。至于秋收穫之挃挃有聲，積之栗栗不秕。積高如墉，比密如櫛。開一族之百家，同時以入穀。百室充盈，婦子飽煖安寧。孰非神賜乎。乃殺黄黑之牸牛，其角捄然長曲，以報享社稷，似往歲而續來歲，使先農先穡之祭，引之無替也。

畟畟，刃利入土之狀。良，快利也。來瞻汝者，婦子也。瞻，省視也。方曰筐，圓曰筥，皆竹器，以盛飯也。《喪大記》云「食於篹」，篹與筭同，《漢書》所謂「筭，食器也」。饟、餉同。笠以蔽日禦雨。糾，以繩結之也。鎛，鋤也。趙，趨也，急疾意。薅，去草也。荼、蓼，草名，陸曰荼，水曰蓼，田有高下也。挃挃，穫聲。墉，城牆也。櫛，理髮器。百室，一族也。《周禮》：五家爲比，五比爲閭，四閭爲族，凡百家也。百夫同洫而耕，故同時納穀也。黄牛黑唇曰犉。捄，角曲貌。《禮》：祭社稷牛角尺，陰祀用黝牲，謂祭地及社稷也。社，土神，尚黄，必黑唇者。地色黑爲正，黄爲美。古之人，先農先穡也。

《良耜》一章，二十三句。

292 絲衣

絲衣其紑浮，載弁俅俅。自堂徂基，自羊徂牛。鼐奈鼎及鼒兹，兕觵其觩。旨酒思柔。不吳譁不敖，胡考之休。

古序曰：《絲衣》，繹賓尸也。毛公曰：高子曰：「靈星之尸也。」

此祈蠶之祭，繹而儐尸之樂歌。《月令》：「季春，天子薦鞠衣于先帝。」鞠衣，黄桑衣。先帝，太昊木德之君，司蠶桑者。薦衣祈蠶也。《周禮·内宰》：仲春，詔后率内外命婦，始蠶于北郊。此即春祭薦衣祈蠶之尸。靈星，龍星，即房星，東方蒼龍之宿。蠶爲龍精，尸以象之。凡尸象神，神象物。絲衣戴弁者，尸服也。蠶爲絲，故衣絲。紑，潔白也，像蠶色。蠶馬同氣，蠶首似馬。俅俅，下曲貌。弁無曲者，象蠶形也。祭必繹尸，所以報也。大夫以下祭于室，即日賓尸于堂，謂之儐。諸侯以上，有室事，有堂事。祭之明日，賓尸于廟門外，謂之繹。繹者，天子賓尸之名。繹，繼也，繼昨日也。又謂之祊，門内外曰祊。始祭迎神于廟門内，《楚茨》所謂「祝祭于祊」也。明日送尸于廟門外，《春秋》

所謂「辛巳有事于大廟，壬午繹」[一]也。《禮器》曰：「爲祊乎外。」祊、繹皆廟門外西塾，鬼事尚右也。古者門東西有堂室曰塾。《郊特牲》曰：「繹之于庫門内，祊之于東方，失之矣。」[二]庫門，大門也。廟門在庫門内左，繹當在廟門外西塾也。言繹又言賓尸，繹者，賓尸之名；賓尸者，繹之事也。引高子語，明所賓者，靈神之尸也。漢有靈星祠，蓋舉時人所知者證之。鄭康成據《士冠禮》「絲衣爵弁」，附合《雜記》「士弁而祭于公」之説，以絲衣載弁爲士，徂堂基牛羊鼎，爲省牲器[三]。夫繹禮殺于正祭，牲牢器皿，皆用祭之餘。有司徹云：埽堂，餕尸俎行禮。非別殺牲，先夕省視也。果爾，王親省，則大小宗伯宜從，豈越卿大夫而用士乎？鄭云：「繹禮輕，故用士。」然則，王又何必親省也？詩言「自堂徂基」者，即《少牢》云：「祭畢，尸出廟門外俟儐。天子明日儐，則昨日堂上之尸，今往儐于門基」也。言「自羊徂牛，鼐

[一]《春秋左傳·宣公八年》：辛巳有事于大廟。壬午猶繹。
[二]《禮記》卷八《郊特牲》：「子曰：繹之於庫門内，祊之於東方，朝市之於西方，失之矣。」
[三]《毛詩正義》卷十九「絲衣其紑」，鄭玄箋：載，猶戴也。弁，爵弁也。爵弁而祭於王，士服也。繹禮輕，使士升門堂，視壺濯及籩豆之屬，降往於基，告濯具，又視牲從羊之牛，反告充已，乃舉鼎冪告絜，禮之次也。鼎圜弇上謂之鼒。

鼎及鼒」者，牲鼎皆自堂往門，始祭牲入，先大牢，後少牢。徹故羊先出而牛從之。鼐鼎大，以烹牲體；鼒小，以盛和羹。羹近尸，牲近外，故鼐先出，而鼒從之。猶士虞禮，朼者逆退復位之類，皆自堂往基之序也。兕觥以下，則祝願之辭。鄭以絲衣載弁爲助祭之士，《朱傳》改爲祭而飲酒，則《序》言繹賓尸，與高子言靈星，皆無謂矣。夫衣食者，民之命；農桑者，國之本。《三百篇》，農祭之詩多矣，蠶祭惟此一篇，故聖人删存之。朱子謂《序》誤，高子尤誤，不自知其誤也。

一章。昨日之祭，爲蠶絲也。今尸賓來燕，絲衣紑然潔白，戴弁于首，俅俅然下曲。昨者爲尸于堂，今者爲賓于門。門基之燕，自堂往也。昨者牲薦于堂上，今改設于門外。羊俎出而牛俎從之，大鼎出而小鼎從之。移堂上之尊罍，以飲于塾。兕觥觩然其曲，飲此旨酒，内思和柔，無誼譁傲惰之容。德盛禮恭，宜得壽考之休矣。

絲衣，以絹帛爲衣，不用布也。紑，潔白貌。弁，冠也。堂下曰基。天子臺門，故謂門爲基，即塾也。徂，往也。羊牛，牲體也。自廟往門，故曰徂。大鼎曰鼐，小鼎曰鼒。思柔，温恭之意。吴、譁通，大言也。胡考，猶言胡耇。解見前篇。休，美也。

《絲衣》一章，九句。

293 酌

於烏**鑠**爍**王師**叶賽**，遵養時晦。時純熙矣，是用大介。我龍受之，蹻蹻**嬌**王之造**叶菜**。載用有嗣，實維爾公**句**。允師**叶賽**。**

古序曰：《酌》，告成《大武》也。毛公曰：言能酌先祖之道以養天下也。《大武》，武王之樂。《春秋傳》引《武》之卒章曰「耆定爾功」，即《武》也。其三曰「鋪時繹思」，即《賚》也。其六曰「綏萬邦，屢豐年」，即《桓》也。武樂歌非一，《酌》亦武樂，《春秋傳》作《汋》，但未定第幾章耳。《序》云告成《大武》，寵受王造，是武成也。酌，相時也。晦則養，熙則用時也。時者，天之運，聖人之中。聖人至公無私，故道莫大乎時，而用莫大乎酌。毛氏因遵養之語，及養天下，明武非力服也。孟子曰：「以善養人，然後能服天下。天下不心服而王者，未之有也。」

一章。於盛哉，武王之師。始而遵守恬養。時方韜晦，酌于紂惡未稔之先，未嘗有利天下之意。及時既純光，人心同而天命集，是用大介。一戎衣有天下，酌于時不可已，又烏容有棄天下之意。今我後人，寵受此蹻然壯烈之王造，所以繼之者，惟爾太公無私，信于衆心耳。使自利自私，拂天違時，羣心不信，何以長世永保乎。

鑠，盛也。王，武王。介，甲也。大介，猶大軍。龍，寵也。蹻蹻，武貌。造，爲也。公，無私也。允，信也。師，衆也。

《酌》一章，九句。〇《毛傳》「允師」二字爲句，朱子改爲八句，今從毛。

294 桓

綏萬邦，屢〔一〕慮豐年叶良。天命匪解懈。桓桓武王，保有厥士叶賽。于以四方，克定厥家叶介。於烏昭于天，皇以間叶肩之。

古序曰：《桓》，講武類禡也。毛公曰：桓，武志也。

按《春秋傳》，此武樂第六章，頌武王伐商講武，類于上帝，禡于先戎也。凡天子將出征，祭上帝曰類。至所征之地，祭始造軍法者，曰禡。武王伐紂，告于天地鬼神。武舞象之，而歌以言其志，在安民保士定家，非利天下也，故曰武志。朱子以詩稱武王爲疑。夫講武類禡，武王伐商時事，而詩非伐商時作也。周公爲武舞，因爲歌。歌非一章，頌非一

〔一〕屢，《毛詩正義》作「婁」，阮元校云：「案《釋文》作『婁』，是其證也。《正義》中字作『屢』，當是易爲今字耳，餘經依《釋文》皆當作『婁』，《正義》自爲文作『屢』，皆易字之例。唐石經錯見『屢』字者，非，『屢』乃俗字耳。今杜預《集解》本於宣十二年傳所引此經亦作『屢』，非左氏之舊矣。」然宋明諸本多作「屢」。

事。《武》頌功，《酌》頌成，《桓》頌志，《賚》頌賞，《般》頌巡行，皆武樂也。而作于成王世，何得不稱謚？既云「綏萬邦，屢豐年」，則詩非成于當年，明矣。

一章。我武王伐紂，以萬邦毒痡，將綏安之也。民心悦而天意順，屢獲豐年之祥，非但一時，蓋久而不懈也。當商紂暴虐，賢人播棄。桓桓然武王，能保有厥士，用于四方，克定其國家。於乎，其德上昭于天，故君天下以伐商也。

士，賢士。以，用也。用之四方，謂列爵分土也。皇，君也。閒，代也。

《桓》一章，九句。

295 賚

文王既勤止，我應平聲受之。敷時繹思，我徂維求定。時周之命，於烏繹思。

古序曰：《賚》，大封於廟也。毛氏曰：賚，予也，言所以錫予善人也。

按《春秋傳》，此武樂第三章。武王克商有天下，大封將帥、功臣四百人，兄弟之國十有五人，姬姓之國四十人，所謂賚也。廟，文王廟。古者爵人必於祖廟，示不敢專也。

一章。文王勤勞天下至矣，我承受之。布文王德意，以大賚天下，使人紬繹深思。所以爲此，維往求天下安定而已。是我周新命，非殷之舊政也。於乎諸臣，思文王垂創之艱，體我徂求定之意，庶大賚爲不徒耳。

應，承也。敷，布也。時，是也，即分封也。繹，尋思也。徂，往也。

《賚》一章，六句。

296 般

於皇時周叶占，**陟其高山**叶千，**嶞**妥**山喬嶽**叶噩，**允猶翕河**叶霍。**敷天之下**叶忽，**裒時之對**叶旦，**時周之命**叶慢。

古序曰：《般》，巡守而祀四嶽河海也。

舊以此爲朝會祭告之樂歌，非也。篇名《般》，盤通，行遊也。《書》云「盤于遊畋」，般姍勃窣，行路之貌。天子巡守，按節徐行，故謂之般。與《武》《酌》《桓》《賚》并目，亦武樂之一章耳。武樂各章殊事，而此爲巡行之事，《樂記》所謂「四成而南國是疆」者也。若朝會祭告之樂，《時邁》具已。或云：頌成王，則不應篇名與《武》《酌》等同例也。

一章。於乎君哉，是周也。其巡守所至，登其高山，及嶞然狹長之小山與喬高之四嶽。凡山阜丘陵，出雲氣爲風雨者，皆祀之以誠允之心，謀猶翕合之河而祭之。徧天之下，山川之神，皆如是裒聚對越。此我武王革商以後，一代之新命也。

皇，君也。時，是也。隮山，山之狹而長者。允，誠也。猶，謀也，如「載謀載惟」之謀，謀其禮也。翕，合也。河受衆流謂之翕河，《禹貢》「播爲九河，同爲逆河」，注曰：同合爲一大河名逆河，即翕河也。敷，徧也。裒，聚也。對，對越也。

《般》一章，七句。○《酌》以下四章，皆武王詩。次成王後者，武樂或定于成王之季年也。

毛詩原解卷三十四周頌終

毛詩原解卷三十五

魯頌

魯，少昊之墟，在《禹貢》徐州，蒙、羽之野。成王以封周公長子伯禽，謂周公大造王室，文、武至親，葬祭禮樂，使得儗王者。及周衰，諸侯放恣，魯承先緒，浸淫不軌。至僖公用郊三望，漸及大夫歌《雝》，家臣專祀。魯之不法，甚于諸侯，由僖公始也。僖公薨，成公朝季孫行父立武宫，比天子世室，謂僖公有文德，請于周，爲作頌與廟樂，《駉》以下四篇皆其樂歌也。《禮》：天子作樂賞諸侯，德盛教尊。五穀時熟，然後賞以樂。諸侯自作樂頌功德，僭也。故夫子删《詩》，削《魯風》，魯不以諸侯自處也。正樂存《魯頌》，魯以天子自居也，非天子而有頌，本諸侯而無風，誰毁誰譽？斯民也，三代所以直道而行，故《詩》先《春秋》者也，《詩》亡然後《春秋》作。《詩》直其辭而美刺見，《春秋》直其事而是非彰。《詩》之志，《春秋》之義，一也。故曰「不學《詩》，無以言」，「《詩》可以興，可以觀，可以羣，可以怨，邇之事父，遠之事君」。嗚呼，《春秋》之義備矣。魯升而爲頌，王降而爲風，文武衰而思周公，舍魯吾何適矣。夏商亡，有杞宋存。其或繼周者，魯不亦爲杞宋乎？故以《魯頌》與《商》《周》并存也。或曰：爲魯風，不亦可乎？曰：頌不可以爲風。歌于廟，與歌于邦國，不可同日語。春秋諸國無風微獨魯，八方雖殊，而接壤可旁通。國大無風者，魯與宋、與楚。魯無風，而《南山》諸詩可以觀魯，《春秋》盡魯也；宋無風，而《河廣》可以觀宋，《商頌》亦宋也；楚無風，而《江漢》《汝墳》可以觀楚，南國盡楚也。以十五國槩方内，大畧可覩矣。或曰：《春秋傳》吴札觀魯樂，無魯風，非聖人删之。夫左氏非真丘明也。季札觀樂，後人因緣《三百篇》脩辭耳，不足以徵《詩》。豈魯文獻之邦，而無詩可采，不如邶、鄘、齊、鄭乎？聖人删其風，存其頌，其志可知。故宋嚴粲氏曰：「《魯頌》，《頌》之變也」，得之矣。

297　駉

駉駉肩牡馬叶米，在坰之野叶汝。薄言駉者叶渚：有驈聿有皇，有驪離有黄，以車彭彭叶邦。思無疆，思馬斯臧。

駉駉牡馬，在坰之野。薄言駉者：有騅追有駓披，有騂有騏，以車伾伾披。思無期，思馬斯才叶菑。

駉駉牡馬，在坰之野。薄言駉者：有驒駝有駱洛，有騮留有雒洛，以車繹繹叶拓。思無斁叶拓，思馬斯作。

駉駉牡馬，在坰之野。薄言駉者：有駰因有騢遐，叶胡，有驔簟有魚，以車祛祛區。思無邪叶徐，思馬斯徂疽。

古序曰：《駉》，頌僖公也。毛公曰：僖公能遵伯禽之法，儉以足用，寬以愛民，務農重穀，牧于坰野，魯人尊之。於是季孫行父請命于周，而史克作是頌。

按，王者治定功成，作樂告廟，則有頌。《禮》曰：「雖有其位，苟無其德，不敢作禮樂焉。雖有其德，苟無其位，亦不敢作禮樂焉。」魯以諸侯作樂，頌功德，非禮也。僖公國富好侈，季孫行父爲之從臾，非三思者所爲，故夫子譏曰：「再斯可矣。」又讀此詩歎曰：「一言以蔽之，思無邪。」聖人之意可知。毛公之說，釋魯人所以頌僖公之事，非謂僖公可頌也。然則《序》不言樂歌，何也？凡頌皆樂歌，不復舉，而但各本其所頌之事，如武樂之《桓》《酌》《賚》《般》，成王之《閔小子》《訪落》諸什皆然。若謂生前美僖公，則行父當成公朝，僖公薨久矣。臣子尋常美君，何必請于天子？請天子而後頌，知頌非天子不敢作也。成公六年，魯立武宮，倣九廟，爲世室，《魯頌》即作于此時。將推僖廟爲文世室，故

《詩》存《魯頌》，猶《春秋》書立武宮，皆誌僭也。不然，東遷而後無雅，又焉得有頌乎？

一章。駉駉然腹幹肥張之牡馬，在遠野之坰。不妨民田，而牧養有方，非務農重穀者慮及此乎？畧數駉者，有驪色白跨之驈，有黄白之皇，有純黑之驪，有黄騂之黄。用以駕車，彭彭壯盛。我公思慮廣大無疆，思及於馬，牧之盡道，所以善也。

二章。駉駉牡馬，在坰之野。畧言其駉，有蒼白雜毛之騅，有黄白雜毛之駓，有赤黄之騂，有青黑之騏。以此駕車，伾伾有力。由我公思慮久遠無期，思及於馬，牧之有方，所以多材力也。

三章。駉駉牡馬，在坰之野。畧言駉者，有青驪驎之驒，有白身黑鬣之駱，有赤身黑鬣之騮，有黑身白鬣之駱。以此駕車，繹繹不絶。由我公思慮無倦，思及於馬，牧之有方，所以强立能作也。

四章。駉駉牡馬，在坰之野。畧言駉者，有陰白雜毛之駰，有彤白雜毛之騢，有骭多白毫之驔，有二目白之魚。以之駕車，袪袪然强勁。由我公思慮正直無邪，思及於馬，善行地而徂也。

駉駉，腹幹肥張貌。坰，林外也。邑外曰郊，郊外曰野，野外曰林，林外曰坰。牧于坰，恐妨民田舍，地遠水草美也。薄言，聊數也。騏，今驄馬也。伾伾，有力也。驒，青黑二色，深淺相間，斑剥如魚鱗，今連錢驄也。驛驛，行不斷也。作，奮起也。陰白雜毛曰駰。陰，淺黑色。毫在骭幹曰驔。骭，膝下有毛白而長也。祛祛，强貌。徂，行也。

《駉》四章，章八句。

298 有駜

有駜必有駜，駜彼乘去聲黃。夙夜在公叶岡，在公明明叶芒。振振鷺，鷺于下叶户。鼓咽淵，醉言舞，于胥樂洛兮。

有駜有駜，駜彼乘牡。夙夜在公，在公飲酒。振振鷺，鷺于飛。鼓咽咽，醉言歸，于胥樂兮。

有駜有駜，駜彼乘駽玄，去聲。夙夜在公，在公載燕。自今以始，歲其有叶以。君子有穀，詒孫子，于胥樂兮。

古序曰：《有駜》，頌僖公君臣之有道也。

此亦僖廟之樂歌。《序》言作者之志，而諷刺隱然，若曰：「作頌者，自謂君臣有道云爾。」此篇大類風體，跌宕姚佚，無復《清廟》肅雝之意，春秋以來新聲也。

一章。有駜然肥壯者，一乘四馬皆黄也。夫馬牧之有方，則力强而致遠。夫臣養之盡禮，則託重而恃力。今諸臣與燕，自夙而夜，在於公所，明明然無昏亂失禮者。其脩潔整齊，振振如鷺羣飛而下也。擊鼓節樂，咽咽然深長。既醉起舞，君臣相悦，何其樂哉。

二章。駜然肥强者，四馬皆牡也。臣亦君所託以乘也。夙夜在公，飲酒而退。威儀脩整，振振然如鷺之羣起而飛也。鼓聲咽咽，醉然後歸，君臣何其相樂哉。

三章。駜然肥壯者，四馬皆駽也。諸臣夙夜在公燕飲，今固善且有矣。自今以始，豐年相仍。公有善道詒孫子，世爲善國，君臣相與，豈不樂哉。

駜，馬肥强貌。重言有駜，非一馬也。乘黄，四馬皆黄也。公，公所也。明明，辨治也。振振，羣飛貌。鷺，白鳥。下，集也。咽咽，鼓聲深長也。胥，相也。青驪曰駽，今鐵驄也。穀，善也。

《有駜》三章，章九句。

299 泮水

思樂洛泮水，薄采其芹勤。魯侯戾止，言觀其旂叶勤。其旂茷茷旆，叶敗，鸞聲噦噦誨，叶外。無小無大，從公于邁。

思樂泮水，薄采其藻。魯侯戾止，其馬蹻蹻蟜。其馬蹻蹻，其音昭昭叶沼。載色載笑，匪怒伊教。

思樂泮水，薄采其茆卯，叶柳。魯侯戾止，在泮飲酒。既飲旨酒，永錫難老叶魯。順彼長道叶斗，屈此羣醜。

穆穆魯侯，敬明其德。敬慎威儀，維民之則。允文允武，昭假烈祖。靡有不孝，自求伊祜叶虎。

明明魯侯，克明其德。既作泮宫，淮夷攸服叶北。矯矯虎臣，在泮獻馘虢。淑問如皋陶叶由，在泮獻囚。

濟濟泲多士，克廣德心。桓桓于征，狄彼東南叶林。烝烝皇皇，不吴譁不揚。不告于訩，在泮獻功。

角弓其觩，束矢其搜叶索。戎車孔博，徒御無斁叶拓。既克淮夷，孔淑不逆叶惡。式固爾猶，淮夷卒獲叶郝。

翩彼飛鴞梟，集于泮林。食我桑黮甚，懷我好音。憬耿彼淮夷，來獻其琛真。元龜象齒，大賂南金。

古序曰：《泮水》，頌僖公能脩泮宫也。

僖公嘗脩葺學宮，史克頌其事以爲樂歌。夫國君脩學，非甚殊勳也。古序言「能」者，寓《春秋》之義。天子學宮，四面壅水，環如璧，曰璧廱。諸侯三面有水，北缺如半璧，曰泮宮。芹、藻、茆，皆水菜。芹，勤也。藻，文也。茆，留也。首言學，故曰勤。次言教，故曰文。三言飲酒，故曰留。以下因脩文而願以武功。《禮》：出師受成于學，反釋奠于學，以訊馘告。魯外患莫如淮夷，故以服淮夷爲頌。其辭虛誇，聖人存之，亦誰毀之意也。

一章。樂哉泮水，有芹生焉，薄采其芹。我侯臨泮，其旂茷茷飛揚，鸞聲噦噦和鳴。國人無幼無長，皆從公往，以觀其講學行禮也。

二章。樂哉泮水，有藻生焉，薄采其藻。我侯至止，其馬蹻蹻强壯，其言昭昭宣朗。載色而和，載笑而樂，不愠怒而寛柔以教也。

三章。樂哉泮水，有茆生焉，薄采其茆。我侯至止，在泮飲酒，頤養天和，永錫難老。順彼長遠經久之道，屈服魯國之衆人也。

四章。穆穆敬美之魯侯，能敬明其德，又敬慎威儀，内外交脩，民所取法。信哉有文有武，昭格烈祖，無有一事不克孝者。以此得福，是自求也。

五章。我侯有明明之德，而能益明其德，服遠有本矣。又作泮宮，闡揚文教。淮夷感化，攸然帖服。有蹻蹻然如虎之臣，于此獻所馘之耳。有善問如皋陶之臣，于此獻所執之囚。

六章。克敵以武。濟濟諸臣，能大其德心，視人猶己，此立功之本也。桓桓武勇往征，以攘逷東南之夷。有烝烝之勇，皇皇之度。不諠譁，不誇揚，無争功不平，告于訟者。在此泮宫，各獻其功也。

七章。制敵貴謀。角弓觩然堅勁，士卒各負束矢，搜然急疾。戎車甚廣，徒御競勸，可以克淮夷，保甚善，無凶敗矣。然不恃此耳。式審固謀猶，爲久安計，則淮夷終獲，永爲不侵不叛之臣矣。

八章。翩然飛者，惡聲之鴞鳥，來集泮林。食我桑實，變而就好音。淮夷向化，亦猶此也。彼憬然覺悟之後，來獻琛寶，有大龜，有象齒。又廣賂我南土之金。非懷我侯文德而然乎。

思，語辭。茷茷，猶旆旆，飛揚貌。難老，不易老也。長道，大謀也。羣醜，衆民也。屈，服也。馘，割耳也。敵人不服者殺之，割左耳爲信以獻也。囚，已降服之虜。古者出師，受成于學，反則釋奠于學，以訊馘告，故詩因脩學及此，非實然也。多士，諸將士也。狄、逖通，遠逷之也。吴、譁通，大言也。訩，訟也。觩，勁貌。一弓百矢，或五十矢爲一束，士卒臨敵，各負弓矢也。搜，矢疾聲。淑，吉也。逆，凶也。猶，謀也。卒獲，永服也。鴞，怪鵄。黮，桑實，通作葚。憬、耿通，覺悟意。琛，寶也。元龜，大龜，龜盈尺以上爲寶。賂，貽也。南金，荆揚之金。荆揚貢金三品，淮夷徐州貢蠙珠魚。不以職貢者，貴難得也。

《泮水》八章，章八句。

300 閟宫

閟秘宫有侐洫，實實枚枚。赫赫姜嫄，其德不回。上帝是依隈，無災無害。彌月不遲叶推。是生后稷，降之百福叶必。黍稷重童穋六，叶律，稙職稺菽麥叶密。奄有下國叶亦，俾民稼穡叶夕。有稷有黍，有稻有秬舉。奄有下土，纘禹之緒。后稷之孫，實維大泰王，居岐之陽，實始翦商。至于文武，纘大王之緒上聲。致天之届，于牧之野叶汝。無貳無虞，上帝臨女汝。敦堆商之旅，克咸厥功叶殷。王曰叔父，建爾元子，俾侯于魯。大啓爾宇，爲周室輔。乃命魯公，俾侯于東，錫之山川，土田附庸。周公之孫，莊公之子，龍旂承祀叶火，六轡耳耳，春秋匪解叶歇，享祀不忒。皇皇后帝，皇祖后稷，享以騂犧，是饗是宜，降福既多通作祇。周公皇祖叶疽，上聲，亦其福女汝。秋而載嘗，夏而楅衡叶杭。白牡騂剛，犧尊將將鎗。毛炰胾羹叶岡，籩豆大房。萬舞洋洋，孝孫有慶叶羌。俾爾熾而昌，俾爾壽而臧。保彼東方，魯邦是常。不虧不崩叶邦，不震不騰叶唐。三壽作朋叶旁，如岡如陵叶良。

公車千乘，朱英綠縢，二矛重弓叶裩。公徒三萬，貝胄朱綅侵，烝徒增增。戎狄是膺，荆舒是懲，則莫我敢承。俾爾昌而熾室，俾爾壽而富叶吠，黄髮台背，壽胥與試。俾爾昌而大叶泰，俾爾耆而艾愛，萬有千歲，眉壽無有害。

泰山巖巖叶言，魯邦所詹。奄有龜蒙，遂荒大東，至于海邦叶卜，平聲，淮夷來同。莫不率從，魯侯之功。

保有鳧繹叶拓，遂荒徐宅叶託。至于海邦，淮夷蠻貊叶莫。及彼南夷，莫不率從叶錯。莫敢不諾洛，魯侯是若。

天錫公純嘏叶古，眉壽保魯。居常與許，復周公之宇。魯侯燕喜，令妻壽母。宜大夫庶士叶史，邦國是有叶以。既多受祉，黄髮兒齒。

徂來之松，新甫之柏叶剥，是斷短是度拓，是尋是尺叶綽。松桷有舄叶鵲，路寢孔碩，新廟奕奕叶約。奚斯所作，孔曼萬且碩，萬民是若。

古序曰：《閟宫》，頌僖公能復周公之宇也。

《魯頌》皆爲僖公，前三篇頌生平功德。此一篇新其廟宇，將以爲世室，配武宫，告成功也。故首舉廟宫，末歸于脩廟。《序》云「復周公之宇」者，詩之志也。詩遠引后稷開周，大王遷岐，成王建魯，下及僖公伐楚，復常、許，奄有海邦、淮夷、蠻貊，志在土宇也。故取詩辭居常與許，復周公之宇爲目。夫常許失矣，魯何能復也？僖公有駉馬之富，有樂胥之臣，有在泮之功，侈郊禘三望之僭，願大而力小，遠思蠻貊而近失常、許。故《序》即辭表志，而作者之諛自見，亦《春秋》之義也。或以是詩爲美僖公脩姜嫄廟。夫魯不聞有姜嫄廟，詩言姜嫄者，誇魯之自出，明郊祀后稷之故耳。如僖公存日脩祖廟，是時行父之父季友爲政，則頌不待行父請作矣。行父當成公時脩僖廟，故篇末云「新廟奕奕，奚斯所作」。重葺曰新，創始曰作。奚斯，僖公時大夫，公子魚也，成公朝死久矣。追叙始作，以見今之更新，久而不忘耳。若姜嫄廟，豈待奚斯始作邪？

一章。深閟之宫，侐然清静。盤基實實然鞏固，結架枚枚然茂密。是祀我僖公之廟也。上世從來遠矣。赫赫然顯著之姜嫄，貞淑不回，感武敏之祥，上帝依憑其身，使無災害。彌十月而生子，是爲后稷。天降百福，賜以嘉種。有黍有稷，晚者爲重，早者爲穋。有菽有麥，早者爲稙，晚者爲稺。教民有功，受封于邰，而奄有下國。使阻飢之民，皆知稼穡。稷黍稻秬，徧及下土。烝民乃粒，繼神禹平成之緒也。

二章。后稷之孫，實維太王，自豳遷于岐山之南。周之革商，實始于此。及文武之世，紂惡盈而周道昌。天時已至，乃奉天之届于牧野。無疑無慮，上帝臨視，天心順也。治商之師，三千同心，共成厥功，人心應也。所以有天下也。

三章。天下既定，大封同姓，周公于魯。成王告周公曰：「叔父留相王室，立爾長子，大開土宇，蕃屏周室。」乃策命魯公于東，賜以山川土田，及附庸之邑，魯所以有國也。及周公之孫，父莊公而爲子者，我僖公也。始興郊廟之祀，建龍旂于車。四馬六轡，耳耳柔順。春禘秋嘗，不懈于時。郊天廟祖，不忒于禮。春而郊祀天帝，配以后稷，享以騂犧。帝稷安享，降福于郊。周公皇祖伯禽以下，亦福汝于廟。秋嘗則夏養牲，横木牛角，以止其觸，三月而後用之。白色之牡以祀周公，用殷之王禮也。騂色之剛，以祭魯公，遵時王之制也。酒有牛形之尊，將將端正。饌有去毛而炰之豚，有切肉之胾，有肉汁之羹。有籩以盛果核，有豆以盛菹醢，有大房以載牲體。樂奏萬舞，洋洋充盛。祖考格而孝孫有慶，使爾熾盛而昌大，使爾壽考而臧善。保安東土，常有魯國。不虧缺，不崩頹，不震動，不騰踴。有壽考之三卿爲朋，夾輔社稷，固如岡陵。此我僖公上承祖考，而恢弘典禮者也。

四章。公之兵車，大國千乘之賦也。每車中三人，右人持矛，飾以朱英；左人持弓，縢以緑繩。矛必載二，弓必用重，備折壞也。計公之徒，凡三萬人。飾冑以貝，綴甲以朱綫。烝進其徒，增增然多也。西戎北狄，以此當之。荆與舒叛，以此懲之。無敢有承敵我者。使爾昌大熾盛，使爾壽考富足。有黄髮駘〔一〕背，老成人相爲試用。使爾昌盛廣大，使爾耆老蒼艾，萬年千歲，眉秀而壽，無有患害也。

五章。泰山巖巖高大，雖非封内，我魯邦所瞻望而祀也。奄有境内之龜蒙二山，遂荒治極東，至濱海之邦。如淮夷舊爲魯患，今亦來同，莫不相率順從，皆魯侯之功也。

六章。保有境内鳧繹二山，遂盡徐州之土，荒治爲宅。近海之邦，若淮夷，若南蠻，若北貊，及彼炎荒極南之夷，莫不率從，莫敢不應命，唯魯侯是順而已。

七章。天賜公全福，眉壽以享魯國。昔齊人侵我常，鄭人侵我許，公居常與許，恢復周公之土宇。燕飲喜樂，家有令善之妻，壽考之母，朝廷有大夫庶士，撫有邦國。既受多福，而又壽命堅固，髮白復黄，齒落更生，以永此福也。

八章。我公功高德盛，廟祀百世不遷，禮也。今者脩其寢廟，取松于徂來，取柏于新甫。斬斷之，量度之。長者八尺而尋，短者十寸而尺。用松爲桷，舄然層架。正寢規模

〔一〕駘，早期印本作「鮐」。

甚大，廟貌重新，奕奕然盛美也。此廟經始，乃先大夫奚斯公子魚所作。人心思慕，久而愈深。今棟宇更新，甚長曼而碩大，萬民瞻仰，無不順悦也。

閟，深閉也。宫，僖公廟也。侐，清静也。實實，鞏固也。枚枚，礱密也。上帝是依，履帝武敏也。彌月，終十月也。重，一作種。穋，一作稑。先種後熟曰重，後種先熟曰穋，先種先熟曰稙，後種後熟曰稺，皆五穀生熟早晚之通稱。有下國，受封邑于邰也。有下土，粒食徧天下也。纘禹緒，繼治水之功也。岐之陽，岐山南也。山南曰陽。翦，革命也。届，至也，猶届期之届。致，猶奉也。敦，猶敦琢之敦，治也。克咸厥功，將士同心協力也。王，成王。叔父，呼周公也。元子，魯公伯禽也。周公留相王室，伯禽歸魯也。啓，開也。宇，居也。周公孫莊公子，即僖公。魯用郊自僖公始也。龍旂，諸侯之旂。日月爲常，天子建之；交龍爲旂，諸侯建之，皆于車上也。耳耳，柔從也。春秋，春禘秋嘗也。《禮》：郊廟之祭，春秋有常期，不忒不差也。后帝，天帝也。騂，赤色，周所尚也。犧，祭牲也。色純曰犧。宜，安也。周公皇祖，謂太祖周公及伯禽以下諸祖也。秋祭曰嘗。楅衡，以木横制牛角，止其觸也。《周禮》封人之職：凡祭飾牛牲，設其楅衡。白牡，祀周公，用殷王禮，以殊于諸侯也。《郊特牲》曰：「諸侯宫縣而祭以白牡」，諸侯之僭禮，即指此。騂剛，魯公以下之牲，色從昭代也。剛，猶牡也，犆也。犆、特同，獸父曰犆。

炰、炮同。毛炰，炮之而去其毛也。《周禮》封人：祭祀有毛炰之豚。胾，切肉也。羹，肉有汁者。和之曰鉶羹，盛以鉶鼎；不和曰大羹，盛以瓦豆也。大房，大俎以盛牲體，足下如房。千乘，大國之賦。《孟子》云：公侯地方百里。開方，中得千里。古者因地名賦，以里計車，故謂方百里者爲千乘，極言其多耳，非實有此數也。徒，步卒也。大國三軍。軍，萬二千五百人；三軍爲三萬七千五百人。言三萬者，大約也。朱英，以飾矛也。緑，緑繩。縢，束弓也。貝胄，以貝飾兜鍪也。朱綅，紅線也。增增，衆也。西曰戎，北曰狄。荆，楚也。舒，荆屬國。黄髮，老人髮白復黄也。台，作鮐，《莊子》有「哀鮐駝」，老人痀僂之狀〔一〕。胥，相也。試，用也。萬有千歲，猶言千萬歲。泰山，在齊境。詹、瞻同，望也。諸侯望不越境，魯望泰山，自僖公始。《春秋》書郊三望，譏也。奄有，全覆有也。龜、蒙，二山名。荒，治也。大東，極東也。海邦，海島諸國也。鳧、繹，二山名，魯地，在徐州之域。荒徐宅，謂盡徐州之土，治爲居宅也。南曰蠻，北曰貊。南夷，今閩、粤、交阯等地。常，作嘗，近薛，魯地之見侵于齊者也。許，魯朝宿東都之邑，見侵于鄭者也。令妻，僖公夫人聲姜也。壽母，母夫人成風也。徂來、新甫，二山名。八尺曰尋。桷，椽也。舄、鵲

〔一〕「台，作駘，《莊子》有哀駘駝，老人痀僂之狀」，早期印本作「台，作鮐，魚名，老人背有皺紋如鮐皮也」。

同。鵲善架巢，故爲椽桷之象。路寢，廟後正寢，以藏死者衣冠。路，大也。人君所居曰路，與小寢異。新廟，新其舊廟也，猶《春秋》新延廄之新。奚斯，公子魚，魯同姓大夫。作，創造也。

《閟宫》八章，二章章十七句，一章十二句，一章三十八句，二章章八句，二章章十句。○按，朱子改訂爲九章，因首章十七句爲例，以「王曰叔父」下五句屬上章，合十七句爲二章。以「乃命魯公」至「周公皇祖，亦其福女」亦十七句，爲第三章。「秋而載嘗」至「如岡如陵」十六句爲第四章。少一句，謂有脱漏。今按，詩章法原不拘長短，但當察其文義語脉。舊本「王曰叔父」以下三十八句，詳陳魯開國，與郊廟祭祀之盛，故爲一章。「公車千乘」以下，則頌武功，恢復土宇，分爲四章，意重復土宇也。今從舊。

毛詩原解卷三十五魯頌終

毛詩原解卷三十六

商頌

初契爲堯司徒，賜姓子氏，封于商，即今陝西西安府商州。十四傳八遷都，至湯徙居亳，或云即今河南府偃師縣。十九傳又五遷都河北，至盤庚復湯故地。帝乙又徙居河北，都朝歌，即今河南衛輝府。周武王誅紂，以朝歌封其子武庚。成王誅武庚，以微子爲殷後，封宋，即今河南歸德府商丘縣。使脩其禮樂，奉其先祀。宋衰，舊典散佚。七傳至戴公，當周宣王時，宋大夫正考甫者，孔子七世上祖也，得《商頌》十二篇于周太師，歸祀其先王。及孔子删《詩》時，存五篇耳。夫杞宋無徵，夫子傷之，嘗曰：「丘，殷人也。」聖人每事不忘先，而況禮樂乎。故詩以《商頌》終，蓋《詩》至《魯頌》而誇誕僭踰極矣。存《商頌》，志從先進，樂其所自生也。

301 那

猗依與余那羅與，置我鞉鼓。奏鼓簡簡，衎看，去聲我烈祖。湯孫奏假，綏我思成。鞉鼓淵淵叶咽，嘒嘒管聲。既和且平，依我磬聲。於烏赫湯孫，穆穆厥聲。庸鼓有斁，萬舞有奕。我有嘉客，亦不夷懌。自古在昔，先民有作。温恭朝夕，執事有恪。顧予烝嘗，湯孫之將。

古序曰：《那》，祀成湯也。毛公曰：微子至于戴公，其間禮樂廢壞。有正考父者，得《商頌》十二篇於周之大師，以《那》爲首。

此詩多言樂，何也？《郊特牲》云：「殷人尚聲，臭味未成，滌蕩其聲，樂三闋缺，然後出迎牲。聲音之號，所以詔告于天地之間」，即此意也。

一章。猗與那然樂器之多也。鞉與鼓，先衆樂設置。奏樂擊鼓，簡簡然衆音大作。時臭味未成，滌蕩其聲，樂我烈祖。及其迎牲裸獻，湯孫奏樂感假，以安我思成如在之靈。鞉鼓淵淵深遠，管聲嘒嘒清亮。調和均平，依我磬聲。磬聲諧，八音皆諧矣。烈祖雖遠，聲音之號，詔告于天地之間。於赫哉湯孫，穆穆美聲，思成所以綏也。及乎九獻既終，鏞鼓斁然交作，萬舞奕然并陳。助祭嘉客，聞樂觀舞，無不平夷悦懌者。蓋尊祖敬宗，有廟來假，古今通誼。古昔亦有助祭爲客者，亦有曾孫爲主者。行禮奏樂，寧自今日。今者温恭朝夕，執事匪懈，人心合敬，無異古昔烈祖感格，尚顧予烝嘗哉。此奉祭非他人，湯之孫也。一氣潛通，有不居歆乎。

猗與，歎美辭。那，多也。鞉，有柄小鼓。鼓，大鼓。凡樂先播鞉擊鼓，故首置焉。簡簡，和而大也。烈祖，功烈之祖，指湯也。湯孫，主祭時王之通稱。綏，妥神也。思成，思念祖考成就也。《記》云「齋之日，思其居處，思其笑語」之類。成，猶如在也。磬，玉磬也。玉磬在堂上，鞉鼓管在堂下，故曰依。《記》曰「磬以立辨」，辨故難諧。磬聲諧，則八音皆諧矣，《書》曰「擊石拊石，百獸率舞」此也。庸、鏞通，大鐘也。嘉客，先代後，及諸侯來助祭者皆是也。先民有作，作禮樂也。蓋因先代之後，諷勸之與。

《那》一章，二十二句。

302 烈祖

嗟嗟烈祖。有秩斯祜叶虎，申錫無疆，及爾斯所。既載清酤叶虎，賚我思成叶常。亦有和羹叶岡，既戒既平叶旁。鬷叶宗假格無言叶羊，時靡有争叶臧。綏我眉壽，黄耇無疆。約軧其錯衡叶杭，八鸞鶬鶬槍。以假以享叶香，我受命溥將。自天降康，豐年穰穰平聲。來假來饗叶香，降福無疆。顧予烝嘗，湯孫之將。

古序曰：《烈祖》，祀中宗也。

成湯至于大戊七世矣。商道寖衰，大戊脩德中興，遂號中宗。《禮》：祖有功而宗有德，故殷祖成湯，宗大戊、武丁，此祀大戊之樂歌也。朱子以詩稱湯孫，改爲祀成湯。今按，詩云「及爾斯所」，言自湯及大戊也；云諸侯來假，受命溥將，言天命人心，表中興之功也，亦猶《玄鳥》頌人心土宇，正祀二宗之詩。若《那》祀成湯，無庸及此矣。湯孫，凡後王主祭者皆得稱之，豈必祀湯始稱湯孫乎？前篇言樂，此篇言味，祖遠難格，故衎之以聲。宗近易感，故侑之以食。不得謂二詩無辨也。

一章。嗟我烈祖成湯，革夏受命，有秩然常久之福。引申敷錫于無疆，延及爾中宗之所。世經七葉，再造天下，與烈祖重光也。今日之祀，清酒方載，神靈來格。所思成就，若或賚之。禮以羹熟爲節，和羹既備既調，乃總衆行禮。合敬感格，人雖衆而肅静，靡有諠譁。神其居歆，安我以眉壽黄耇之福也。鬷假莫大乎諸侯，車以皮束其轂，畫文于衡。四馬八鸞和鳴，來假奉享。我受天命，既廣大矣。天降豐年，使諸侯之來，奉其黍稷以饗。其降福寧有疆界乎。今日之祭，皆中興之賜，尚其顧我烝嘗乎。此祭非他人，湯孫所奉也。

烈祖，湯也。秩，常也。祜，福也。申，重也。爾，中宗也。斯所，猶言此處。酤，酒也。和羹，鉶羹也。戒，備也。平，和也。凡行禮以羹定爲節，載清酤、戒和羹，祭之始也。鬷，衆也。假、格通，至也。無言，寂静也。靡争，嚴肅也。康，和也。穰穰，多也。

《烈祖》一章，二十二句。

303 玄鳥

天命玄鳥，降而生商，宅殷土芒芒。古帝命武湯，正域彼四方。方命厥后，奄有九有叶以。商之先后，受命不殆叶體，在武丁孫子。武丁孫子，武王靡不勝升。龍旂十乘，大糦是承。邦畿祈千里，維民所止，肇域彼四海叶毀。四海來假叶果，來假祁祁。景員維河叶火，殷受命咸宜，百禄是何叶火。

古序曰：《玄鳥》，祀高宗也。

按，中宗十三傳至武丁，而商業又寖衰。武丁恭默思道，乃復中興，號稱高宗。頌高宗而推本祖德，正所以表中興也。

一章。天命玄鳥，降祥生契，肇封于商，是我商人之始也。宅居殷土，芒然廣大。古昔上帝命威武之成湯，從其祖居，以正治四方之封域。湯既受正方之命，而列后率附，遂奄有九州。此商先后所以受命也。數十傳之久，經衰亂而不危殆者，在我武丁爲之孫子，繼序重光耳。武丁之爲孫子也，秉威武之德，爲天下王，無所不勝。故諸侯皆建龍旂十乘，載黍稷爲大糦，以供王祭。當是時，畿内地方千里，皆民所居止。而肇開封域，極彼四海，無異正域之初也。故今日之祭，四海來假，祁祁衆多，如影之員附。由大河達王都，朝宗之衆，亦無異方命之日。殷受天命，自湯至今咸宜，百福負荷，豈非中興所遺乎。玄鳥，燕雀也。降，猶至也。古天子以春分玄鳥至日，祀高禖祈子，取玄鳥以乳子至也。高辛，帝嚳之妃簡狄，祀之而生契，遂以子爲姓，是商人始祖也。帝嚳都殷，契始封商，十四傳至湯，復從祖居亳，或云即今河南府偃師縣是也。芒芒，草昧貌。正域，正治封域也。四方謂之域中。方命，即正域四方之命。厥后，諸侯也。奄，覆也。九有，九州也。先后，指湯。殆，危也。武丁孫子，武丁爲湯孫子也。武王，有武德爲王也。勝，任也。十乘，載糦多也。糦，食也，即黍稷也。來假，來助祭也。祁祁，衆多也。景、影同，猶汎汎其景之景。員，附也，猶員于爾輻之員。景員，猶言影從，諸侯順附也。河，黄河，道由黄河也。何、荷通。

《玄鳥》一章，二十二句。

304 長發

濬峻哲維商，長發其祥。洪水芒芒，禹敷下土方句。外大國是疆，幅隕員既長。有娀松方將，帝立子生商。

玄王桓撥叶泊，受小國是達叶特，受大國是達。率履不越，遂視既發。相土烈烈，海外有截。

帝命不違，至于湯齊。湯降不遲，聖敬日躋賫。昭假遲遲，上帝是祇支。帝命式于九圍。

受小球大球，爲下國綴旒，何賀天之休。不競不絿，不剛不柔，敷政優優，百禄是遒。

受小共大共叶拱，爲下國駿厖叶猛，何天之龍叶寵。敷奏其勇，不震不動叶董，不戁赧不竦，百禄是總。

武王載旆叶撥，有虔秉鉞，如火烈烈，則莫我敢曷叶遏。苞有三蘖，莫遂莫達。九有有截，韋顧既伐，昆吾夏桀。

昔在中葉，有震且業。允也天子，降于卿士叶史。實維阿衡叶杭，實左去聲右商王。

古序曰：《長發》，大禘也。

朱子謂當爲祫祭之詩。按，大禘即祫也，故《雝》，周禘也，并頌烈考文母；此商禘也，并頌玄王、相土、成湯，及卿士。蓋追祀遠祖，則子孫咸集，所以首四時爲重祭也。時祭合享，或不止禘。而據《雝》與此詩，則禘非特祭甚明。然此稱大禘，《雝》稱禘，何也？《雝》序云「大祖」，其爲大禘，亦可知也。

一章。維商有深濬明哲之德，興王之祥，發見久矣。自昔洪水芒芒，禹分布下土，區畫四方。外而諸侯大國，各正疆境，其邊幅周隕長遠。内有娀國方大，高辛帝立其女子爲妃，生我太祖玄王，是我商人之自出也。

二章。我玄王生而桓武撥治，堯命爲司徒，受小大之國。五教敬敷，無不通達。身所循行，無有差越。民遂視傚而興起矣。迨玄王之孫相土，尤烈烈然，威名播于海外，截然其整肅也。

三章。玄王以來，天命在商不去。至湯天人會合，應期降生。有聖人之敬，而日益進升。昭格于天，遲遲永久，惟上帝是承。故帝命爲王，以式法于九州也。

四章。湯受小國大國之贄玉，爲諸侯所附屬，如旗旒之綴于縿，固結不解也。人心所屬，即是天休。湯能不爭競，不急躁，不剛猛，不柔弱，布政優優和平，是以百福遒聚爾。

五章。受小國大國供奉，爲諸侯所乘載，如駿駹之馬，負荷重遠。人心所奉，即是天寵。湯能陳進其勇，不震驚，不摇動，不戁恐，不竦懼，毅然以天下自任，百禄所以總歸爾。

六章。湯以威武爲王，載旗秉鉞，恭行天討。如火烈烈，莫敢止遏。桀以三國爲黨，如一本三蘖，不得順遂通達。十一征而九州截然歸一，伐韋、伐顧、伐昆吾，乃伐夏桀也。七章。昔湯未伐夏，中葉遭桀之虐，震懼而且危業。信哉湯爲天之子，天降卿士爲阿衡，庶政倚平，左右湯以王于天下。今日之祭，所以配饗也。

濬，沈潛也。哲，精明也。長，久也。發祥，萌兆也。芒，大也。頌契述禹者，契、禹同事堯，紀時也。敷下土方，謂平治水土，分别四方，猶《書序》云「帝釐下土方」也。外，謂五服外繞，王畿居中也。大國，諸侯之國也。疆，邊界也。幅，邊也。隕，周也。長，遠也。有娀，國名，簡狄母家也。帝，高辛帝也。子，即簡狄也。高辛帝立簡狄爲妃生契，是契所自出之帝，禘于契之廟者也。玄王，玄遠之王，指契也。司徒曰王，追稱也。桓，武也。撥，治也。達，通也。視，傚也。發，興起也。相土，契孫也。不違，不去也。齊，會集也。湯降不遲，湯生及時也。聖敬日躋，猶敬止緝熙也。躋，升也。遲遲，久也。祇，敬也。九圍，九州也。式九圍，爲君師也。球，玉也。諸侯以玉爲瑞，即命圭也。綴，聯也。旒旗之垂者，或九或七，綴于縿上。垂者爲旒，所著爲縿。絿，結也；或云：緩也。遒，聚也。共、供通，下貢上也。駿厖，馬也；或云：駿、大也，厖、厚也。惟正之供，不過取以大厚下也。龍，寵也。戁，恐也。竦，懼也。武王，即湯也。虔，恭也。鉞，大斧。曷、遏通，止也；或云：誰何也。苞，本也。蘖，旁生萌也。韋，豕韋，彭姓；顧與昆吾，皆己姓，夏諸侯之助桀爲惡者，即三蘖也。葉，世也。中葉，湯爲諸侯時也。湯年八十有七，始代夏爲天子。震，懼也。業，危也，指夏臺之難。天子，指湯。卿士，伊尹也。阿衡，伊尹官號，如太公之號尚父也。阿，倚也；衡，平也，倚以爲平也。古字阿、倚通。

《長發》七章，一章八句，四章章七句，一章九句，一章六句。

305 殷武

撻彼殷武，奮伐荆楚。罙迷入其阻，裒抔荆之旅，有截其所，湯孫之緒上聲。

維女汝荆楚，居國南鄉。昔有成湯，自彼氐低羌，莫敢不來享，莫敢不來王，曰商是常。

天命多辟必，設都于禹之績。歲事來辟，勿予禍適責，稼穡匪解叶歇。

天命降監叶兼，下民有嚴。不僭不濫，不敢怠遑叶〔一〕。命于下國，封建厥福叶北。

商邑翼翼，四方之極。赫赫厥聲，濯濯厥靈。壽考且寧，以保我後生。

陟彼景山，松柏丸丸。是斷叶短是遷，方斲是虔叶千。松桷有梴蟬，旅楹有閑，寢成孔安。

〔一〕叶，日本鈔本爲「荒」。

古序曰：《殷武》，祀高宗也。

此高宗崩，三年喪畢，祔主於廟之樂歌。頌中興之功，而歸于作廟，所謂百世不遷之廟也。若《玄鳥》，時祭之歌耳。然什先《玄鳥》，而後《殷武》，何也？重服楚，以終《頌》也。三代以前，王都多在西北，楚地據東南，半天下。王者南面出治，失楚則如面牆，故曰「維女荆楚，居國南鄉」，言至近而要也。天下有道，則首善焉，文王之《二南》是也。無道，則首叛焉，商、周之中業是也。繼世之王，有能中興者，則天下視此爲向背焉。高宗之《殷武》，周宣之《采芑》是也。孟子云：「廣土衆民，君子欲之。」明王不作，楚未易撫也。有王者起，必在東南。是以仲尼不遇于齊魯，將遂適荆。先之以子夏，申之以冉求，徘徊陳、蔡之間者，垂十年，其意常在楚耳。及子西見阻，昭王不禄，然後反魯，删《詩》脩《春秋》。二經，聖人心思隱微所寄也。《春秋》重與楚王，以楚本易王也。《詩》十二國不列楚風，以楚非一國也。天運自北而南，故《風》始南音，《頌》終歌楚。欲有爲而不得，爲聖人未竟之志，可思也。天下雖安，忘戰則危。故周公作《立政》曰：「克詰戎兵，以陟禹之迹」。王者先内後外，先德後功，始《二南》而終《殷武》，文武内外之辨也。

一章。撻然敏疾者，殷王之武。奮伐荆楚，深入險阻。裒聚其衆，王師所臨，截然帖服。此湯之孫所以中興，承先王之緒業也。

二章。楚既服矣，戒之曰：「爾居王國南鄉，非遠也。昔在湯世，自彼氐羌之遠，莫敢不來獻享，莫敢不來朝見。謂此乃商之常禮耳，況汝荆楚，何敢不至乎。」

三章。荆楚既平，諸侯畏服。天命衆君，建國于禹功九州内者，咸以歲時朝覲之事，來見辟王，求免禍謫，皆曰：「田野不治，則有讓。予之稼穡，亦匪懈矣，庶免禍謫乎。」其相畏服如此。

四章。高宗中興，非徒恃武功耳。天命降視，在于民心，故下民可畏。賞不僭差，刑不淫濫。敬天畏民，不敢怠遑。故天命于下國，封殖其福，使夷夏率附也。

五章。畿内之治，翼翼整飭，爲四方取極。赫然聲譽顯盛，濯然靈爽精明，中興之業偉矣。又其享國長久，壽考康寧，以能保安我後人也。

六章。功大者廟祀不毁。今者作廟，升彼高山。松柏丸丸圜直，斷之于山，遷之于肆，齊等斵削，積之使乾。以松爲桷，梴然而長。衆楹閑然均稱。廟寢既成，高宗之神，甚安妥矣。

撻，疾貌，所謂兵貴神速也。殷武，殷王之武。罙，深也。阻，險也。裒，聚也。湯孫，即高宗。氐羌，西極遠夷也。多辟，列侯也。禹績，分畫九州，禹之功也。來辟，來王也。適、謫通，責讓也。降監，下視也。嚴，畏也。僭，賞差也。濫，刑過也。高宗享國四十有九年，故曰壽考。後生，後嗣也。景，高大也。丸丸，木調直貌。虔、乾通，積材使乾也，古虔音與干近。凡斬伐曰虔劉。梴，長也。楹，柱也。閑，穩稱也。此與《魯頌》新廟異，魯更新，此始作也。

《殷武》六章，三章章六句，二章章七句，一章五句。

時萬曆丙辰春京山郝氏校刻

毛詩原解卷三十六商頌終